"十四五"时期国家重点出版物出版专项规划项目

K. 的 绝命 之旅

〔沙特阿拉伯〕阿齐兹·穆罕默德 著
蔡伟良 王安琪 译

عزيز محمد

الحالة الحرجة للمدعو ك

上海文艺出版社

"当代丝路文库"书目

K.的绝命之旅
〔沙特阿拉伯〕阿齐兹·穆罕默德

国王
〔波兰〕什切潘·特瓦多赫
……

译　序

　　译完《K. 的绝命之旅》突然想起三十七年前（1984 年）的译事。1983 年我完成了在阿拉伯也门共和国的翻译教学工作回国时，曾经购得一部阿拉伯小说集，其中有一篇沙特阿拉伯作家的短篇小说《旧伤的隐痛》。那年我们专业正在组织翻译一部阿拉伯短篇小说集，希望收入集子的小说尽可能覆盖更多阿拉伯国家和地区。当时我国进入改革开放初期，和沙特阿拉伯还没有建立外交关系，国内对沙特阿拉伯的认知几乎空白，该国的文学更是无人问津，我试着将《旧伤的隐痛》译成了中文，收入由长江文艺出版社出版的阿拉伯小说选《蒙面人》，于 1988 年问世。我想，这或许可以被认为是改革开放后在境内最早发表的沙特阿拉伯文学作品了。不过，在此还得作个补充说明，《旧伤的隐痛》的作者 1942 年生于沙特，并在 1976 年加入了沙特阿拉伯吉达帖哈麦文学社，但是他却长期在埃及工作，其作品中的沙特元素并不是很多，一定程度上是一个"伪沙特作家"。但是，不管怎么说，翻译《K. 的绝命之旅》是我第二次触碰沙特阿拉伯小说。

沙特阿拉伯这个国家有些特别，我们对它的认知大多是比较片面的，几乎局限于"石油富国"这一层面。沙特阿拉伯确实和其他国家有诸多的不同，它作为伊斯兰教圣地麦加的所在国，相对严格的宗教教义教规，以及由此形成的社会文化模式、价值取向等都有其特异性，而在一些人眼里，这一特异性往往就成了"封闭、保守"甚至"落后"的代名词。

财富增长与相对保守，这就是沙特阿拉伯一枚分币的两面。富庶和迅速现代化对传统文化带来的冲击不言而喻，尤其是随着现代化社交手段的广泛运用和新媒体的无处不在，百姓与外部世界的沟通、交往日趋频繁，更是对传统文化带来极大影响，以80后、90后、00后为代表的新生代心向改革，期待文化的与时俱进已是不争的事实。文学作为映照社会的一面镜子，其对社会百态的描写有时即便不算很直接，但总可在作品的字里行间触摸到隐匿在社会表相背后的某些躁动，从而去体悟作者的所想所思。

进入新世纪以来，包括沙特阿拉伯在内的海湾国家文学尤其是小说发展势头迅猛，无论内容和艺术手法都出现了革命性的突破和蜕变，甚至对政治的批评，对宗教的观点，对性的委婉描述也越来越多地出现在作品中。这一趋势至今依然十分强劲。

沙特阿拉伯青年作家阿齐兹·穆罕默德生于1987年，曾经发表过一些诗歌和短篇小说，《K.的绝命之旅》于2017年出版，是他的第一部长篇小说，次年便入围阿拉伯国际小说奖（亦称阿拉伯布克奖）短名单。阿齐兹·穆罕默德也因此成为该奖项创办以来最年轻的入围作家，而《K.的绝命之旅》也成为该奖项有史以来第一部以处女作入围短名单的作品。

《K.的绝命之旅》入围短名单后，许多媒体都对作者进行了采访，在被问到小说主人公K.与奥地利著名作家卡夫卡的《变形记》主人公颇为相似，是否在写作上受到了卡夫卡的影响时，阿齐兹·穆罕默德坦言，他确实喜欢卡夫卡，但是"喜欢一个作家，并不能说明写作中必然会受其影响"。尽管如此，读者在读完《K.的绝命之旅》后很可能会认为作者或多或少受到了《变形记》的影响，而这在小说第一章中的几处表述中亦可得到证明，如"这几天在卡夫卡日记中读到的一句话在我脑中挥之不去""或许我还依然受着卡夫卡日记的影响"。

实际上，影响与否并不重要，关键是作品在主题、情节、语言等小说艺术要素上是否做到了极致，或者至少能吸引读者，能引起心灵的互动，引发对相关问题的批判性思考。我想阿齐兹·穆罕默德应该是竭尽努力了，其效果也是出众的，对此作者自己回忆道，对得奖（包括提名）他并不感到意外，在小说还未出版前，出版商就对它抱有极大的期待，并决定推荐参与评奖，且相信获奖的可能性极大。

出版商之所以如此自信绝对有其道理，原因是小说构思的不同一般，主人公处境的非同寻常，以及主人公（抑或是作者）面对现实的无奈而引发的深邃思考。

作者让一个身患绝症的病人发声，叙述得病三十九周以来在周遭发生的一切，描述病人或病态，或因身患绝症而更显理性的思绪，以此道出作者本人心中的怨、恨和无奈，其中不乏对信仰的反思，对传统文化的不屑。或许这并不是K.君或者作者一个人的想法，在某种程度上是在为整个新生代发声。同样在小说中的多处都可看到新生代与老一代之间的观念冲突，最直白的就是当母亲看到 K. 在阅读西方小说时的那种担忧："对此，母亲毫不掩饰自己的嫌恶，仿佛我在家里看书即是犯下了一种隐晦的罪，抑或破了家中规矩。"毫无疑问，这里的母亲也并不仅仅是小说人物个体，而是她那代人的代表。

文学本身就是折射社会的一面镜子，作品情节无论离奇或是平淡都可在现实中找到源头，作者本人也直言："我认为小说表达了沙特青年一代感到自己与社会传统格格不入，觉得自己被社会潮流裹挟向前……K. 的情况不仅沙特有，整个阿拉伯世界都一样，而这正是小说在阿拉伯国家畅销的原因。"表面上小说主人公因患绝症深陷窘境，天天面对的是自己的病体，实际上主人公的自我封闭，以及他那强烈的主体意识，也正是封闭社会中伴着互联网长成的那一代人所表现出的无奈。

有言道"鸟之将死其鸣也哀，人之将死其言也善"，绝症者的生命已进入了倒计时模式，其思其言纵然有悖常理也该得到某种程度的理解，是绝症的挡箭牌给了 K. 胆量，使他敢于明言自己的信念，"我会让衰老的种种套索大惊失色"，甚至在一次讨论会上"公开宣称自己反对一些社会传统"。作者对未能与时俱进的传统社会的不满，通过小说主人公的表白已经得到了宣泄，然而依然如故的周遭长达几十年不变实在令人沮丧，无奈；"……漫长的几年甚至几十年都处于一成不变的飘忽的境遇中……乃至耗尽一身。"病魔缠身的 K. 他并不满足于以病为借口的"胡言"，他更希望自己有能力去改变现实："当时，我已下定决心要去战胜些什么，但不是病魔，只要疾病能赐我可以另有所获的能力，即便它对我予取予求也无大碍，我会因此而感到幸福。"

《K. 的绝命之旅》情节算不上起伏跌宕，小说涉及的场景是沙特阿拉伯底层社会的方方面面，如医院、企业、家庭、交通等，阅读该小说使人感到的是绝望与平静的对垒和博弈，看到的是"面纱"后面的真实百态。

译完《K.的绝命之旅》，受患病主人公的影响，难免些许郁闷，不禁思忖，是否在恪守优秀传统的同时有更多的改革举措，以使更多青年不再深陷"绝命旅途"？

再看这位沙特阿拉伯80后作家的长篇处女作《K.的绝命之旅》一炮走红，又感到些许欣慰，这至少可以说明当地年青一代的诉求已经得到了关注。

蔡伟良

2021年3月11日

第一章

第一周

一觉醒来，我感到一阵恶心。

我艰难地呼吸，揉了揉眼睛，睡眼惺忪地盯着枕头，枕头上有一块污渍。从此刻自己的呼吸感受判断，这八成是鼻血。我左半撇胡子上的血已经干了，但鼻孔里的血倒是还湿着。我猛然惊醒，抬起头，转瞬间脉搏恢复了平稳。透过窗看到外面太阳的位置，我知道现在说什么都晚了，索性翻了个身躺到枕头的另一边，再次合上眼。

入睡之前，也就是凌晨时分，我记得自己是在看一本书，再往前，在洗热水澡。我曾在书里读到，洗热水澡招人犯困。洗澡前我吃了晚饭，抽了支烟，在几个房间里踱来踱去，把灯开了又关，上了床又下来，起坐漫无目的，与人们每天晚上醒着的时候做的事情相差无几。或许我选今天来只睡两个小时是错误的，但只睡两小时，选在哪天都不对。

乱七八糟的床头柜上的闹钟叫个不停,那尖锐的声音仿佛一根钉子戳进脑袋。

花了几分钟我终于从床上起来,不疾不徐地在脑中回顾自己起得太晚这一事实。小解之后,根据尿液的颜色我估摸着身体是缺水了。我开始刷牙,一直刷到牙龈作痛,以至于都不能确定刷了多久。我又洗了把脸,洗去睡意,也洗掉胡子上和鼻孔里的血迹。我咒骂着那熟悉的铁锈味儿,它像是陈旧回忆燃起的火种,涌入喉咙。

小时候,流鼻血是家常便饭。那时,鼻血滴落到衣服、脚上之前,我可以感受到一股温暖的血液在呼吸道里轻缓地流动。尽管并不疼,但是刚见到鼻血的那一瞬间总是有点害怕。流鼻血这个毛病总是让我在放学后无缘与其他小孩一起玩耍,在烈日炎炎的日子里更是如此。尽管我懂得一些止住鼻血的方法,比如在鼻子上端放冰块,或是用一根手指从外面按住偾张的血管,但这片土地上空对我怀有恶意的太阳总有办法让我的鼻血再次流淌。

可现在是冬季,通过窗外的景色我可以肯定。刚刚下过雨,窗玻璃在雨水的作用下折射着阳光。我飞快地穿上衣服,一如往常,这是我对自己起床太晚仅有的补救。刚一出门,又下大雨了。

上车,我转动车钥匙,音乐立马聒噪起来。我像早晨拍床头柜上的闹钟那样使劲地给了收音机一巴掌,让它不再发声。这一路上我脑中一片空白,挡风玻璃上两个雨刷左右摆动,像上了发条的催眠仪器。猛然间我发现自己已经到了停车场,这里几乎停满了车,回了回神,我才反应过来自己身处何方,车停得有些远,我不得不加快脚步。天气寒冷,好似在催我再走快些。

通往塔楼的这漫长几分钟里，我抬起头再三打量，这是一幢很显眼的建筑，从哪个方向都可以很容易地走近它，但入口却十分隐蔽，得找寻一番才能抵达，甚至会让人有那样的感觉：越接近这栋楼越觉得永远都无法进去。

一切都与昨日别无二致，但心中却萌生一种强烈的疏离感，一切又和昨日截然不同。

刚走到侧门，浓重的油漆味扑面而来，走廊通风不佳，这种味道常年都有。走廊尽头有一部自动扶梯，站在第一级望不到最后一级，它不间断地向高处运行着，仿佛能载你到任何想去的地方。人们大多不喜欢乘自动扶梯，而径直走向电梯厅，在那儿等乘电梯。早晨快过去了，电梯厅只有我一个人，可无论人多人少，等电梯的时长都一样。

能透过电梯间的大玻璃窗俯瞰着外面的空地：一个无人游玩的花园，几把木椅，抽烟的人总是坐在那里。根据外面抽烟的人数我可以推断出自己迟到了多久。谁也不会一到这里就下来抽烟，一定得先上去露个脸，证明他已经来了。说不定这儿的玻璃窗如此设计，就是为了让等电梯的人能看到楼下的那些景象。之后，电梯一到，人们便争先恐后地往里面挤，似乎连再多看一秒窗外的风景都无法忍受。

我走进电梯，按下"10楼"，电梯门保持了一会儿打开状态便自动关闭了。我看了下表，又确认了一下裤链是否拉好——我时常忘记拉它，然后像是第一次关注自己的穿着一般，从上到下自我打量了一番。

十楼到了，我立刻双手插兜，试图表现出一副对自己上班时间底气十足的样子。我保持着这副姿态穿过大理石走廊，推开科室的玻璃门，之后，在一排排办公桌之间狭窄的过道里穿行，尽量不撞到任何一张桌子,也避免同人打招呼,最后终于在电脑前坐了下来,从显示屏上撕下那张黄色便笺,我根本不需要看就知道上面的字是谁写的。随后向坐在我旁边的老头问了声早安,我乏力的声音听起来十分猥琐。这几天在卡夫卡的日记中读到的一句话在我脑中挥之不去:"一场突如其来的谈话展开时口水从嘴中飞溅而出,像是凶兆。"这时我听到一个苍白的声音回应我的问早,便意识到这又是一个稀松平常的工作日,我这才发现,从睡醒一直到现在,我好像刚刚回过神来。

一看屏幕我就感到一阵恶心,或许我依然受着卡夫卡日记的影响。沉迷卡夫卡会让你摊上各种各样的事情。不过一直以来,无数个清晨里我都会或轻或重地感到恶心乏力。记得我刚步入青春期时就有这种感觉了,它就像一位常客,或许有些事情总在起初时更明显。

上六年级的时候,早晨我被叫起来去上学,那时我总会在卫生间待上好几分钟,脑袋靠着马桶的抽水箱,刚要打盹,母亲催我赶公交的粗暴敲门声就会把我惊醒。当时,为了不去上学我找来各种借口搪塞她,虽然我撒谎时母亲从我的语气中就能听出我在瞎编,但恶心和乏力却不可能全是装出来的。"你就忍一下吧。"母亲答道,因为她当时坚决而机械地重复着"忍"这个词,所以我记得格外清楚。那时候,我总得不断地向母亲述说我的病症,才能不让她觉得我没有什么实际病症就向她告饶,或让她以为我没有尽力去忍。

到了上中学的第一年,有一次,家里人一致同意带我去看医生。当时是父亲陪我一起去的,诊室很小,至少当时在我看来是这样。医生的一双手又大又糙,他一言不发地用双手检查我的身体,说一切都很正常,然后神经质地洗手,擦干。好像他对于诸如此类的病症一没时间,二没兴趣。随后医生绕过办公桌,打算坐下,白大褂蹭过墙时发出恼人的沙沙声,比一般情况下衣服擦过墙的声音重得多。

我们坐在桌子的另一端。我和我父亲坐在两张相对的椅子上,脚几乎要碰到一起。鸦雀无声,我们只听得见医生重重的落笔声,他在病历本上写着一些无关紧要的东西,换句话说我的情况无须就医。突然父亲把他的脚往回收了收。若非当时父亲同我一道去看了医生,这次就医经历是不会给我留下什么印象的。

"一切都很正常。"医生重复道,语气似在暗示因为我浪费了他的时间,所以他现在有时间也有兴致来惩罚我了。"他现在这个年龄,细胞在生长期,分裂得要比成年人快,这才使身体能够不断成长。"随后医生放下笔,将一只手搁在另一只上面,仿佛以此来表达他的嫌恶。"如果每个青少年都因为有些恶心或者乏力就来看病,诊室会被挤满,我们就不能去诊治重病患者了。"在他眼中我就是一个被宠坏的小男孩,有一点小毛病就叫苦不迭,说不定他已经看出长大以后的我会是一个对自己的职业牢骚满腹的人了吧。

医生继续说着,刚劲有力的前臂在桌上蹭来蹭去,发出沙沙的响声,他正克制着某些更使劲的动作。至于父亲,则坐在桌子的另一边走神,一副男人得知自己精子活力不足之后的表情。不知医生说到哪儿的时候,他看也不看我就表示同意说:"是的,是他夸张了。"这就是父亲说的唯一一句话,语气极为平静,你甚至会觉得就算我得了什么大病他也无所谓。

"但他是个健康、有教养的孩子。"医生说道。就在刚才,他的语气中还流露出对父亲遗传给我的基因、施予我教育的鄙视,此时他在试图补救,"他的身体健康,凝血功能也还可以。"医生一面补充着,一面从头到脚地打量我,脸上挂着看不起我却又不得不与父亲寒暄的假笑,父亲也以微笑回应他。医生的余光瞟到了父亲的笑,便用嗔怪的玩笑语气建议道:"你应该坚强一些啊!"同时应景地握住了拳头,还用硬邦邦的手肘敲了一下桌面。医生觉察到自己的话在我这里并不受用后便大声笑了笑,示意我他刚才所说的虽有些玩笑成分,但也并非全然无关紧要。而后,又笑着看向父亲,想通过父亲回应时的笑容来给自己的话增加权威性。这医生扮演的就是父亲的角色,在责备我的同时像是在对我说,不要继续装病,也别打什么鬼主意,免得母亲担心。不,他并不只是在将责任归咎于父亲遗传给我的基因,他和父亲当时根本就是一个鼻孔出气。这样想着,我怔愣地望着地面,仿佛在下决心出走。

突然,医生伸出了他粗糙冰凉的手,也许是想拍拍我的脸,或是抹去我的那种眼神,我随即被这样的举动吓了一跳,本能地以为他是要扇我耳光,便在椅子上往后缩了缩。医生和父亲见状会心地朗声大笑,昭示着他俩就我的问题达成了一致。就这样,结论毫无回旋余地地下定了:我无论有什么毛病都是天生的。医生向父亲摊手表示抱歉,因为这种病是不会痊愈的,父亲也回以同样的动作。他俩同时起身,热切地握手,两个高大的身躯挡在我头顶,两只手紧紧相握,仿佛不是在告别而是为了其他事。

正是在这一刻,我以某种方式明白,这个病会一直陪伴着我。它不过是发生在成长过程中的万千转变之一,只要活着就无法逃脱它的控制。事情往往就是这样的,人会在一个极其普通的时刻之后意识到,痛苦就是痛苦,一旦第一次悟出这个事实,一辈子都不会忘记。

第二周

  又一次选错日子，只睡两个小时，惊醒之后我开车去单位，一路上开得像个醉汉一样。到办公室后，我便撕下那张黄色便笺将它揉成一团扔在桌上，然后向那个老人问早，为了向我最喜欢的一本海明威小说致敬，以后我就像这样称呼他为"老人"了。他是一个坐在我隔壁桌的老头，更确切地说是坐在我旁边的显示器屏幕前，公司地方有限，一旦有新员工进来，就在两张办公桌之间再加塞一张桌子。现在，这里已经挤满了长长的一排排紧密相连的桌子，桌上无数个亮着的屏幕平行码放，两两相对，就像学校里的计算机实验室。屏幕与屏幕之间只留出一点点空隙放打印机。打印机不停地发出声响，吐出一张张打好的文稿，以至于谁要是打印了什么东西，得一路小跑到打印机跟前才不会在一沓子纸中找不到自己的文稿。

  持续的拥挤，马不停蹄的工作，这便是这幢高楼里的纷杂日常。尽管如此，从外面看却会以为这是一幢没有启用的空楼。

  不知是幸运还是不幸，我的办公桌紧挨着打印机，甚至这台打印机还占用了我办公桌的一部分，有人打印东西的时候我都能感觉到滚烫的纸在我脑袋附近吐出。因此，我可以根据打印文稿的频率来推断部门的工作节奏。工作繁忙的时候，我既不能看书也不能上网闲逛，因为随时都可能有人冲到打印机前取走他打的东西，这样的人往往接二连三排成队出现，像极了午餐后大家等着上厕所。

更妙的是，这个位置为我提供了很好的视觉盲区作掩护。虽然只要那个老人现在盯着我的屏幕就能发现我正好写到了他，不过也没关系，因为我对他自闭的天性一直很放心，甚至一和我打完招呼，他就会立马忘记我的存在，而且他回应问候时从不看人，以此斩断一切与人交谈的机会。无论能从你这里听到什么，都不会比他电脑屏幕上的事情更要紧。除了伸伸懒腰，抱怨一下空调温度太低了，整个工作时间他都与屏幕密不可分。老人说话时，沙哑而苍白的声音像是从一个沉寂了很久的喉咙中发出的。有时，连他点击鼠标的声音都很苍白，一如他的嗓音。

这是他上班的最后一个月了，但你可能会以为他好几年前就过了退休年龄。老人褐色的皮肤像是古代人被太阳烘烤过那般，在这个部门的四壁之内度过了太多个白天，肤色又平添了一丝暗沉。他身着褪了色的白色长袍和头巾。他整天都戴着头巾，一直垂到下巴，遮住了两颊。因此，他盯着屏幕的时候我实在很难猜出他的表情透漏出什么信息。思索着关于老人的两三事时，我觉得，他的外表暗示着他原本过的是旧时水手和海湾采珠人的那种生活，或许之前那才是他的职业，是石油让他来到这间办公室工作。老人虽与一群身着衬衫长裤、彩色罩衫甚至各式潮服的人同坐，这些人用英语谈论着有关精密技术这样那样的细节，可我始终不知道他在这个部门里到底是做什么的，或许他自己也不清楚吧。我觉得，可能是因为他们没有什么赶他走的理由才决定让他留下来，坐在那里装模作样地工作，过完在公司的最后几年。老人瘦弱的身躯纹丝不动地立在办公桌前，仿佛一根锈迹斑斑的钉子被固定在这台巨型机器里，年年磨损，直到过了三十年上下。

我三年前便开始在这儿工作，就称其为"东方石化公司"吧，同谷崎润一郎一部小说中的主人公供职的石油公司别无二致。这个名字恰如其分，因为我们所在的正是这个国家东部石油资源充足的地区，不过最好还是不要明说公司名字和位置，因为我也说不好某一天会是哪个好逸恶劳之徒读到我写的这些东西。这是家大公司，前途一片光明，只有这两点才是最重要的。对于信息技术专业的毕业生而言，在电力公司、天然气公司、水泥公司，甚至是处理粪便的公司工作，实际上没太大差别。我大学时期选的专业也不是深思熟虑的结果。我高中毕业那年父亲去世了，这个时候我考虑得更多的是经济因素。据说这个信息技术专业在职场上很抢手，除了能在就业市场炙手可热之外，还有何求呢？人总得设法谋生，当下青年人面临失业，而家里又需要这份薪水，莫非你的境遇好过卡夫卡？这些理由足以使我为自己挑一个未来可以干白领工作的专业了。

在这个部门干活倒是不要求你奋发进取，能力超群，但是公司会定期开展测评，考核你是否旷工，是否违反了规章制度，并以报告的形式呈现结果。那些在相对重要的岗位上工作的同事，有时没空去处理那些电脑技术方面的问题，便不断地求助于你，更新软件的工作没完没了，甚至第一批更新还没完成，新的更新又在等着。偶然碰上没活干的时候，虽然作为员工他应该主动要求去完成更多的任务，可他并不愿意，即便如此，只要发现有人手头闲着，公司领导总有办法给他找到事做。这里的专家如是说："应时刻准备好，以应对不时之需。"在这种理念的指导下，为了让你能时刻忙碌并且准备好承担更多工作，尽管你连之前的工作都还没做完，他们还是会扔给你一个又一个任务，好像片刻的休闲都会将你腐化。

我的顶头上司对这种理论笃信不疑，他对一切都极为谨慎，喜欢把一句美国人的话挂在嘴边："无论多么小心都不为过。"他那副样子有点讨人厌。此人裤子提得很高，都快提到肚脐了，走路时裤子不一会儿就会从大肚皮上滑下去，这时他便用力往上拽拽，似乎并未意识到这肥大的裤子让自己看起来特别像查理·卓别林，或许他还觉得自己的打扮十分新潮。为了确信自己这样想没错，他还时不时地低头看看脚上那双斯凯奇，这双傻乎乎的鞋真是将他的性格展现得淋漓尽致：糟糕的品位，盲目的模仿，永远觉得自己简直是块被小用了的大材，竟然屈居现在的职位。

　　他的唯一优点就是寡言，只是盯着你的屏幕，你若犯了什么严重的错误他便说："神啊，真是难以置信！"错误严重到无以复加的时候，你会发现他一言不发，只用责难的眼神凝视着你，这时你才意识到，你犯的这个错误已经严重到让他无话可说了。我犯的那些错误大多都让他很无语。虽然他一贯会料到，相信，甚至期待着我犯错，但还是对我的那些错误感到十分讶异，大概正因如此，才盼着我能将一些任务抛之脑后，而且不到截止日期绝不提醒我。若是我忘了对杀毒软件进行专门检查，他便转动两颗眼珠，让它们在眼眶里滚过每一寸眼白，这会让你在那一瞬以为他要昏倒了。可能只是听到"病毒"这个词他都会丧失理智，更别说提及"病毒"的具体语境了。尽管在我供职于这个部门的这段时间里，我们从来没遇到过一个对系统造成实质威胁的病毒，但他还是每次都盯着我们按时做检查，好像只要漏了一次，灾难就一定不可避免。我常常忘记检查杀毒软件，他过来提醒我的时候会一直盯着我，直到检查完成，甚至每隔两分钟就来看一次检查进度，穿着肥大的裤子，丑陋的鞋在我周围晃来晃去，嘴里还喋喋不休地重复着他从美国人那里听来的那些空话。

总之，他大概是个婊子养的，不然领导们还能是什么呢？但其实他也是承受着来自上头的压力，势必也需要找到宣泄的地方。至于他的上司——部门经理，那可真是货真价实的婊子养的，也许谁的母亲越浪，谁的晋升机会就越多吧。

我们这位经理，总是以"部门在这个非常时期需要人手"为由随心所欲地推迟假期，可我们在这里的每一天都变成了"非常时期"。除了因为小打小闹的病获批过一些零星假期以外，我就没休过一天假，而我要实现去布拉格或圣彼得堡旅行的梦想也一再推迟。当公司的网络真的受到攻击时，就更加暗无天日了，这时工作压力极大，我们不得不在公司多待好几个小时，努力记录下每一个员工用他的账户做的每件事，将所有疑似遭到攻击的设备隔离，哪怕仅仅是输错了一两次密码，也会被视作"疑似受攻击"。对于这些额外的工作并没什么物质补偿，往往被看作员工出于对公司利益的维护而不得不加班罢了。此时公司经理穿过办公室，准备离开，他那耷拉到脖子上的下巴和公鸡下巴如出一辙。从公司回家之前，只见他冲左右两边拍着手，用鼓励的语气不停地对我们说："你们可都是我们的无名英雄啊！"一说就是好几遍。对一家石化公司的工作而言，这样的话总显得有些奇怪。"无名英雄"，这句话还是以某种形式在员工中间竖立起了公司的精神。

除此之外，职位就是职位。这一点倒还可以接受，即便一个人的日常就是为了工作，他也应该对此习以为常。同样，他也应该习惯从偏厅进来。不过，公正一点说，世界上并不存在所谓最低下的职位。你要不

011

断提醒自己，所有的事情都有可能变得更糟，这才是最重要的。

举个例子，刚进这家公司，还没调到现在这个部门的时候，我不得不和另外三名员工共用一间特别小的办公室，根本不像现在这样有足够的私人空间让我能读读写写。另外三人循规蹈矩甚至到了令人生畏的地步，他们可真是名副其实的无名英雄，没有一天八点以后上班，五点以前下班。在此期间，他们每个人都不怎么离开工位。因为你不知道经理何时会在你不注意的情况下走过办公室，也说不好何时会有重要的新邮件发过来，而你却没在一分钟之内将它打开。我从没见过他们吃东西，自然也没见过他们上厕所，他们待在这里完全就是为公司奉献，为此，他们都以军人般的姿态主动让身体的需求屈从于工作。

午休时间一到，他们立刻离开，不到午饭时间结束绝不回来。因为在这一个小时之内不坐在办公桌前也是严守纪律的一部分，每个真正的战士都应该遵守。若你在午饭时间继续工作，便意味着之前你荒疏怠惰，所以才要拿休息时间来弥补，同样，想在五点之后工作来证明自己刻苦亦大可不必，因为这可能说明你在工作时间没有合理安排时间完成任务。

这些员工的职业性习惯常常是为了迎合部门领导的一些无聊管理细节，比如，为了安全起见，领导要求设备下面的数据线、电源线等不能缠在一起，摆在狭小办公桌上文件一定要整齐。尽管有的细节并不是考核员工的公开标准，但在很大一部分员工看来，这其中有一部分会作为选拔负责人的秘密标准，没人知道这些标准具体包括什么，上面在意什么，不在意什么。但那三个人总是为接受考核作足了准备，仿佛有一只公正的眼睛正在监视办公室里的大小情况，仿佛相信着有朝一日他们会得到应有的嘉奖。

在他们之中出现一个自由散漫的人,自然是一件令其他人羞与为伍的事。例如我一刻不停地在吃,而这往往是因为没有其他事情可做。但自打我对自助餐厅的那几种一成不变的食物失去兴趣之后,无事可做已经不再是困扰我的问题了,与此同时,我为数不多的乐趣之一也岌岌可危。因为当一个地方只有一个人在吃东西时,他难免会感到局促。我一带食物进来,他们就表现出对气味格外敏感,因为馅饼、三明治的气味污染了这里的空气,他们随即做出一副闻到了什么恶心味儿的样子。然后,你刚吃了第一口就会觉得自己被监视。鉴于他们平时几乎悄无声息,四壁之内任何响动都变得清晰可闻。有时你的肚子开始咕咕叫,气氛随之紧张得令人窒息。哪怕他们中有人能嘲讽几句或是对这样的响声表示出一下惊讶,都能让人觉得舒服些,可他们只是做出一些奇怪而且毫无意义的举动,比如来回挪鼠标,或是跟着肚子叫的节奏晃动坐椅,只为让你知道他们听到了,这声音已然传开,而你对此应该有所行动。即使他们知道你很快就会吃完自己带来的食物,对你的憎恶也不会有丝毫平息,场面反而会更加紧张。他们的身体已经习惯了几时进食、几时排泄的规律,这使他们无法理解人的肚子有时竟会无缘无故地咕咕叫几声,以为你是为了打扰他们才故意让肚子叫,仿佛那只是一种专门用来对付他们的下流手段。说不定他们还会向管理层打小报告:这个新来的员工肚子乱叫!甚至有一次,上司站在我身后拍着我的肩膀问道:"你还好吧?"我身体并无大恙,便回答他说"我很好",他又转头看了看那三个人,和他们确认我就是小报告里说的那位,通过他们仨的眼神认定完毕后,又拍了拍我的肩膀,像是在说:"你得克制一下啊。"

他们唯一一次直截了当地鄙视我,是在我就手头工作咨询他们相关问题的时候。当时,那些问题暴露了我对这个部门的基本运作一无所知。这个地方有一条不成文的基本准则:问问题是可耻的。通晓各项事务是所有人都拥有的天赋,这些人总是以为拥有这种天赋很容易,甚至如果你不能独当一面,解决所有问题,那就根本不该在这里工作。我提出了只有新手才会问的无聊问题,它已经证明这个专业化的部门绝非我该待的地方。我第一次听到他们笑,与我料想的完全不同,竟是那种响亮的朗声大笑,这愉悦的笑声同时也传达了他们对我所问问题的责难意味,以至于他们中居然有一个人实在情难自已,干脆起身去报告领导,想让他加入他们一起笑。可是领导听完了整件事之后并未发笑,而是脸上摆出一副干巴巴的表情,全然不认为我的这些问题哪里可笑,他那表情透露出:我如此无知是件后果严重的事,绝不可插科打诨、嘲讽一番就不了了之。

过了一段时间,顶头上司通知我,说我将被调到另一个部门。一天早上,他突然拍了拍我的肩膀,我回头看他的时候,他用头示意我去小会议室。我跟着他进了房间,两人相对而坐。他之前也像这样给我布置过任务,所以当时我以为这不过是自己在这个部门又一个波澜不惊的工作日而已。我未作任何心理准备,事情就这样突然发生了,超出之前的所有预想。

原因说不定就是我的那个问题,或是我肚子的咕咕声,也可能是因为我有一天不到五点就走了,抑或是另一天过了五点才走,两者性质并无差别。从他的职务看,他实际上也不一定清楚原因。当时他说话的语气神秘而婉转,将桌上的一张纸挪来挪去,其实那张纸和我们的谈话主题没有任何关系。他仿佛是想借此来暗示自己沉稳又专业，也让我明白这次面谈的民主性。说话时，他用的全是被动语态，以此示意这个决定并非出自他手，而在公司金字塔式的管理体制中，无论如何，你永远都不可能知道是谁在作决定。不过，这确实是想把你赶走，以后无论你调到哪个部门，只要还在这个公司，你就会因此抬不起头，从今往后再无升迁可能，只会沦落到更不起眼的部门，以上便是他拐弯抹角所说的全部内容，对个中原因却闪烁其词，只说第一印象是不可能改变的。

从一个部门调到另一个部门这件事本身对你没有什么伤害，诸如此类的人事调整在任何地方都会发生，只是必要的管理手段而已，目的就是选拔高效的精英，同时将效率最低的人边缘化，但这样的结果最憋屈之处就在于你根本没有选择作出任何一种反应的余地，即使你原本就打算以漠不关心的态度回应。也会有人婉转遮掩、饱含同情却又充满失望地通知你，仿佛这是一件你应该感到羞愧的事，然后自然地消失于众人视线中。

总之，在我看来，换岗是件好事，我在这里的座位紧挨着打印机，相比之下还不算糟。比如我还可以时不时开小差读点东西，甚至开始有规律地写作。但得保持谨慎，不能让人听到我敲击键盘的声音过于频繁，一旦被人发现，你可不知道会有什么倒霉事等着你。当我感觉自己快被发现的时候，就随便打印一张纸做掩护，之后起身去取，假装我写的都是和工作有关的东西。然后装模作样地看一眼那张纸，随即将它扔进回收箱。打印出文件只是为了扔掉它，但你还是在不断地打印。此外，我还利用起身的机会下楼抽烟，这两个法子屡试不爽。

到了一楼之后，我提醒自己别在外面的空地上晃太久，因为那扇玻璃窗只能从里面看外边,你无法看到在候梯间里是否有人在监视你。上下楼的时候经常会碰到某位经理,他会用眼神提示你,你在楼梯间上上下下这件事情本身就是懒散的表现,即使当时没有惩罚你,你也会觉得挨罚只是早晚的事。说不定在某个时候,你以为领导不在,却突然发现自己肩膀上有一双手,而手的主人正站在你身后,他脸上的表情告诉你:算账时刻到了。

我坐在公园专为吸烟者准备的长椅上,只抽一支烟,可抽完时感觉却像是抽了一整盒。勉强维持着缓慢的呼吸,我徐徐站起来,像在战场负伤的战士一般,一步步地迈着沉重的步子。可我并未同谁作战,这种疲惫从何而来?

又一次,我在候梯厅里等电梯,强烈的阳光透过高大的玻璃窗倾泻而下,房顶几盏明晃晃的灯由链子吊在头顶上方不远处,像是要驱散一切阴影。这里没有座位,甚至连一个适宜的站脚处都找不到,只有一根根光亮的大理石柱有序排列着,天花板向上延伸,高度有些夸张。在这个厅里,你会感到房顶高得吓人,自己身边空荡无物,这里的设计仿佛就是为了昭示,人在这儿是最没有价值的存在。

第三周

这几天我在尝试戒烟,为此让自己忙于写作,但后者或许更加伤身。母亲说烟和写作我都应该戒掉,好像在她看来二者是一回事。"花钱给自己买伤害这种事你还要做到什么时候?"她像是在攻击我,于是，我同她争论起来，却暗暗在心里为她简单而精妙的逻辑拍案叫绝，因为文学与烟草确实别无二致，可我无意在此详述，承认事实就好。

我不再去买烟，可时不时地总有人给我递烟，我便艰难地抵抗着烟的诱惑。电梯厅的玻璃窗让你可以透过它看到外面的空地，人们就在那里抽烟。但若你正在尝试戒烟，这亦是它的弊端所在。我的双肺已不再年轻，看到一些年长的人整日出去抽烟时不禁疑惑，他们怎么能这样做，接下来的场面又怎么不是他们抽完烟后呼吸骤停而死？我总想知道是否存在某种保持活力的秘方，或是所有人都终生遵循的良好习惯，只是由于某种原因我对此一无所知罢了。

与之相对，最近我的写作能力觉醒了。我已经很久没有写过东西了，或许我从来都未如此畅快地写过。一到周末我就心急火燎地赶回家，继续两周以前开始做的那件事。这样的时间划分方式可以有效地帮我终止很久不干活的状态。以前上学时，我对每周的写作课和表达课的那种热情重回心中。可能就在那时我第一次发现了自己对写作的兴趣，这两节课上，我血液中的肾上腺素水平比在体育课上还高，一直写到下课铃响才惊觉时间竟会如此悄然流逝。那时，我希望文科类、数学以及其他难以理解的课都能换成额外的几节写作课，这样就不会每周只有一节了。当时写的都是些无足轻重的主题，更没有动人心弦的故事，只是这种强烈的表达欲源源不断地翻涌而出。那时候，对像我这样内向的孩子而言，写作就是生活中的一个宣泄口。

上中学后，我们的课程表里不再有写作课，我也就打破了每周写作的习惯。从那时起，我更加自由地在家里写东西，当我将一些自己写的诗歌拿给母亲看时，她十分欣喜。因为在她和伯母们比谁的孩子更有天赋时,我非凡的写作能力似乎可以派上用场。很快,我的这些诗歌就在家中传开。当时,我和伯父们打招呼时他们中有人叫我"诗人",也有人问我:"又有什么新作了吗?"还有人大声重复着背诵着我那并不押韵的诗句。忽然间,我发现自己成了众人的焦点,身陷于无数难以分辨出是鼓舞还是嘲讽的品评中,这令我倍感窘迫。于是,我又中断了写作,一断就是好几年。

不再动笔的这段时间里我一直坚持阅读,这还得归功于我家书房里那些古典精装书和宗教读本。我们家并不属于那些严格信教的家庭,但当时流行把家里装修得像藏书馆一样,我沉迷于这类书是因为家里并无其他书可读。受其影响,少年时期有一段时间我还真正虔诚地信奉过宗教。但现在回想起来,我的那种虔诚实际上无非是对家庭的叛逆,纯粹是为反抗他们那毫无精神给养的生活方式罢了。我一度羡慕那些同龄人,因为他们的父亲会因为他们不做礼拜而殴打、责备他们,我以为这种责备是表达关心的一种方式。尽管母亲知道我的虔诚与一般男孩子们惹人厌的种种行为相比并不算很过分,但她还是看不惯。这个时候,我坚持"面对挫折更应坚定不移"的态度,愈发固执地信奉,在心里却因所有这一切给母亲造成的担忧而窃喜,仿佛这就是我对她的一个惩罚。我觉得最后是自己厌倦了宗教,不管怎么说,当时我的叛逆情绪都是没有长性的。

读高中时我已不再笃信宗教,但此消彼长,对西方思想的兴趣又日渐浓厚。那时我已足够独立,可以精心选择自己想看的书,尽管我在选书的主题,书的作者时摇摆不定,而且很多时候对书中内容并不理解,但在心灵一无所获的情况下,我依然坚持读了一段时间。

那时，我渴望的生活和眼下的生活之间存在着一道鸿沟，我一度不知餍足地想用经验去填补，而这仅凭有想法是没用的。想填满这道鸿沟，若非用一些真实可触、直抵心灵的东西，一些直白清透、能穿行于肌肤之下的言辞，绝不可得。就这样，有一天我读到了《饥饿》[①]这本小说。呵！足矣。顷刻间，我产生了一种强烈的感觉：一个新的世界展现在了我眼前。

依稀记得，我在一天之内阅读完了整部小说，读得太过痴醉，几乎没怎么吃东西，第二天一睡醒，顿觉身体有恙，大脑因饥饿过度一片混乱。这部小说是汉姆生取材于个人生活创作的，我完全被书中主人公引人入胜的经历俘获了。我多么渴望拥有同汉姆生一样的创作能力，哪怕经历比他更为险恶的人生。那天早上，我什么都顾不上了，开始向安拉祈祷，近乎疯狂地恳求安拉用各式各样的苦难作为对我背离他的惩罚，然后相应地赐予我表达能力，使我能捱过悲惨岁月。这更像是一个誓愿，又或许是一种精神补偿，也许是坚守信仰的某种替代形式。

我继续读这一类小说。随之了解到，创作《饥饿》的穷困潦倒的作家受了拉斯科尔尼科夫形象的影响，我便又沉迷《罪与罚》，这本书对我的影响更大，我思主人公所思，想主人公所想，羡慕他可以淋漓尽致地体验生活。以致我都有过这样的想法，仅仅为了体验拉斯科尔尼科夫的苦楚，用心感受他内心的斗争，我都愿意去随便杀个人，犯点罪。不过，还是希望安拉能赐我一些真实而非虚构的经历，让我及时止损。我应该在安拉的旨意下，遭遇种种残酷命运，好让我心中对邪恶的渴求不

[①] 挪威著名作家、1920年诺贝尔文学奖获得者克努特·汉姆生（Knut Hamsun，1859—1952）的成名作。——译者注

会破坏我与安拉之间的誓愿。

日复一日，在这些书的影响下我陷入了一种疯狂的境地：非常享受将自己看到的一切都转化为某种鲜活灵动的文学存在成为了我的乐趣，凡是眼睛观察到的事物，我的大脑都会围绕它进行一番写作练习，然而，当我真提笔去写的时候，其结果与我之前读的书相比，竟显得那样拙劣。当时我总是将写作不顺归咎于自己身处顺境，怪悲惨命运还没有为我准备就绪。在我面前还有漫长的岁月，其间我可以求得各式写作技巧，获取可得的万千经验，那时候我如此想着。

自然而然，母亲对我这种新爱好亮出了态度，尤其是在我特别沉迷写作以后。在整个大学阶段一直到我上班前的日子里，大部分时间我都宅在家中，与书为伴。对此，母亲毫不掩饰自己的嫌恶，仿佛我在家里看书即是犯下了一种隐晦的罪，抑或破了家中规矩。起初，她尽可能像开玩笑一样，认为我深居家中与一般男孩子们惹人厌的种种行为相比并不算很过分。她会用讽刺的语气提醒我，倘若我是个女孩，一定可以成为她的好帮手。随后她便夸张地大笑着，表示自己并不是认真的，却又留给我一个嘲讽意味十足的眼神，觉得她这样的眼神可以催我放下书，多去外面逛逛。母亲这种担忧与当年对我虔诚信教的忧虑别无二致。在她看来，我的所作所为只不过是在用一个极端取代另一个极端罢了。

近日来，生活一如往常，除了母亲开始将找碴的由头转向了一些严肃且不容忽视的事情，比如我不去看望爷爷，又比如我还不考虑结婚，再比如我不肯多花精力发展事业。我同母亲的关系一直掺杂着些许相互嫌怨。所以当母亲挑起事端的时候，我尽量不置一词，最近，我干脆搬到了后屋里，以前这个房间是父亲的书房。这里从午后一直到黄昏都被阳光沐浴着，每逢周末的这段时间我都会在这儿看书，而平时我很少有阅读的动力。但对于母亲而言，我这样的行为简直是一种挑衅：非但不在外面找事做，还搬到了一个新的房间里，在她看来，我这种存在方式就如同宣布自己将一直待在这里，直到地老天荒。

　　母亲开始突然地走进我的房间，站在门口笑笑，然后来一场即兴演讲，并且等候"评审结果"，她一言不发地四顾打量，于是我明白她是在批评这里太脏乱，同时再次表达她对我搬到这个房间的不满。她明明看到我手里捧着一本书，却还问我在干什么。她这样做纯粹是为了强调我这样是有问题的。紧接着便说我已经陷入了幻想世界和虚构的故事中，沉迷外国思想，脱离现实了。她还用目光在书房搜寻，力图为自己的话寻找证据，随即，书架上的一套丛书吸引了她的目光，那是一套封皮相似、书名不同的十八卷本，母亲取下其中一册，念出了作者名："杜·斯特维·菲斯基"。虽然音调读得不对，但听着倒还算顺耳，随后母亲抬头看我，等我给出一个解释，仿佛单单这个书名就已经构成了一项指控。"是一个俄国作家。"我说道。"是什么逼着你让自己受这种罪啊？"仿佛母亲凭借自己聪颖的天资领悟到书里的内容和书中人物的脾性，或者她猜测，我让自己费心劳神地读他的书，仅仅是因为他的名字拗口而已。

　　我告诉母亲，那是一个著名作家，书名和书的内容之间并没什么直接关联，并不是说，如果一个人叫"萨夏"就意味着他没有那么复杂，即使一个人叫陀斯妥耶夫斯基，他长大成人后也有可能只是一个农夫或擦鞋匠。天性使然，母亲喜欢这样的争论，而且还擅长即兴捏造借口。她很固执，以至于无论我说什么她都能搅上三分。母亲开始快速浏览这些书，想从中找出些什么来支撑自己的论断，然后一个接着一个地读目录，声音越来越响：“《白痴》《鬼》!《被伤害与侮辱的人们》!!《地下室手记》!!!《死屋手记》!!!!!"母亲抬起头看着我，像是在说仅凭这些书名就足以证明她的论点。

"读了这些，你怎么可能感到幸福？"

就在此时，我们之间的争论出现了另一些转折点，我对母亲说道："像现在这样我就很满意。"母亲仍然晃着手中的《白痴》说我应该醒醒了。争论越发激烈，而且已经偏离了最初的主题，现在，我们的争论已经限定在了陀斯妥耶夫斯基身上，而我，正像他笔下一个穷困潦倒的俄国小人物。

如果母亲抽出来的是一本海明威的小说，我们便不必如此争论，因为海明威性格乐观，顺生而行。男性的刚毅让他爱上探险，喜欢攻坚克难，热爱一切同时又勇于挑战一切，即使对手是头公牛也要与之搏斗一番。就算母亲厌烦海明威冗长的外国名字，我也会挺胸抬头维护他，胸有成竹地谈论海明威的生活方式多么充满朝气，他的文章有多么积极的影响，当生活不顺意的时候，他也不会误入歧途。你若想顺水行舟，或者凭意志坚持与海浪搏击，那我建议你去读《老人与海》。或者她拿起的是谷崎润一郎那本不太厚的《阴翳礼赞》，并以此批评我的品位时，我也一定可以拿出强有力的说辞。这位作家在谈论归天时，将一切都描绘得充满纯正的日式诗性美感，了无巧言粉饰之嫌、空漠疏离之感，更无求苦之意，他展现的是一种无可挑剔的美。

但母亲没有这样做，因为她只看到了陀斯妥耶夫斯基，这让我无法反驳，于是误解越发深重，我们围绕各种义务、家庭角色、个人责任、审慎抉择等争执不休。"看看你哥哥，你什么时候才去看望爷爷，这乱糟糟的，这个家，还有这房间，什么时候才是个头啊，儿子！"说完，母亲夺门而出，而我感到周遭的一切都与我的本性背向而行。

我与母亲之间不可能达成任何共识。她的母权观念和认为自己没能尽善尽美地对我负责而产生的愧疚感掺杂在一起，仿佛我以后会责怪她没能督促我成为人中俊杰似的。小时候，母亲总是把我的聪颖挂在嘴边，在婶婶们面前也以此为傲，称只要我不荒疏怠惰，凭我的潜能以后一定会出人头地，尽管母亲觉得我会成为一个厉害的人物，却不包括成为作家。当我对母亲出言不逊时她也表示理解，在我的暴脾气面前稍微收敛一些。我的怒气很快就消散了，可她从不消停，让步也只是为了更猛烈的俯冲。现在，她神经质地喋喋不休，说什么有的事情她没办法听之任之，并要求我为了尽这样或那样的义务必须走出家门，她简直像一只雌鹰，为磨砺幼鸟硬是将其扔出巢外。

母亲坚持让我去看望爷爷，这是她绝对不会让步的事情之一。父亲去世以后，伯父们曾接济过我们一段时间，后来我们不来往了，伯父们之间也都不再走动了，这时是爷爷一直在经济上支持我们，直到我和哥哥参加工作，妹妹嫁人。爷爷一直出于善意给我们钱，母亲想要谢绝的时候仍坚持再三。每次我去看望爷爷时，他都会因为我不想要他的资助而责备我。或许他坚持给母亲钱，仅仅是为了能有由头怪罪我吧。总的来说这并不是什么新鲜的理由，爷爷总是能胡乱捏造出一堆说辞责备我。至于母亲，则对我和爷爷给彼此的评价不予置评，每逢节假日便提醒我去看望他。父亲去世了，母亲自己的双亲也已经不在人世，对她而言，也许我去看望爷爷在某种程度上也算是一种慰藉吧。

谁都知道，钱是一个老问题，尽管我们的生活还算宽裕，但忧心未来在所难免，尤其是哥哥的婚事现在已经提上了日程。最近的计划是等哥哥结婚后，母亲就搬过去和他一起住，明年冬天哥哥一完婚，现在这套房子就要被卖到新的主人手中。这个计划虽然大家都表示同意，但也并非出于自愿，是妹妹用了数条妙计才说服所有人。

对往昔的回忆暂且打住，一是提到这个妹妹，昨天打盹时的恶心感又阵阵袭来，若不是她昨天晚上到家里来了，我现在绝不会继续谈她。为了确定计划推进一切顺利，最近她时常来我们家。

你往往可以通过高跟鞋敲击台阶的声音辨别出她的脚步。进门之后，她摘下面纱拿在手里，头发梳得精致极了，她的香水味随着空气流动从门口传来。我们见到的她永远扮相高贵，光彩照人，似乎想以此证明些什么。她总是戴着一副硕大的珍珠耳环，是打电话的时候得从耳朵上取下来，挂断电话之后再戴回去的那种大耳环。打电话或和母亲聊天时，她总是让两条引人注目的小腿交叉。她一边跑过去给女儿擦鼻涕，一边厉声呵斥她，像是要让两岁的女儿明白，自己应该同妈妈一样优雅，随后回到沙发上挨着母亲坐下，交叉起自己的小腿，继续聊天，语气竟同刚才和女儿讲话时一样。

你可以仅仅通过一个人的语气和闲聊时的话题推断出他刚刚迎来了新生活。我妹妹的声音自信而镇定，一听就知道她是那种对生活有规划的人，最近变得富裕且时髦。她丈夫出身名门，是一家银行的经理。

这个月初，妹妹单枪匹马敲定了哥哥的订婚。为此，先是说服哥哥接受她丈夫一位名流朋友的女儿，然后又去说服他们接受哥哥。为了完成计划，她还找哥哥和母亲谈婚礼筹备的相关事宜。这种时候，她那种视自己为两个家庭之间主要协调人的高调语气有增无减。但只要我一出现，妹妹强势的声音立刻软了下来，变得轻巧，低沉又神秘，甚至还略带谨慎。当妹妹与别人交谈时，我也在场没有更多人的情况下她才会如此，至于我俩单独在一起的时候，她则是始终不变，一言不发。妹妹的这种无声，就如同她面对的是一个自己不愿与之交往的人。

概而论之，妹妹对我的这种提防并非稀罕事。比方说，她刚生下女儿的时候，甚至连让我抱一下小孩都不放心，以为我抱她女儿不过是想试试手。说不定还会觉得我仅仅出于好奇会把她女儿头朝下拎着。可实际上我抱小孩只不过为了表示出温文尔雅，因为当你去医院看望一个刚刚分娩的产妇时，抱抱她生出来的儿子或女儿才合乎礼节，即便他或她长大后会变成一个鼻涕虫。出于客套，我亲了亲她女儿，而这纯粹是因为找不到合适的宠溺套话来应景。我敢断言，仅仅这些举动在妹妹看来我就像金刚——那个喜欢鲁莽地将漂亮小女孩举到自己肩膀上然后带着她逃离的大猩猩。当时，她躺在床上，尽管她极力想表现得友好自然一些，实际上却如同恳求似的向我伸开双臂，让我把她女儿还给她。或许，她已经预先看到了下一秒我就会带着她女儿夺门而逃，爬到医院楼顶，一如电影末尾金刚爬上帝国大厦楼顶。

更有甚者，妹妹在结婚之前谨小慎微地控制着我和她之间的距离。如果我和她在同一时间起床，她就再回去睡一会儿；如果我刚从卫生间出来，她一定最后一个才进去；如果我坐在沙发上，她就坐在椅子上；若我打喷嚏，她也不会有任何反应；进家的时候，如果我走在后面她不会给我留门；如果是我先她出门，她会磨蹭一会儿，以免我扶住门等她。妹妹从未敲过我的门，她恐怕连我房间到底长什么样都不知道。如果晚上只有我俩在家，我们就通过电话联系。她问我："你要吃晚饭吗？""要。""我不要。"通话结束。当我是唯一可以陪她一起吃饭的人时，她很少会觉得饿。有一天我提议和她一起去餐厅吃晚饭，她疑虑重重地问我："为什么？怎么回事？我们干吗呢？"她斩钉截铁地拒绝了，仿佛这个晚餐邀请是一条为了绑架她的奸计。我开车带她去什么地方的时候，我俩谁都不说话。她的沉默中甚至都能让人感觉出她对我的音乐品位、驾车技术抑或车里脏乱的地面十分鄙视。妹妹总是皱着眉头或久久盯着窗外，或者就一路上从头到尾踢着脚下的什么东西，以此表示自己的不屑。

　　当时，我车里的地面足以证明我没和任何女孩子约会。倒不是没兴趣，只是去结识一个女孩子这种事实在与我的性格不符。和她们相处的时候，你得风趣幽默，活泼开朗，彬彬有礼，这样才能让她们相信你这个人值得信赖。然而，相应的，女孩子们却什么也不用做，仅仅因为她们是女性就大权在握，她们享有与生俱来的权力，你则欠人家一份风趣幽默，得主动去和她们聊天，挑一些有趣的话题，保持交谈过程顺畅无阻，心情愉悦地向她们展示你的思想见解和文明有礼的准则，并时不时地甩出几句标准的美式英语，以此证明你习惯主动和女性交谈。否则，她们就会故意撇开你，将视线转向墙或窗户，给你一个带着尊严走人的机会；或是，埋头看着她的智能手机，盼着你能在她收起手机的时候已然闪远。也许她们中会有人在和你聊天时突然裹紧外套，或提一提衣服上端遮住乳沟——即便那道沟原本就不怎么明显。即便在很多情况下，当你正和他人交谈时，最多也就是盯着人家的眼睛而已。我想，倘若我确实没有任何邪念,她们一定会在我的笨拙中发现些许儒雅,而我的这种不知所措,在她们眼里竟能成为一种斯文,进而忽略,包容,理解了它。然而,很明显,隐藏在这局促背后的是我的邪恶,是我淫猥的内心,无餍的欲望和迎合各种奇思乱想的冲动。没错,如果她们中真有人愿意的话,和金刚来个约会也是件十分容易的事。

鉴于在工作中总会与女孩子打交道,我极力克制着自己的原始兽欲,但每当走过一个自己喜欢的女孩子身旁,我要么死盯着她看以至于人家不得不加快脚步赶紧超过我,要么就摆出一副漠不关心的样子,佯装根本没有看见她,在这二者之间没有任何中间选项。若是她主动和我说话,我留给人家的印象往往是:于我而言,她完全是个多余的存在,而且还侵犯了我的私人空间。于是我在这一天余下的时间里反复审视自己的举动,却找不出任何解释得通的理由,毕竟实际上我是渴望认识她啊。时机尽失之后,第二天我会想方设法假装在走廊里偶遇她,问她一些没谱的问题,来达成与她相识的目的。如果她也喜欢阅读,我就会表现得自然些,当然前提是她喜欢的作家不是村上春树这类垃圾;假如她不喜欢读书,那也可以聊聊工作、未来、足球或是人们日常谈论的其他话题。不管聊什么,我都会在聊天中表明自己是什么样的人,赞同哪一种观点。同样,我也会问她是什么样的人,无论她如何回答,我都点头,在心中却说着:"真是个白痴。"说不定她会有所感知,通过我那双溢满温柔的盯着她的眼睛将我的内心独白看得一清二楚。我对她进行一番精细入微的品评,揣摩着她的开放程度,目光追随着她双手、嘴唇的每一个动作,用眼光剖析她,全然不顾她在讲些什么。之后她将发现,自己昨天主动和这个人搭话是个大错。此时,她正盯着天花板,祈祷我不要再琢磨下一个问题了。或许她会站在那里，做出一副要走的样子，身体向自己要去的方向挪一挪。我只会再问最后一个问题："现在几点了？"因为遇到她之前我原本要去一个地方，现在时间已经有些晚了。我刚说出"再见"，她便立刻大步迈开，而我则以更快的速度朝另一个方向冲去。从此她再也不会多看我一眼。这个荡妇。

好了，现在我们继续说我妹妹，不知为何一写到她，我就极易跑题。

我妹妹是那种自认为貌美无敌的女孩，觉得无论父亲还是兄长，只要是个男人，都会向她示好。别人越是对她怜香惜玉，她就越目空一切，当然了，妹妹并非小时候开始就这样，而是直到她订婚那天我才注意到这一点。

当时我二十二岁，妹妹小我两岁。我和哥哥坐在拥挤狭窄的座位上招待她未婚夫。只见此人面带璀璨笑容坐在那里等着，满怀自信地以为像他这样的人一定会不虚此行。他开始问我："大学快毕业了，职业理想是什么？"那副佯装客套的模样暴露出他对我毫不在意。同样，我对他这种人也不感兴趣。早前我对他的名字、职位都有所耳闻，也听说他家的背景不容小觑。妹妹见到他的一瞬间就已经愿意嫁给他了，可我倒觉得妹妹当时应该装出点半推半就的样子。

妹妹进来的时候，身姿婀娜，丰腴有致，一举一动高贵优雅，羞答答的眼神折射出一丝至诚的善意，这大概是她一生都刻意隐藏的东西了，只有在像这样的场合才愿意展露出来，以此制造出惊艳撩人的效果。我觉得，当时我的诧异并不亚于第一次看见我妹妹的人。当时我正在看着电视里播放的广告，瞬间感觉到了妹妹对我此举极度的反感。这样的场合令我厌恶至极，我低着头坐在那里，不想看到她。对妹妹美貌的惊叹和对这个突然冒出的未婚夫的厌恶，两种情感互相交织，在我脑海中挥之不去。于是，仅仅一分钟之后我便起身离场，仿佛自己只是个与这一切毫无关联的路人甲。

有时，我也会对自己感到困惑不解。因为妹妹的霸道，我时常会下意识地从她的角度审视自己，于是发现我需要微微抽离一些才能厘清我那天的心绪，尽管我一度下定决心，绝不细究原委。

我们之间的不和可以追溯到孩提时期，正因如此，我俩的不和倒是与血缘关系并不相悖，除了无休止的争吵和毫无底线的扯皮，似乎再无其他可以证明我们的兄妹关系。而这种相处模式使我俩的交往坦诚而直接。那天，当她端着姿态来到我们和他未婚夫面前时，过去的她仿佛已经不复存在。从她的外表丝毫看不到以往歇斯底里、破口大骂乃至拳脚相加、撕扯头发、乱扔东西、横眉怒目的迹象，她当天表现出来的一切都与以往迥然不同，而过去的她才是我的妹妹，同任何其他姑娘都不一样，在她面前我会感到难受。

我试着像往常一样与她相处，但是在我对她的敌意中似乎多了一些刻意和伪装，促使我隐藏起凶狠，表示出友善，如同一位绅士面对女孩时那样彬彬有礼，我和她之间曾经的冲突渐渐得到缓解，倒不是为了使交往更友好，只是因为我们之间出现了一片巨大的真空地带，它取代了往日的争吵，甚至连两人之间的裂痕都好像不复存在了。她也注意到了我对她的新态度，明白这都是因为她突然之间改变了自己以往的做派。可是情况却愈发尴尬，因为妹妹将我对她的新态度视作一种病态，这是她的习惯性思维所致，即老是想着对我的恨和厌恶。当我尽可能与妹妹保持距离，试图证明事情并非她以为的那样，希望她不要对我产生误会的时候，却发现这种尝试反而为我俩的交往横添阻碍。后来妹妹嫁人了，搬去了新家，我俩偃旗息鼓也在情理之中，互相疏远自然而然地成为了我们之间的主旋律，彼此都装作这是因为自己已经长大，不会再如过去那般频频交恶。但是每当家里有什么事，我们不得不近距离接触时，总有事端生出，搅乱安宁。

随着哥哥婚礼临近，妹妹最近一段时间频繁地到家里来，想尽办法创造机会和母亲单独相处，但只要我一进屋，她就立刻停止同母亲讲话。她一直不信任我，对我同意她的计划也持怀疑态度，尤其是见我一直没有张罗着找新住处，她就更加怀疑我了，尽管对我而言，搬出去其实只是早晚的事。除此之外，母亲卖掉房子后总是对我怀有一种怪怪的愧疚感，仿佛他们一搬走，我从这里出去之后就要无家可归，流落街头，而这，又使妹妹对我会让计划泡汤的种种疑虑有增无减。

昨天，我躲在一旁听到了妹妹大声讲话，那是她在自己的大房子里练出来的。"她可是我亲自选的，"她说道，"是个出身名门的姑娘，她会好好照顾你的。他也老大不小了。"妹妹提到了我："他的事也应该让他自己去张罗了，如果他不想结婚，那也是他的决定，后果应该由他自己承担。你老替他担着，也担够了。"母亲点点头，流下了眼泪。"你再也不要一直护着他了，安拉知道你承受得足够多了。"妹妹继续说道。母亲也为自己悲伤，哭着说："安拉知道我承受得足够多了呀。"

妹妹走后，母亲湿着双眼来到我面前，开始责怪我的荒疏怠惰，似乎我一事无成，只是一直让她看到自己的失败，以此来惩罚她。我自然不会认同母亲的话。母亲对我表现出担忧，言语中透漏着鄙视，而我则同她争论，以不屑回敬，当时，我们俩语气都有点重，互不相让。

第五周

  我大汗淋漓地醒来，感到恶心、头痛，枕头上还有一摊血迹，全身每个关节都在疼，仿佛在梦中大战了一场。没有新的症状，一切都无关紧要。我小解，冲澡，刷牙，一如往常那样急急忙忙地穿衣服，却又没有足够的精力飞快地穿好。穿裤子的时候我绊了一跤，站起来后调整呼吸冲出了家门。

  我到办公室的时间比平时稍晚了点。走到座位旁，发现有两张纸粘在电脑屏幕上，或许是想告诉我这次我真的过分了吧。我将两张纸在手里揉成一团扔在桌上，不急不忙地喝完了一整瓶纯净水，这是我对抗疲劳的唯一方法。"多喝水能促进血液循环"是我在少年时期学到的一招，当时是为了能在流鼻血过后快速复原，在鼻子再次出血之前赶紧出去玩。九岁时我做了非常痛的鼻腔血管烧灼手术，好让血管能黏合到一起。当时，我每次问医生手术什么时候结束，他每次都说不到"五分钟"。这便是我一生中动过的唯一一台手术，或许我该再做一遍，因为我的鼻子最近又开始出血了。

  我又端起一杯水，喝到还剩下最后几滴的时候，我用它浇了桌上无人问津的仙人掌，不禁思忖着它为何变黄。是因为它和我一样，与这个地方格格不入吧。又或者是我为了应和自己这样的想法，刻意不按时给它浇水。形如槁木的仙人掌，这不正反映了文学与现实之间的那种关联吗?

除了水之外,我没有吃任何东西。近几日,早上我食欲全无。我敢保证邻桌的老人根本没有注意到我空空如也的肚子发出的声响。甚至我扭头看他的时候,都说不准他是否发现了我正在打量着他。老人只是一动不动地盯着屏幕,轻微移动鼠标,也看不出他在忙些什么。有时我很想和他聊聊天,以便对他有更多的了解。"你住在哪儿?平日里都做些什么?和我谈谈你的家庭吧……"问问他诸如此类的事。然而我实在不太愿意打破两人之间的这种无声和谐,只要两个并排而坐的人一开始交谈,那种令人感到惬意的静默便再也没有重现的可能。

我在电脑上点开一本小说,那是我在网络小说排行榜里随意挑来下载到电脑上的。我随即沉迷于书中,手却还握着鼠标。有人走过来从打印机里取走他的文件时,我便立刻将屏幕上的界面换成新闻网页,漫不经心地浏览时事,觉得外界发生的一切对我而言都那么遥远,核威胁、恐怖袭击、俘虏罢工、全球变暖、石油价格、西班牙国家德比[①],读这类东西无须遮遮掩掩。我常以为读文学作品应悄悄地进行,因为大多数人都认为文学作品往往和感官敏锐、情绪激昂、极易激动等特质有关,而这些绝对不可能是我的外在品质。

记得有一天,有人从我后面飞奔过来取他的文件,我还没来得及切换界面他就已经看见了,通过文字排列方式,他注意到到我是在读一首诗。为表达对我读诗的惊诧,他戏剧性地喊道:

"为读者点赞!为诗人点赞!"

---

① 西班牙国家德比(El Clásico),指西班牙足坛两大豪门球队皇家马德里和巴塞罗那之间的比赛。——译者注

当时，他的声音足以吸引坐在我前面的两位员工的注意，他俩立刻回过头来，这是两个白痴，与我年龄相仿，只要我想和他俩说话他们看上去永远是一副早已准备好同我聊天的样子。这时，我就扭头看着站在我后面那个满脸嘲讽的戏剧家，心里却对他刚刚那句话里的押韵不屑一顾。"就你聪明。"我咕哝了一句，然后重新盯着屏幕。至于他如此的嘲讽，我只想将自己和他的这种自以为是划清界限，我一直努力将自己同他说的那种人区分开来，我属于那种人，即对这些所谓的文学关注不太感兴趣，甚至心怀敌意。读一首诗和从裤兜里快速找到一张收据这类事情对我而言差不了多少。那两个白痴笑着，重新盯着前方。但我并未辨识出那笑中蕴含的是嘲讽还是赞同，顿时觉得是表情出卖了自己，可我还是表现出了一副全然无意为自己辩护的模样。

最后，我翻了翻工作邮箱，发现今天早上我上司扔在我桌上的两张黄色便笺其中之一是在告诉我一定要参加某场会议，该会议想必十分重要，因为他们邀请了几位优秀员工讲述自己的成功故事，与会人员都是像我这样的新员工，领导要求我们务必到场。

当我抵达会场时，里面的人大概分成了两拨：成功人士和期盼成为成功人士的人，除此之外便是我了。公司的管理体制一直要求员工通过为公司效劳实现自我，鉴于我还能算是新员工，被列入期盼成为成功者的行列看来也是正常的。我旁边的那些人都很兴奋，他们在会议开始前十五分钟时就已入座，这也印证了此次会议的重要性。他们双眼放光，等着聆听即将改变自己命运的成功故事，或许在听故事之前他们就已经开始改变了。毕竟这类故事大抵相似，结局也尽在意料之中。怪哉！所有这些故事皆以成功告终。

有人想坐在我旁边的位置上。他身上的香水味在我的鼻子、眼睛、脑袋周围萦绕不去，乃至整张桌子、另一边与他邻座的姑娘，甚至形而上遥远之处的精灵都被这股味道笼罩着。一落座，他便深吸一口气，用一口流利的英语说道："被年轻人围观难道不很令人兴奋吗？"仿佛是催促我们再多闻一闻他的香水味，他发问之后就一直看着我，我这才意识到他是在问我。可我并不知该作何回答。或者，我是否应该将他所指的年轻人再具体化一些？他见我没反应，便转向了那位姑娘。我一直是个糟糕的聊天对象，尤其是我一言不发的时候。我暗忖，那姑娘一定是故意和我隔开一个位子坐的，因为她从我脸上看出了我的这种性格：我不是别人可以在会议开始前闲聊片刻打发时间的最佳人选。

我开始环视会议厅，桌子都是椭圆形的，这样便可以看到在座的每一个人。我发现自己是唯一一个昨晚没睡足的人，他们的气色神态就足以证明这一点。同样我也可以推断自己还是唯一一个今早被长裤绊倒的人，这里的所有人都光彩照人，闪亮夺目，着装得体。看起来他们中没有谁会在讲座期间因为内急去上洗手间，下班回家后，想必他们唯一的事情就是为第二天的工作作准备，只有这样才能解释得通为什么他们对细节的重视可以达到无以复加的地步。甚至可以这样认为，似乎他们一生中无时无刻不在准备着以这样的打扮出现在众人眼前。桌子由几条桌腿支撑，从桌下可以看到他们锃亮的皮鞋和精心搭配的袜子。你只需看到这袜子便可以断定他们的内裤也十分精致，颜色一定与全身其他衣物搭配得堪称完美。我虽没有看到过他们中任何一个的内裤或其他衣配，但从他们的脸上就能看出他们确实以此为傲，而且作好了直面任何事端的万全准备，乃至你向他们中任何一个人提出要看看他的内裤，他都会当即站起来说道:"当然可以,瞧吧,我的内裤搭配得多好,真没什么可遮掩的。"

女士们看上去像是从洗衣粉广告里走出来的,外套熨烫平整,色彩靓丽,头巾妥帖地固定在刘海上,头发鼓起的程度恰到好处,刚好可以让人知道头巾下面的头发已精心盘好。她们的面庞光彩照人,将人们难以猜到的最新潮化妆品完美地展现出来。她们分散地坐在与会者之间,好像要以这样的方式暗示她们的人数毫不逊色于男同事,似乎进来之前就已经计划好要这样坐。一进会议厅,她们甚至无须提前互相认识,彼此之间就达成了一种温情的共识。当一个男人试图了解她们聊天时的风趣、欢愉、腼腆,以及在相互介绍认识时那种轻松和自然,会发现自己根本无法理解女人的任性,她们的嫉妒之心、责难之词、相互窥视彼此隐私的各种卑劣方式统统都被写在了她们的故事里。她们刚一进会议厅,似乎就已经同属一个永远和谐安宁的世界,没有什么能破坏她们之间的亲热。听到越来越多的侧面消息之后,我推测出她们的座位分布并非像我起初以为的那样随机,而且这样的座位安排也并非仅限于女士。大家似乎都知道,在座的各位里或许有他们日后的对手,有朝一日,因为谋求晋升搞不好还会有一阵厮杀。这次会议还被当作是构建人际关系的机会,将来有助于他们达到目的。说不定这个会议的真正主题就是训练前瞻意识。或许某一位只要看到那些被指定先讲述成功经验的人,就会热血沸腾,随即发奋图强,使自己也能脱颖而出。

讲座开始了,所有人都聚精会神地听着,而我则继续神游四方,开始在脑海中编一个短篇故事以自娱自乐,构思事件、人物、对话,并决定一回办公室就把它写下来。这个故事大概是讲一个员工猛然间发现自己正参加某场会议,却全然不知是怎么回事,仿佛是被催眠了才来到这间会议厅。等他醒过来的时候大门已经关闭。当他不愿再待下去的时候,却怎么也找不到借口来打断会议,毕竟会议组织得有条不紊,令人向往。若是有人想出去,只能按照先前的规定和大家一致遵循的各项规矩办事才能做到。他打量了一下其他人,发现他们确实同自己一样恪守条条规则,不同的是,他们对自己被要求待在这里的这件事感到无比幸福,这个有着豪华大门的会议厅,哪怕它的门能在你面前砰然关住,你都会欢呼雀跃。

一阵大笑穿透双耳,将我带回会场,我当即决定把这个环节也加进故事里:笑声时起时沉,但很有节奏感,像是大家事先商量好了一般,我或许会称该员工为K.,希望卡夫卡宽恕我。至于这个故事,我想给它取名为《阴谋之厅》,刚好只比《会议大厅》少一个字母,当然也可能取其他更蠢的名字。

我稍稍听了听会议内容,演讲者极具专业性地讲述着自己的成功故事,口若悬河,他们的手势证明自己曾多次接受演讲培训,操持的西式口音则表明他们至少在国外学习过七年,这一点从他们在演讲中频繁提到自己的学历也可以推断。他们的语句经过了精挑细选,何时停顿也是经过仔细推敲的,甚至连看似随口讲的笑话都像事先设计好的,仿佛之前已经进行过一番操练。在场的所有人都知道什么时间该笑,什么时间应当保持严肃,鲜少见到谁在不合时宜地说笑或谁在该保持严肃的时候笑出声来,抑或在别人讲笑话时自己憋住不笑,后者所犯之错的严重程度丝毫不亚于前者。我注意到有人时不时地朝我投来狐疑的目光,因为我在所有人都认为值得一笑的时刻面孔始终紧绷。

我呼吸不畅，想透透气，而且在喝了那么多水之后，我也需要解手，这些理由凑到一起足以让我相信这是可以允许离会的紧急情况了。幸好我已经戒烟了，否则真不知自己的双肺现在是什么样子。

我在卫生间尿了很久，然后挽起衬衫袖子洗手洗脸。今早我摔倒后用手臂撑住了身体，靠近手肘的地方留下了一片淤青，尽管手肘不怎么疼，皮肤的颜色却是紫红。我深吸一口气，盯着镜子中的自己上下打量，仿佛已多年未曾看过自己的模样。

睡眠不足和营养不良使得我看起来有些憔悴，不过总体说来，除此之外我的状况还不算太差，绝对不像波西米亚人①，至少我一直很讲卫生，无须用身上的香水味向与我在一个区、用相同邮编的人说明自己很干净。不过，我觉得没必要每天都刮胡子，而且还经常忘记拉裤链，此外，有时我的穿着打扮就像流浪汉。每天早上，我都要在抽屉里翻找两只相互匹配的袜子，之后为了省事降低了标准，只要是颜色相同就可以，到后来更是愈发妥协，将就着穿上一只黛色的和一只黑色的，或是一只棕色的和一只蓝色的，甚至只要颜色接近就行。至于我的鞋，已经两年没换过了。它们的陈旧感说不定还平添了高雅的古典韵味，但愿如此吧。我常为自己迟迟不买一双新鞋找借口，总是声称如今好鞋难求，价格还高，称自己是一个对家庭开销负有责任的人，至少负担着一部分责任，再说我也没有那么宽裕，能将钱挥霍在这些奢侈品上。其实，我心知肚明，不去买还因为我觉得一双新鞋会改变我的外在形象，或许还

---

① 在十九世纪初期的法国，这个词被用来称呼一群希望过非传统生活的艺术家与作家。在法国人的想象中，"波西米亚人"与四处漂泊的吉卜赛人相关联，游离于传统社会之外，不受传统束缚，可能还会带来一些神秘的启示，同时这个词也含有对他们不注重个人卫生的指责意味。——译者注

会招致一些人对我评头论足。

我又去小解了一次，以确保自己不会再因内急而出来上厕所。一场两个小时的会议，上一次厕所已经达到可以接受的上限了。我扣好袖扣，站直身子，确认裤链已经拉好，然后再一次盯着镜子，尽量让自己看上去是一个能憋得住大小便的人，才回到会议厅。

坐下的时候注意到自己引来了一些人的目光，我再次低头确认了一下裤链，仿佛刚刚并未检查过一般。坐定后，我一直装出一副聚精会神听讲座的样子，总感觉他们中有人从我一回来就盯着我，或许有些人根据我去卫生间的时间怀疑我是在大便。尽管我知道这是出于他的幼稚，然而，瞬间这无聊的行为令我感到一种难以驱散的尴尬，我甚至意识到窘迫已全然写在了脸上，以致之后再也无法否认别人那样的怀疑。有时，真希望我有控制自己面部表情的能力，这样就可以在任何场合都摆出自己心中希望展现的神情，随后，一切事情也都会变得顺畅起来。

讲座结束之后，专门留出半小时的讨论时间让听众提问，各抒己见。麦克风开始在众人间传递，如果时间平均分配的话，这段时间足够让每个人都发言，前提是没有人将提问时间视作一个让自己亮相，在报告人面前显摆，进而震惊四座的不可多得的好机会。麦克风传到我这里的时候，我直接给了坐在旁边的香水男。他也是先深吸一口气，又冲着麦克风吐气，然后说道：

"被年轻人围观，难道不很精彩吗？"

语气中透露出这是他的即兴想法，而在座的所有人也都面带微笑地点头表示赞同。随后，尽管没人问他，香水男还是简述了自己的成功经历，只是为了显示自己多么够格成为明年的演讲嘉宾之一。他发言结束后，邻座一位手上戴满戒指的女士一把握住麦克风，先是将演讲嘉宾一顿狠夸，极尽夸张地表示他们的成功事迹让自己眼前一亮，仿佛人生中头一次聆听他人的成功事迹。演讲嘉宾们当然十分受用，而后麦克风再传到女士手中时，他们都表现得格外兴奋，注意力也更集中。

总体来说，我并没有比这些人好到哪里去。在我眼中，那位女士握着麦克风的时候，仿佛那戴满戒指的手中拿的是一根黑色闷棍。然而她的发言轻快而富有感染力，不断重复"启迪"这个词，因而又将黑色闷棍的想法驱逐出了我的脑海。

好了，既然还有时间，让我们回归我创作的故事吧，说不定它能有个好结尾，那倒也可以算作是这次会议中唯一的幸事。

于是K.发现自己为了设法离开也开始遵守会议大厅里的各项规矩。如此一来，他便不得不同其他人一样，等待轮到自己发言的那一刻，以便同自己存在于此地这一事实抗争一番。问题是他根本没被允许参与其中，虽然没有直接宣布，但是每当轮到他发言时，总有突发状况打断他。比如，坐在他旁边的男子用鼻子呼吸时一直发出奇重无比的声音，直接影响K.的听力，使他无法跟上会议进程。不仅如此，这个男人呼吸的时候，极粗的呼吸道吸光了K.周围的所有氧气。以至于K.竟发现自己出现了恶心、乏力、呼吸不畅的症状，他更无法集中思想，还错过了传到他这儿的麦克风，不得不再等一轮。在当时这种传递模式下，麦克风传完一轮要用很长时间。传递一开始，所有人都迫不及待地等着轮到自己，所以麦克风跳过一个人着实让他们开心不已。到了第二轮，麦克风传得飞快，毕竟谁都不愿意看到麦克风传到别人手上，且麦克风经过每个人的时间只有短短一瞬，所以，除非有人已经作足了准备，在轮到他之前就已备好一篇现成的演讲稿，否则绝无可能让麦克风在自己这里逗留。

K. 打定主意，这一次绝不让任何事端阻碍他的抗争。他集中精神，作好万全准备，努力睁大双眼，紧盯前方，而且一直保持这种凝神聚力的姿势。会议室的圆桌下方是空的，就在这时，他突然发现坐在桌子另一边与他面对面的女士毫无预兆刻意地用手遮住了双脚——除了脸之外唯一露在外面的部位，她正满脸嫌恶地盯着 K.，他这才注意到这位女士脚上戴了银质脚链（抑或是某种镣铐？），只要脚一动，脚链就闪闪发光，亮光随即从 K. 脸上划过，将他的目光吸引到她的双脚上。K. 意识到自己刚刚一直盯着人家的脚看，却对这种行为全然不觉。这时 K. 眯起了双眼，向那位女士表明自己并非故意的，只是因为有些走神罢了。然而在女士看来，K. 眯缝着眼睛只是为了将她的脚看得更清楚。于是她开始神经质地向自己几乎遮不住脚踝的黑色长款制服胡乱地蹬脚以表达抗议，动作幅度虽然很小，但还是引起了 K. 的注意，尽管他并不愿意，而且在看任何东西时都眯起眼睛也不是件容易的事。于是，K. 发觉自己必须闭眼片刻，好向这位女士证明自己的清白。仿佛大家私下商定好了一般，就在他闭眼的这一瞬间麦克风传到了他这里，可他根本没看见，于是，麦克风当即传给了下一个人。

一散会，我赶紧往外跑，以便抢在所有人之前冲出去。疾步冲出是我能够作出的唯一反抗。若是前几年，在我思想最激进的时候，参加这种会议我一定会想搞点事，轮到我时，定会在发言过程中一直挂着嘲讽的微笑。或者在脑中事先构思好一篇演讲稿讽刺那些成功故事，想象着它会引起的激烈反应，会场中一片哗然，那是无言的赞叹。那个手戴无数戒指的女士之类的人肯定会愤愤不平，提出反驳，但这只是更加肯定了我的正确。然而对这些想象中的事，我往往不会付诸任何行动，亦不会发表任何演说，只是起身离开，与此同时却在本我和脑海中完整虚构的自我之间如痴如醉地流连，仿佛与风中的敌人搏斗。

回到办公室，我看到那个老人一如既往地沉迷工作，仿佛他并非这个月底就要退休。我同他打招呼，他回应的声音依然那样苍白，说不定压根没听出我就是那个今早同他打过招呼的人。有时他回应完我的问候之后还会轻微点头，或许这是在向我表示感谢，因为我没有打断他工作，找他聊天。我们之间的交流绝不可能比互相打个招呼更多了，然而，这种无声和简单的相处让我感到我和他在彼此的眼中就是一面镜子，相互映射着各自的孤独。我想问问他退休之后的打算，可最后我还是放弃了。

我也想在工作时间心无旁骛，但还是没忍住，接着写开会时打算继续创作的那个故事。我无法找出一个令人满意的结尾，便决定不去理会它。无论如何，这个故事都是缺乏原创性的。每当我想取材于周身事物，结果往往都一样。我缺的是什么？灵感？然而如此虚无缥缈的东西又该如何把握？

我总觉得正儿八经的写作是一项艰难的工作。正如海明威所言，它可能是世界上最困难的职业了。海明威可是参加过世界大战，辗转四方，捕过鱼也打过拳击，经历过种种艰辛与残酷，然而据他自己说，有些东西他也很难描述。为了能像海明威一样写作，我愿意自断双臂。但是我几时才能做到呢？我已经活了比四分之一个世纪还长的时间，在我的生活中，乃至在我周围人的生活中，在我居住过的城市里，不曾发生过任何一件大事。至于旅行，我也只到过周边几个地方，能有什么个人经历可以回顾？更谈不上抵达令那些作家们文思泉涌的膏腴之地了。当我老去，想要记述这段岁月时，有何往事能够回首？有的只是私人记忆中因无数个体缺失而遗留的空白，能填补这些空白的，竟是那些忙于工作的漫长日夜，仅有的感觉就是挥霍时间、精疲力竭、睡眠不足和无止境的敲击鼠标。

当我对其他所有作家都不抱希望时，卡夫卡就成了我仅存的慰藉。我幻想着他整日窝在办公室里，经理站在他身后，将一只手放在他肩膀上。卡夫卡期盼的不过是一个假期，好让自己专心写小说。尽管即便有几个假期他也不可能写完。卡夫卡的日记是他最后的庇护所。在那里他实现了对尖锐自我批评和对自己唯心主义的超越，以一种沉着的方式写作。有朝一日，当这些日记公之于众的时候，会被称为文学作品。然而他毕竟是卡夫卡，创作的无数故事、文章、小说即便不完整但依旧十分了不起。而我，迄今为止又有什么成就呢？

对自我有了认识以后，我总有这样一种感觉，即自己心理年龄大于实际年龄，拥有同龄人没有的成熟。我一度认为自己胸怀大志，怀着将来定成大器、能改变世界等诸如此类的臆想。那时候我甚至希望自己快点长大，好去实现宏图伟略。然而渐渐地，我不再认为自己能干出任何对周遭有所影响的事，反倒把工夫都花在了独处上，也不允许环境影响我一丝一毫。我曾听到过一个奇葩说法，说什么年龄不过是个数字而已，一个人怎么能靠喋喋不休地讲着"青年精神隐于灵魂中"之类的话，就觉得自己现在仍然只有二十多岁呢。在我看来，这真是令人伤感又尴尬。自我欺骗是我的拿手好戏，为了相信这番鬼话，我将自己编的那些五花八门的谎言全都回想了一遍，却在心中对自己说："我绝不会让这种事情发生在我身上，光阴可以欺骗别人但蒙不了我。"我开始攫取知识，要赶在别人前面学会所有东西。

上了这些年的学，我一直秉持这样一种信念：我会让衰老的种种套索大惊失色，在往后的岁月里，我也将抵御随后而至的老年悲凉。甚至当我在大学的战场上拼杀，走上一条与自我定位全然不符的路时，仍在倾听着内心深处的那个声音，它说我并非为此而生，未来会出现某种转机，让我回到自己该走的路上。曾几何时，我深信它一定会成真，于是面对误导我的任何障碍都抱着一副漫不经心的态度。甚至当我被迫从事这份工作，这份贴满堕落标签的工作时，我仍然把它看成一件无可避免的坏事，命运在守望着我，这只不过是通向命运之路的铺垫。一直以来，都是这种信念给了我熬过一切遭遇的力量，我独处的时候，正是这个理念促使我去剖析困难，然后战而胜之。而且，我始终准备好去承受更多绝望的重击和挫败，面对人生的低谷。因为正是这些在日后会构成我丰富多彩的人生经历。

在这个地方待上三年，这段时间足够让那些鬼话日益逼近我的内心，直到使我相信它们千真万确。后来我才明白，与同龄人相比，我只是更加落后，更加不成熟。我放任生活流走，只顾着不让自己被它的表象所欺，全然不理会生活中的现实和各类责任。

看到其他人做着本职工作，卷入这团乱麻，按部就班，当下就可以清晰地看到自己未来的模样，我却还在思索：我是如何沦落到这步田地？要怎样反抗才能不被碾压？又该如何从中摆脱？尽管如此，某种程度上我仍觉得自己要不了多久就会离开，只因没找到借口才逗留至今，以至于自己都没在办公桌上贴上自己的名牌。尽管这种行为已经引起了管理层的一些注意,"我只是暂时待在这个部门"的自我感觉还是因此而愈发强烈。

每当度过糟糕的一天我总觉得脑子会出错,但好在这悲催的日子就快结束。也许我写作的目的不应越过这样一道界限:尽可能悄悄地打发时间,可我又不禁疑惑:如此境况自己还能忍到何时?

我站起身,想稍微活动活动,但刚站起来就感到一阵头晕,我立刻冲向卫生间,突然想看一看胳膊,于是挽起衬衫袖子,随之被眼前的景象吓了一跳:淤青遍布整个手臂,暗沉,血腥,可怕至极,仿佛除了这份工作我还染上了其他病。

第七周

我用笔记本电脑看了一小会儿新闻之后便开始写东西,仿佛自己还在办公室。

发烧是从上星期开始的,我习惯性地服了退烧药想扛过去,体温却不断飙升。就在几天前,一觉醒来我发现自己完全失声了。黎明时分哥哥把我送到急诊室,母亲也陪我俩一起来了。医院的人说我当时都要烧着了,给我打了一针镇静剂,又做了几项检查,说医生会在早上过来看我,可我执意要回家。虽然我已经感觉好些了,多少也能发出点声音,但依然不得不再请一周假。我没再去医院拿病假条,因为一旦领导同意,便会扣除我的年假。

迄今为止，我还不曾豪爽地挥霍过自己的假期，因为那个鸡下巴一贯拒批长假。可我总是幻想着有一天自己会攒够休假，可以来一趟远途境外游，时不时还会在网上搜索布拉格、圣彼得堡的旅游景点，或是我最近特别喜欢的某位作家的故乡。我总是对这一类结尾欲罢不能：主人公突然决定远行，从羁绊他的种种桎梏中解脱出来。如同小说《饥饿》或《一个青年艺术家的画像》中描述的那样，故事结尾至今历历在目："欢迎，哦，生活！我将百万次地去迎接现实的经验。"这便是青年乔伊斯在穷游欧洲之前写下的话，在巴黎他遇到了海明威，欧洲之行也到此结束，或许也正是这个原因使我将巴黎当作可能前往的境外旅游目的地之一。因为谷崎润一郎，我也想去日本，但距离远，费用高，所以并未纳入计划之内。每当我琢磨着旅行的时候，就会想起一句很久以前在某个故事中读到话：人的一生中应当有这样一个地方，魂牵梦萦，悉心了解，乃至心驰神往却永不身临其境。

旅行梦变得遥不可及之后，我又诉诸另一种幻想，想象自己厄运加身，连对美好生活的一切希冀都被剥夺。这种念头时常带有些许受虐倾向，因为我发现自己正在想象如何适应厄运，想象它会给我的人生带来什么的时候，是非常享受的。举个例子，前几天短暂失声后，我竟觉得永远变成一个哑巴对我而言也不算坏事。首先，公司出于无奈无法再雇用我了，而且因为我身体残疾他们不得不将我辞退，为此要付我退休金作为补偿。其次，我再也不用走亲访友，尽社会义务，一直以来，做这些事情的时候总有种违背自我的感受。当然了，这种交流残障有它消极的一面，但我却能从中获益，可以将自己全部的表达能力都用在写作上，纸上遣词造句的能力说不定会因为口头的无能而得到新的提升。再说，就"哑"这件事本身而言，与耳聋、眼瞎等其他残疾相比，还是给我留下了看书、看电影、听音乐等全方位的享受，而且全然不影响必要的接收感官。如此一来，我就不会终日找不到悦己之事。就这样，"哑"会成为我于安逸静谧中享受独处时光的好借口。做一个哑巴最妙的就是，面对要求你不负众望的种种声音时你可以拿外因作挡箭牌。若是哪个白痴说："这算不上什么巨大损失，至少我们不用经常听到他的声音了。"那我就会踢他的蛋，或是当着他的面竖起中指。当我无法用言语维护自己时，这些动作就是自我防卫式的辩解。

生病的这段时间，这并非是我唯一的幼稚想法。"母亲最偏爱的儿子是生病的那个"这一类的说法在过去的一周中被我亲身验证了。我住院时，母亲对我的关照无以复加，她伤心地坐在我床边，手心手背交替摸我的额头，给我试体温。然而只要我一睁开眼，就会看到她泪光闪烁，眼神幽怨，她责难地看着我，似乎在说："你为什么要生病？为什么要在凌晨三点把你哥哥叫起来？你为什么不是一个女孩儿？"我刚步入青春期时的一幕在我脑中飞快闪过，我的身体已经开始发育，母亲握着我的双臂说："好结实的小伙子胳膊啊！"可当时我却在她的眼神中看到了悲伤。这一幕我记得很清楚，因为在那之前我们已经有段日子没有过肢体接触了，那天我感觉到她的背有点躬了。

我哥哥一直都是母亲最喜欢的儿子。对于这种偏袒我并未感到不公，因为她的这种偏爱有很多理由，而且我还以某种方式支持她，因为这样就可以转移她的重心，使她无暇盯着我，喋喋不休地纠正我的一举一动。我乐意以某种特定的方式吸睛，但永远不会愿意成为最引人注目的一个。本性使然，只要我直面生活中的任意一种场合，定然会犯错。

这倒让我想起一篇研究报告，说家中的老二往往倾向于将自己边缘化，但说不定他之所以这样，其实是为了让自己脱颖而出呢。

无论如何，因为哥哥先我出生，我还是很听他的。若我是家里的老大，真是难以想象自己会被迫承受多少压力。说实话，我可不是那种为了把什么人送到哪家倒霉的医院可以在凌晨起床的人。至于哥哥，父亲去世之后他就成了家里的大管家，家里什么事他都会盯着，尽力顾全大局。除去家里的事，哥哥作为一家之主还担着维护人际关系的责任，比如在叔伯之间出现不合之后，他需要保全我们一家人所剩无几的体面。以至于当妹妹来给他介绍未婚妻的时候，他对对方家庭表现出的热情远远超过对姑娘本身的兴趣，因为这是一户财力殷实的名门。

其实我也在力所能及的范围内分担着家里的开销。除了父亲的退休金，我们每个人都从自己的工资中拨出差不多等量的一部分补贴家用。对哥哥而言，他的工资是足够的；我就不行了，时常捉襟见肘，其中原因也很简单：即便我已经从自己赚的钱中拿出了很大一部分，但我没什么事业心，能做的也就这样了。至于哥哥，他不停地参加各种培训班，下班之后还要去读硕士，即使能力有限也要拼尽全力拿到各式各样的证书，争取升职加薪。尽管他现在尚未达到自己期望的目标，但那坚持不懈、追求进取的精神已经让他备受敬重与庇佑，在妹妹眼里尤其如此，因为他符合妹妹所处社会交际圈里的各项标准，即将个人的最大价值与事业成就挂钩。

我承认，有时我也有些嫉妒，但我像看待母亲偏爱哥哥一样看待这件事，即根据我们个性的不同，平衡分配各自的角色。哥哥生性平静，确切地说是和善，这就使得我没把自己对他的嫉妒太当真，也正是因为他的脾性，我们俩之间从小就没有竞争、压制、挑衅，而这些在兄弟间可都是屡见不鲜的。我和哥哥相差不到两岁，外表上看不出两人之间存在什么本质区别。我们的童年几乎是一起度过的，睡在同一间卧室里，在同一所学校读书，连课后的活动都一样，一起学会了骑自行车，一起踢足球。在一些重要场合或者各种聚会上，我总是模仿哥哥的动作，为的就是想知道对我这个年龄的人而言怎样的举止才算妥当。可以说因为有哥哥在，我的童年才能几乎没有忧虑也无困惑，我俩相处得愉快而融洽，然而这一切在往后的日子里轰然改变了。因为平静的性格而看起来颇为相似的两个人，居然奇怪地选择了截然不同的路。

现在，哥哥会突然走进房间，只是为了看一下里面的一切是否如他所愿好让自己放心。只消一眼，他就会因为待在这间卧室里而感到浑身不自在。一推开房门，他就会撞到房间里散乱放置的一堆箱子，这些东西大部分都是自我刚搬到这里时就在那儿了，谁要是想走进来，得小心翼翼地在它们中间挪步，像是生怕自己会踩到一篮鸡蛋似的。所以，通常哥哥只会嫌弃地翻个白眼，全然不理解这样的生活方式。我俩还是少年时，哥哥发现我开始抽烟，从那以后他就一直用那种眼神看我。

哥哥一度觉得我有点另类，无所禁忌，哪怕这只是因为我没有找到约束自己的东西。他甚至还觉得我私底下一定做了什么出格的事，只要在我周围仔细观察，一定会发现蛛丝马迹，从而证实自己对我的担忧与警告不无道理。当哥哥没什么话可同我讲的时候，便会揪住我周围的任意一件东西刨根问底。"这个牛奶杯？"他死死盯着那个杯子，用表情代替声音，暗示杯中必有蹊跷。当我回答说那只是一个牛奶杯的时候，他仍然凝视着杯子，满脸狐疑，仿佛我并没有说出真相。很多时候，面对我俩之间这种诡异的紧张我们都会不约而同笑出声来，可这会让场面更加尴尬。兴许是因为我们都回忆起了过去的嬉笑与玩闹吧，如今这种情况与我俩儿时相比，真是天差地别。

很显然，哥哥是想成为父亲的复制品，扮演一个父亲的角色，但他这个复制品在面对我的时候甚至无法让自己严肃起来。尽管我能感觉到他的好意，也能理解他的责任感，表面上会听取他的建议，但凭他的聪明，他一定注意到了我对他刻意装出的父亲形象心怀厌恶与鄙弃。有时，我觉得在他面前我倒是有点像在玩角色扮演，对他的一切指令我都会给出合理的评价。如果要说句公道话，那么我父亲就是一部难以续写的剧，甚至可以说在他之后再也没人能演好这个角色，即便想学他，也都只会显得虚假做作。说不定明天我会写一写他，完整地勾勒父亲在家中的形象，不过刻画父亲的这个任务似乎万分艰巨，也许这正是时至今日我仍避免碰触这个话题的原因吧。

仿佛凝视着一张面具，它和周遭的一切都保持一段距离，正是这一点让我特别想描绘他的形象，也正因如此，对父亲形象的剖析十分困难。他并不是一个多么复杂的人，却有种能看穿事物本质的能力，仅凭一句话就能击中你的死穴。以前我虽看不惯这一点，但也说不上讨厌，到父亲去世后我才发现自己喜欢他这种特质。就像有人喜欢希特勒：仅仅因为希特勒与众不同而已，不过喜欢归喜欢，却并不希望他死而复生。

我并没有感到父亲讨厌我，也没觉得他特别喜欢我。他并不专横霸道，也不爱责备人，其他父亲教训儿子的方式他从来都不会去用，仅仅是用平静的语气说"别太夸张"，就这么一句话足以震住你。这并非是专门针对你的批评，他在读报纸或看电视的时候，如果有个婴儿在他旁边哭,他也会用自己一贯的平静语气让他不要太夸张,似乎婴儿在下一秒就应该理解他的话,随之安静下来,而不是父亲屈尊使自己下降到婴儿的认知水平。

"别太夸张"是父亲最喜欢的一句话,而且几乎是他纠正所有问题时所讲的唯一一句。倘若现在父亲读了我写的这些东西,也一定会拿这句话对待我,而他的这种反应可能也是再正常不过了。这句话用在哪里都不会出错,或者说是父亲从未用错地方。他讲这句话时自有其沉稳独特的方式,若从别人口中说出,是无法产生那种影响的。父亲说这话的时候不冷酷也不温柔,只是中立冷静地删繁就简直切中心。或许正因如此,这句话才会有这样的效果:绝无任何退让的余地。

我记得,上小学时有一次我从学校拿回成绩单给父亲看,我兴高采烈地跑进家,大喊着自己得了满分。然而父亲只说了一句"别太夸张",沉稳一如往常,我立刻不再发声。但是他知道什么?他甚至连成绩单都没去看一眼,也没有任何证据反驳我的话,凭什么不相信我?父亲注意到了我满脸的不高兴,接过成绩单扫了一眼,随后用手指指了一下那个不是满分的数字——书法课成绩。书法也能算一门学习科目吗?那是门不该计入总评成绩的辅课呀,难道只因为混账阿拉伯语老师不喜欢我写字母ڴ的方式,我就得说自己没得满分吗?当然,这是另外一回事了。也许父亲通过我的声音或进门的方式就已然洞察到了我的心事。

好多时候,我什么事都不做,不跑,不叫,不讲话,可父亲还是有办法发现我在故意"夸张":故意什么都不做。当时,下午五点父亲精疲力竭地从单位回到家里,这个时间正是我玩得最尽兴的时候,父亲躺在客厅的沙发上,我觉得他需要在安静的环境里休息,就尽量不让自己出声,也不搞出任何动静,像一尊塑像似的直挺挺坐在那里,一本正经地表现出一副不会打扰他的样子,此时父亲会往我这边瞅一眼,说一句"别太夸张",仿佛在说"别再装了"。

以前我是个害羞的男孩子,很容易妥协,父亲那双锐利的眼睛却能洞察我的计谋,看穿我是在以委婉的方式引人关注。很显然,我当时表现出的那种过分的礼貌——虽然对自己的这种表现我个人很满意,别人也为之称道——实际上这并非出自对他人的善意,而是源于我软弱的天性,我希望自己被别人认可,哪怕是我不喜欢的人。当然,我也不乏自傲。那时,我曾故意惹事,有时甚至行为叛逆,以此证明自己不在意任何人的目光,同样,这种时候父亲依旧可以轻易识破我的夸张与做作。

上高中后,我的叛逆不羁愈发不可收拾,我越来越自信,更加渴求自由。正是在那时我一头扎进了艰深的作品中,尤其喜欢西方流派的作品。父亲时不时会来看看我在读些什么,每当我想得到这些书的时候,父亲也愿意掏钱。他似乎并不反对我的这个新习惯,毕竟,这还不是我们这个年纪的男孩子们干出的最糟糕的事,不过父亲也没有明确地表示赞同。对此,我全部的猜测便是他已经注意到了阅读这些东西给我带来的变化。我开始在讨论会上反驳高年级学生,敢于质疑他们的观点,在一次讨论中,我甚至以不愿随波逐流为由,公开宣称自己反对一些社会传统,以此声明我虽天性内向,但说到底还是会作选择的。

之后的某一天,我向父亲要钱买尼采的书。那时我已经读了他的《善恶的彼岸》,受其影响极深,于是迫切地想把这个疯子写的所有书都买回来。当时,父亲坐在那里紧盯着电视,在看一档访谈节目,正是凭借这样的凝视目光,他几乎可以看到永恒的世界。当我向父亲提出要钱时他一言不发，我猜他是在等我进一步解释，我便告诉父亲书名《瞧，这个人》，父亲又沉默了一会儿。之后，他没有抬头看我，毫无征兆又说了那句话。可是他为什么要现在说？我怎么会知道？让我更加不明白的是，尽管这样父亲还是给了我钱。我十分困惑地接过钱，虽不是完全理解父亲这样做的原因，但也略懂一二。这是那种一针见血的表达，此话一出，你再无开口的必要了。

诸如此类的回忆我可以滔滔不绝地讲很多，从童年一直到我长大成人，父亲扮演的唯一角色就是一个用这句话洞悉我全部的人。从小，这句话是塑造我成型的必需品，也使我对自己的所思所为产生了诸多困惑与怀疑。现在想想，这句话对我基本思维模式的影响仍然清晰，而且它的实际功效比任何一位哲学家都要强。在父亲面前，我避免做出任何随意的举动，而这仅仅是因为我觉得那样会显得做作，甚至当父亲不在我身边的时候，我还会借助他那双锐利的眼睛剥离一切夸张的成分。这教会了我如何对自己坦诚以待或者更加高明地掩藏诡计，其实两者皆为谎言，没有区别。

随着年龄的增长，我产生了一种感觉，即在我所有行为背后都隐匿着某种动机，于是我试着层层剥开，抵达自己动机的核心。小孩子在探究某种东西的时候都爱这么干，但我这样做时却是极为严肃认真的，在剖析自己的所有行为时，甚至认真到了不以善恶为前提的地步。

并非由于我过度敏感，或是其他类似的原因才受到父亲这种"父亲式批评"的影响，哥哥亦是如此。说不定因为他是长子，受到的影响更大。而妹妹却以某种神奇的方式避开了，母亲亦然。大概女人的本性即是如此，所以她们的"夸张"并不是字面意思。母亲当时在医院病房里的样子我记得清清楚楚。她瘫在椅子上，没日没夜地掉眼泪，父亲躺在她旁边的病床上，主动安慰她，完全无嫌无怨。而我则远远地坐在病房另一边的黑色皮沙发上，俨然是这幅画面中多余的一个。

我一直很好奇，他们的婚姻怎么能够毫无分歧地持续下去，他俩之间哪来的默契？母亲是个将夸张表演得淋漓尽致的人。早先我厌恶喜怒无常，张脉偾兴，这种情绪的根源完全可以追根到母亲那歇斯底里的脾气。这种脾气有时会左右她所有的情绪，甚至让她完全失控。尽管如此，母亲身上的某种存在竟可以让父亲对她的歇斯底里视而不见，我永远不会知道那是什么，但却明白那是我不具备的。

那几天是父亲最后的日子。直到去世前的两周，都没人看出当时父亲已经气衰力竭，说不定连他自己都没意识到。父亲突然发烧，仅因发烧就去医院自然有些夸张，但当父亲状况不见好转，我们将他送去医院时，医生大惊："你之前怎么不来医院？现在肝酶增速快得吓人！"

"别太夸张。"父亲平静地回了一句。肝酶继续升高，父亲的态度仍未转变。"如果说你还有点像你父亲的话，也就是这倔脾气了。"日后当我与母亲意见不合时她总这样说我，只要她这么说，我俩便不会再继续争吵了。

后来，父亲的器官一个接着一个衰竭，他陷入昏迷，之后就被送到了重症监护室。医生告诉我们，父亲活下来的几率微乎其微，但他自己尚不知道。第二天父亲脸上戴着氧气面罩，在重症监护室睁开眼睛，发现自己周身围满了各式各样巨大的医疗器械和吱吱作响的电子屏幕时，不安地醒来，在面罩后面叫喊，但说出的词都很模糊。有那么一瞬间，我以为父亲是在暴跳如雷地要求我们把所有这些夸张的东西从他身旁拿开。我们轮流在重症监护室陪着父亲。事情是在我轮班时发生的。父亲望着我，双目圆睁，几乎要从眼眶中脱落，他大口喘息，无声地叫喊，氧气面罩里全是水汽。那一瞬间我伫在原地浑身发抖，随后才反应过来父亲是在喊我去叫医生，我飞速冲了出去，体内生出一种熊熊燃烧的全新情感。那一刻，父亲要我做什么我都会义无反顾地去执行，哪怕是挪开所有这些仪器，让他安静地死去。

当我把医生叫来时，父亲的眼珠左右乱转，眼皮飞快地眨动着，大口喘气，像是想要吸光房间里的所有氧气。他的声音也已变成了一种非人非兽的嗡嗡声。令我惊惧万分的不是目睹父亲死亡，而是看到父亲这般恐怖的样子。他感到自己大限已至，医生做了所有常规急救措施都没能冲淡他的这种感觉，反而使他更加清醒地意识到这一点。尽管如此，父亲还是渴求活下去，用那双惊惶无主的眼睛表示他的求生欲。父亲心跳完全停止的时候，呼吸机仍在向他的双肺输送氧气，他的胸口依然上下起伏。

死人在呼吸。这幅诡异的画面至今在我脑中挥之不去。他们撤掉呼吸机之后父亲终于安静下来，变成了一具柔软静默的尸体，也更像他平日的模样。之后一段时间里，一种现在难以仔细说明的感觉挥之不去，似是有一个声音在说："生命不过是种夸张。"

第八周

回来上班后最吸引我注意的就是鸡下巴主任发来的电子邮件。

真主永在，服务我们公司长达三十年的员工（某某某）与世长辞。

请向他的兄弟致以慰问。（邮件末尾有一串陌生的数字）

我们确是真主所有的，我们必定只皈依他。①

我拨了吊唁信末尾的号码，电话另一端有人应声时我一下子紧张起来。毋庸置疑，这便是他兄弟了，但他的声音听上去与老人惊人的相似，喉咙溢满沧桑，像个许久未曾开口说话的人。出于某种质朴的情感，我竟感到自己正在向这位死去的老者本人致哀。

他是突然去世的，可是，如何作出迅速的反应才能显示出不同寻常呢？大家都认识老人，但是没有一个人和他熟悉到可以声称自己怎么压根没料到他离死亡还有多远。老人去世恰好是退休一周后，一连串的事件都预示着他的离世符合一定的逻辑。老人刚一退休，大家便一致认为他从他们的生命中谢幕了，十有八九再也不会见到他，而他的死亡正是这种共识的力证。不仅如此，一位新员工已经取代了老人坐到了我旁边。老人去世前刚不久，这个新员工就得到任命，老人刚一退休，他便直接上岗，一切都发生在我没来上班的那两周里。一名员工去世后并未出现职位空闲，所以看上去似乎什么都没缺失，大家一如往常忙着各自的工作，你甚至会怀疑，这个新员工早就坐在这个位置上。

总的来说，死亡并不是一件能让我感哀伤怀的事，甚至在父亲去世后我连一滴眼泪都没掉，父亲死亡催生出的不过是个短篇故事，但很快

---

① 出自《古兰经》黄牛章第 156 节，是穆斯林在遇到不幸时念诵的一段经文。——译者注

我便对这个故事失去了兴趣，因为它过于粗糙，缺乏原创性，也没有取材于现实的真实经历和独具匠心、发人深省的细节。我并未觉得父亲的去世和我有多大关系，他始终将自己封闭起来，直到去世时都还戴着那张使他游离于所有人之外的面具。但这个每天有九个小时都坐在我旁边的老人离职一周之后就去世了，这让我无法不动情。出于某种原因，我感到自己有责任让他的死讯在这个部门留下一些余痕。可依然故我，这也只是一种感觉而已，永远不会过渡到奋起实施的阶段。不过，什么样的事才能让人真正走出抗议的一步呢？

或许因为我刚休假回来，得到消息过于滞后，这使我的哀悼过程和他人不太一样，他们大都已从这件事的影响中缓过神来了。说到底他不过是一个前员工而已，公司的规章中也没有"对外公布退休员工去世"这一条，若每当有退休员工去世公司就发一条讣告，那每个月我们的电子邮箱里都会出现有关葬礼的通知，仿佛那些退休员工离开工作岗位之后，除了去世就再无其他事和公司有关。尽管如此，我们经理还是在部门里宣布了老人的死讯，这一出于人性关怀的举措一般都会引得众人赞叹，如此一来，经理就可以做实自己关心员工，不搞歧视，强调他手下的这些无名战士理应受到感激，他们中无论谁过世了，他都会宣布其死讯。

让我更不舒服的是这个坐在我旁边的新员工。老人刚去世不久，他就坐在老人生前的位置上，不过他看上去不像是在取代一个刚过世不久的人。真还没什么办法能让人在这时候有合适的表现，但这位看来是有备而来，他是一心想往上爬的那种人，哪怕唯一的途径是踩着他人的坟墓，他也不会退却。他总是说自己对于部门发展有若干新点子，语气中尽是对老员工们的鄙视，强调着那些比他先来的员工都可以去死了。他的一举一动都似在说："你们看着我吧，我只在乎我的工作和前程。"虽然没有直接讲出来，但说不定他还期盼着有朝一日能成为经理，为此他每天都穿套装上班，还有商务夹克、领带等等。倘若有谁奉承他衣着雅致，他总是把这样一句话挂在嘴边："人的着装，应以自己向往的职位而非当下的职位要求为依据。"

他的这种行为哲学不过是为了迷惑别人，因为很快大家就发现他的抱负、能力都远远超过他们，于是纷纷给他让道，而且都企图把他拉进自己的圈子里。融入这个部门他只用了不到两周的时间；而我，同样在这个部门，两年多过去了，在与他人建立私交方面竟无任何进展。坐在我前面的两个人现在会回头同我旁边的领带男聊天，问这问那，他便以自己骄矜自信的见解和成竹在胸的理论对某个问题下结论。这样的谈话在每天九点整吃早餐时进行，因为若是放在其他时间会引起管理层的注意。他们交谈的时候，前面两个员工中的某位，往往用瞅我一眼的方式示意我可以加入他们，与此同时他一口接着一口塞饭，嘴边还沾着某种白色的食物痕迹，这足以使我在这一天余下的时间里食欲全失。

我发现老人走了之后，对我来说想成为闲聊小群体中的一员就成了件易如反掌的事。在他刚一离开公司的那一刻，首先上演的便是这一幕。之前，老人的存在是一道屏障，将他们和如今他们向我传达的慷慨与善意隔绝在外，他们之所以觉得我会接受他们的善意，是因为我们年龄相仿。为什么会有人不愿加入他们的闲聊？昨夜总是有激动人心的赛事，假如你没看那也可以谈谈下一届奥运会，还有汽车，旅游，房地产，股市，推特上各种关于宗教、政治、社会对立的言论铺天盖地。倘若所有这些你都没有兴趣,那你必定对工作任务、部门发展、工资下跌、主管们之间的钩心斗角有诸多想法,对公司的未来有一番预测,对自己升职有些许期待。而这些话题无须刻意关注,肯定早已成为你的牵挂了。如果关于这些话题你也不愿开口交谈,那一定是因为它们在你看来过于粗俗,要么就是你觉得自己周围有重重疑点,或有人想要刺探,或有人企图中伤他人。

我不参与讨论,旁边这个闪亮新秀对此的态度可谓慎之又慎。他感觉到我对他的人格魅力、知识储备和许多让人眼前一亮的想法不屑一顾,这激起了他对我的厌恶。在我回来上班的这两天里,他已经开始对我进行戏谑式的评头论足,表达技巧下流却不乏高明,尽可能使他厚颜无耻的嘴脸看上去友善无害。打个比方,他会说:"那些沉默的人心里往往藏着最邪恶的秘密。"讲这话时他还一直微笑地看着我,像是在等我承认自己就是他说的那种人。我反应慢,当即给出妥帖应答的能力也有所欠缺,所以面对他,我往往选择听而不闻,视而不见。我虽不是故意如此,但这种做法确实激发了他更强烈的挑衅心理,对我的疑虑愈发深重,愈发想要窥探我所有的秘密。于是,他经常会揪住我最平常的某个手势不放,借机发表一番没完没了的言论。

这就是老人走后上演的第二幕了,我感到自己在他面前暴露无遗,无处藏身,隐私时代就这样结束了,只有在这个惯于显摆的人去开会或是去大便的那一小会儿,我才可能写些东西,他一回来我赶紧把自己在电脑上写的东西藏起来。这时,他就问我是不是在写准备打给领导的小报告,语气暗示着他已然断定我就是嫌疑对象。前面的两个人只是扭过头来笑着说他两句,也不反驳,而后友好地将目光转向我,想让我加入他们的玩笑。这两张大嘴的咀嚼声同讲话声混杂在一起，我忍不住感到恶心和反胃。

　　有时，我会扭头看看身边的他，想确定一下他是否注意到了我已然有些体力不支，这时便发现他看向我的目光充满了傲慢与挑衅。这种眼神的资本是他健康的身体。强壮健硕的体魄并非生命的馈赠，而是因为他这一生中所作出的那些选择才让自己变得那般硬朗、壮实，而且事实证明，到目前为止那些选择对他而言再合适不过。

　　近几日，为了告知检查结果，医院仍在试图联系我。但那结果我早已猜到了，现在烧已经彻底退了，只是我还有些虚弱，食欲也不太好。我睡眠不足，营养不良，加上最近几个星期心情大起大落，有这种感觉实属正常。我想要的不过是一段康复修养期，好让自己的身体恢复常态。若谁遇上任何事都心存疑虑，那他可真是完蛋了，甚至只要想到这一点就一定会生病。近日来，社交网站、各种手机 App 的群里都充斥着各种各样的疾病。每天手机上的推送都是为了培养用户的防病意识。全世界的人患其中任意一种病的概率都不低于百分之十五，若是有人总想着这些事，再对其进行统计，难免会发现自己患上了某种病。我想起了不久前在新闻中看到的一则关于"慢性疲劳综合征"的医学报告，这是那种你一闻其名就感觉自己已然被它缠身的病，其症状也屡见不鲜：头痛，乏力，睡眠障碍，关节、肌肉疼痛，这种病往往与工作压力大有关。这份报告中对如何摆脱上述压力提出几条建议，比如绕着办公楼散步，或打开窗户，在窗前舒活筋骨。解决方案虽充满诗意，但在这里却无法实施，因为根据办公楼的设计，绕着它散步无异于一辆汽车试图在一条狭窄的街道上绕一个垃圾堆，而窗户更是永远都不会开，因为一旦打开，可能就有人跳窗自杀。总之，并没有什么最终疗法。这则报告称，你应该与自己长期乏力的这一事实共生共存，不过最好为这种常态化疾病另起一个不会扰乱你作息的悦耳名字。

得遵循一种催人奋进的工作准则：这件事既然没发生在他们身上，那也不会发生在我身上，这是十分重要的。因为所有人都感到睡眠不足，但依然必须继续每日的生活；所有人都吸烟还都能活好多年；所有人都在头痛与乏力中从事自己的日常活动，而我受的罪实在算不上最惨。食欲不振时，我就会想起《饥饿》中那个一文不名的作家，或是那些挨过了多次饥荒的非洲儿童，还有那些常年吃劣质食品，出狱时健康状况却还算说得过去的囚犯，他们说不定可以活到耄耋之年。相比之下，我饮食无忧，怎会无法保持健康呢？

我一直擅长自我诊断，这是一项我一点一滴培养出来的能力，渐渐地我便拒绝看医生了。倘若命运安排我从医，我一定会成为一名杰出的医生。记得在童年时有人问我："你长大之后想当什么？"我总是回答："医生。"不假思索，张口便说。倒不是源于心底的热情，只是我知道这样的选择可以在大人们心中留个好印象，他们会认为你是个乖顺有礼的小男孩，因为你行为得体，他们也就不会再兴冲冲地对你进行其他更多的查探或测试。可实际上，我不仅对医生这个职业兴味索然，相反，还对医生的职业要求心怀抵触，我讨厌医院里的味道，讨厌打针，不愿意触摸陌生人尤其是病人的身体，不想检查他们的肚子，将听诊器放到他们裸露的胸膛上，更不想把体温计插入他们的腋窝或舌头底下。

这个职业还有一个令人难以接受的地方，谁要是想成为一名医生，就必须比其他人多读好几年书。当年，我和其他孩子一样讨厌学习，只想尽快从中解脱，正因如此，当时我是个出类拔萃的学生，对那些年年留级而且毫不在意亦无羞愧的愚笨学生们既好奇又不理解，说不定他们中还有人因为自己在某个学习阶段比他人停留时间更长而骄矜自傲。他们中还有人蓄着小胡子，完全可以与那些长年累月耗在学校里的男老师们媲美了。这些人身材庞大，发育健全，哪怕他们只是站在你身后的最后一排，都能把你吓得不轻。我一般坐在班上第二排，之所以不坐第一排，只是因为一坐在那心里总是很害怕。对那些坐在最后一排的人我满头问号，总想着要在他们嬉笑喧闹时去问问。若是不害怕他们总以大欺小，戏谑不恭，尤其是针对我这种循规蹈矩的学生，我有可能真的就去问了。也许他们中会有人手持棍子，面露嘲讽地打我或掌掴我的后颈，抑或像老师们那样用粉笔对付我，尽管如此，我还是关注着他们，害怕又好奇，甚至还有惊讶，与此同时这些问题在脑海中挥之不去：怎么会呢？他们为什么会这样，是不明白吗？一个人一生中的整整一年都浪费在毫无意义的重复上，明明只要稍稍用功一点、复习一下就可以抹去这漫长的一年。在学校的四壁之间多耗一年，不会让他们备受打击吗？

  当时，一年对我来说是很大的数字，与任何一个人在少年时期的感觉别无二致，我觉得一年几乎有一辈子那么长。因此，我在学校读书时一直都很用功，毕业时抱着这样的目标：开始工作之后，上完几个小时的班就可以去做自己感兴趣的事了。那时候，我以为只要职业生涯一开始，就意味着摆脱考试、作业和各种课业要求，也不会有老师们再用五花八门的事情占用你的私人时间。相比之下，任何负担都不算糟，只要能保证下班之后一回家就可以随心所欲，上班时间的一切都能变得可以忍受。这就是在找到一份收入可观的安稳工作之前激励我一直保持优异成绩的唯一动力。没错，就业于我而言首先意味着踏上自由大道，其次才是真正面对工作。

现在我才明白，上班就意味着你一天中最宝贵的半天时间都要孜孜不倦地花在充盈公司老总的口袋，为你的经理创造更多升迁机会，屈从于比你在无聊至极的反乌托邦小说里读过的更加诡异的制度与法则之上。白日将尽时，你从办公室里出来，筋疲力尽，心灰意懒，意志消沉，脑力与体力双双被榨干。你若对此种境遇心怀愤懑，不妨在回家路上看看公交车里熙熙攘攘的工人，他们每个人都无力撑起脖子上的脑袋，太阳的整日炙烤使他们的脖子被灼得通红，脑袋在敞开的车窗前左摇右晃。公交车似乎也耗尽了力气，这样的公交车在大街小巷里随处可见。这便足以提醒你，你的境遇已经算相当不错了，该感谢真主。

就这样，上班时间你遵从单位规章度日，回家后再努力调整自己的生活节奏。周周相似，你如流云般飞奔。到月底，你眼巴巴地盼着发工资，工资每半年略微上调一点点。最希望看到的是领导层有所变动，部门有所调整。年复一年，又一年，没完没了的年复一年不过是一段终期推迟的漫长旅程。你想要回到过去重新开始，但为时已晚。若你有意制订长远计划，让你凭借毅力适应种种压力，说不定有朝一日能大功告成，随心所欲地生活。人的忍受能力强得有时会令他自己都感到惊奇，漫长的几年甚至几十年都处于一成不变的飘忽境遇中，囿于不甚理想的职位，他能忍。最终却发现自己未能跳脱抽身，乃至耗尽一生。然而，除此之外，还有何计可施呢？

第十周

今早到办公室后我发现医院来信了,要我去一趟,而且他们已经替我预约好了时间,就在中午前,这自然意味着今天余下的时间我都不用待在公司了。医院的预约系统与公司的电子考勤制度是联网的,也就是说我可以获批请假而且不用被打上"自由散漫"之类的标签。尽管如此,那只公鸡还是在我前面挠了挠下巴,以此表达他的不满,暗示当医院预约的时间与工作时间冲突时,无名战士理应以工作为重,尤其是这个月初我已经因病缺勤了两周。但是最后,他也只得同意,以满脸的狐疑警示我他会持续关注我的事,无论我用什么伎俩都休想骗过他。

虽然公司的请假制度惨无人道,但与我一贯的做法倒也不相悖,身体有些不适时,我总是喜欢扛着。值得一提的是,医疗保险要求我只能在公司指定的医院接受治疗。这家医院总是被身患各种疾病的人挤得水泄不通,因此很少有人能在一周甚至一个月内拿到预约。不仅如此,我还听说这儿有些医生在你来复诊的时候仍拒绝给你开病假条,只会给你开一张表示你来过医院的证明,这在领导眼里根本不算正式假条。至于急诊室,也并不是什么仁爱备至的地方,候诊时间之长,随着时间一小时一小时溜走,你甚至会感觉自己病得比来这里之前更重了。谁说不是呢?你和其他病人同处一间候诊室,搞不好又染上了一堆其他的病。

今早,候诊室里不乏老人与病重者,房间里弥漫着发霉的气味,仿佛洗澡会使这些人病情加剧似的。他们一个紧挨一个并肩而坐,有的人脚骨折了,有的人还穿着睡衣,大多数人都戴着口罩。连着候诊室的是一条露天走廊,那里立着一块大牌子,提醒大家感染冠状病毒的一些症状,旁边放着一些教人们如何预防、避免传染的小册子。病毒的传播是得到了控制,对它的恐惧却如同一只鹰一般盘旋在这个地方的上空。谁咳嗽一声,所有人的目光立马聚集在他身上,以至于那个腿骨折的人对病毒的惧怕远甚于对自己腿伤的担忧。

当时,我坐在他们之中,穿着整洁的工作裤、正装衬衫,还有一双旧却不破的鞋,它看起来还颇有几分古典韵味。若是把我的鞋与这屋子里病号们的鞋比较一下,倒不算差到极点。我起身在走廊里溜达,像是想把座位留给真正需要坐下的病人。在这个时间段能不被困在办公室里,我的心情特别舒畅,这让我想起学生时代那些有考试的日子,那几天我们可以早早离校。诊室的门关着,我站在门旁看着进进出出的人们。不一会儿,我开始为那些需要搭把手的人开门,无论是坐轮椅的男人,还是怀孕的女人,抑或某个怀里抱着熟睡小孩的男子。我随即幻想自己多年以前就是这样的一个看门人,觉得这是一份美差,趣味横生,我便开始暗地里进行职业演练,想象自己微笑着说:"先生请进,女士请进,孩子们安静一些!小淘气包们别跑得太快哈!女士,我帮您拎着吧。这是什么?小费?不不不,这不行,人帮人嘛,我只是在做自己分内的事。哦,好吧!随您心意,哈哈,请进,大家请进。"没错,做一个好心情的看门老大爷,对我来说难道不是再合适不过了吗?

一些候诊者满脸狐疑地盯着我,也许他们中有的人根据我的外表和诙谐推断我只是为了找乐子才来医院。尽管在我来之前他们已经等在那里了,护士却先喊了我的名字,我能感觉到他们嫉妒的目光一路尾随着我，大概认为我肯定是有什么特殊的门道才能比他们早进去，甚至当那个护士发现是我在答应时，她脸上也没露出丝毫笑意。

我跟着她进了隔壁的小房间，更新个人信息。她照常规给我称体重，量身高，同时唏嘘一声，表示各项数据都很正常。随后，把量血压的带子缠在我纤弱的胳膊上，一边叹气一边用自己的母语咕哝着什么，还抬眼看我。尽管我们之间距离很近，她还是目不转睛地对我的脸打量了一番。为了缓和气氛，我问她来自哪个国家，她说是一个非洲西部的国家，我想是加纳或几内亚吧，她深深地叹了口气，死盯着我，仿佛我让她记起了发生在祖国的某出悲剧。我问她知不知道让我来医院的原因，她说和我上次进急诊室时做的血检有关。"检查结果怎么样？"她回答说自己在我的病历记录中看到了检测报告单，但她无权告诉我。无论如何都只是验血罢了，结果又能有多坏呢？护士让我回去等着她再次叫我的名字。

回到座位上，我陷入了沉思。弥漫在这儿的对冠状病毒的恐慌让我更加坚信，相比之下自己的情况想必并不凶险。可是，若我体内有另一种病毒，另一种更具杀伤性的病毒，血液中的病毒呢？忧惧惊慌挥之不去，大概是因为小时候听了太多有关禁止卖淫嫖娼的训诫，经常会听到某某某去检查身体或献血时被查出患了艾滋病，真是有点恐怖。父亲生病后需要输血，那是我第一次也是最后一次献血，我清楚地记得那时自己有多害怕。我开始关注那个西非护士的一举一动，在她的目光中搜寻着一切可疑的信号，幻想医生在任何瞬间都可能出现，宣布血液检测结果是阳性。我甚至臆想出自己种种可能的反应，先是否认，大笑，随后发怒，敲桌子，冲医生大吼："你好大的胆子！"之后告诉他，我这辈子从没睡过女人、男人，当然更没睡过猴子。这里面一定出了差错，大千世界的各种滋味我都尚未尝过啊。随后,理智回归,我佯装平静地问医生:"我还能活多久?"当他回答说"一两年"的时候,我彻底崩溃了,痛哭流涕。

我正独自寻开心,用这些老掉牙的蠢戏码吓唬自己,等护士再次叫我,不一会儿,一位医生亲自出来喊我的名字。从我的位置可以瞟见他是站着的,圆滚滚的身材像个球,他站在办公室前的走廊里,办公室门开着,他一只手握着门把手,一只脚抵着门的底端以防它关住。当时,医生只是静默地站在那里,但我还是想象着我们一进去他就会开始检查我,神经质地挥动双手,喊道:"假如每个男人都因为怀疑自己得了艾滋病就来医院,那医院肯定会爆棚,我们也就无暇顾及严重的病患了!"此时此刻,如果叫我在疾病缠身和健康如常之间作选择,我大概会选择生病吧,因为我实在不愿在医生面前陷入莫名的尴尬。

我正朝他走去的时候,医生唤来了茶水工。走到门口时,他问我要不要来杯茶,我点头表示可以,医生随即叫他端两杯过来。我们进门后护士便出去了,但仍然站在走廊里,在房门还没完全关上的空当,她向我投来悲伤的目光。

医生绕过办公桌,在他那张椅背很低的椅子上坐下,椅子的几个轮子随即开始原地打转,轮子承受着他的体重,发出吱吱的声响。医生朝办公桌的方向挪动了一下椅子,一直挪到桌子边缘挤住他的肥肚子,同时示意我也坐下。当时,我觉得如果桌子给医生肚子的压力再大些,他就会像个气球一样爆炸。医生胖胖的双手放在桌上,十指交叉,看上去沉稳庄重。另一边有两个座位面对面,我坐在其中一个上面,另一个始终空着,随后将双脚往回收了收,仿佛另一个座位上坐着隐形人。医生问我感觉如何，我耸了耸肩没答话。他一开口说话，我直接走神，他的铺垫之词给了我一个放松的好机会，可以让我驱走之前的恐惧，斩断逃跑的念头。

当医生切入主题的时候，我试着换上一副严肃的神情，说不定自己这次会认真听他接下来的话呢。他断断续续地讲话，尽管其间我不时地点头，但其实并没能把他的前言后语很好地串联起来。他说检查结果不出所料，我的血液量比正常水平低很多，我们还得多做些检查才能下定论。骨髓活检一般来说是比较疼的，他认识首都一家医院的某位医生，会帮我预约到一周后，到时，各项检查前前后后至少得抽三袋血。

医生始终滔滔不绝地讲着，分析，解释，丝毫不给我任何作出回应的机会。与此同时，他的双手不停地动来动去，与自己言语之中的职业性相得益彰，然而因为他不得不告诉我问题的严重性，但又不想吓到我，讲话时双手显得有那么点紧张。医生的动作不做作，也没有什么刻意的成分，毕竟在此之前他已经面对过不计其数的病患，而这令我心中产生了些许好奇与困惑。若是他能表现出一副由于见多了这种场面而心烦意燥、形容枯槁的神态，想必能更正常些吧。

茶水工敲了敲门走了进来，将两个纸杯放到桌上，没等我们道谢便出去了。一阵沉默，门慢慢地自动关上。随后医生告诉我，我应当认真考虑一下化疗，那语气就如同别人告诉我应该购置一双新鞋一样。

当时我很淡定，医生也很冷静，房间里更是一片沉寂。屋子里的温度不高不低，热汽从我们面前的纸质茶杯中缓缓升腾。我手握着杯子，往胸前移了移，低头看着杯子一言没发。走廊里悉悉索索的声音从门底的缝隙传入我的耳朵：病患的嚷嚷声；护士们穿着白鞋脚不离地轻快走动的声音；在稍远一些的地方还有婴儿尖厉的哭声，多半是挨了一针。医生再次开口的时候我仍然握着杯子，掌心也热乎了。好一会儿我都目不转睛地盯着茶水，仿佛医生的声音是从那里面传出的。

　　医生接着说活检可以确定是否患病、患病种类以及病情，因此应该尽快安排。当他不再言语时，我意识到是该作出回应的时候了，于是开始搜寻合适的言辞，我呷了一口茶，以此给自己争取更多时间，随即将杯子小心翼翼地捧回胸前。当时我能想到的全部也就是茶里应该再添一勺糖。终于，我告诉医生我想去首都做那些检查，说着将杯子放回桌上。仿佛只消这样一个动作，问题就迎刃而解了。医生点点头表示赞同，说他会同我保持联系。那名护士突然走进来了，似乎已经从医生的语调中判断出我的诊断时间结束了。

　　我出来的时候，其余病患依然等在他们的位子上，还是那个护士拿着另一份病例材料从我身后出现，喊了其中一人的名字。我想起刚才把茶杯落在了办公桌上，可现在我已经知道了结果，再回去抱歉地拿起杯子走出来显然有些荒唐。尽管如此，我内心却并不排斥这类行为，从医院出来时我甚至还为两个人开了门。我没有患艾滋病，某种程度上我觉得自己是个健康人。

　　回到家里，我一如往常地读书，浏览新闻，在电视上看了一部纪录片，又在电子商城买了几本书，仿佛是对自己能把所有还没畅快读完的书看完充满了信心。也许这几天我应该制订出一项后备计划，理清思绪，明确当务之急，想好当可怕的事真的发生时要如何去应对。嘴上说着"没什么可担心的"，仿佛自己是个局外人，可我其实什么都没想好，只有犹疑不定，尽可能一拖再拖，装聋作哑，晏然处之。

第二章

第十一周

　　我告诉家里人我要出一趟公差,实际上是用了几天年假,又订好了火车票。医生建议我,如果自己一个人去的话就不要开车,他说:"假如确诊了,谁也说不准你回来的时候是什么样的状态。"医生的话我一个字都没听进去,其实他也只是在给我打预防针而已。最好在惊惶与恐惧膨胀之前尽早将其消灭,以便在最短时间内恢复习以为常的生活。出发的那天我一大早就去了车站,大概比一般急着赶车的还提前许多,俨然像是第一次出门旅行似的。我坐在窗边,掏出《魔山》,读了起来。

　　车厢里非常安静,之后上来了几个人,他们上车的动作轻得引人注目。这几人轻车熟路地找到行李架,径直在各自的座位上坐下,一切井然有序,不难猜出他们是那种每周都要乘坐一次火车的人,已经经历了无数次上车下车的演练。那边的五个座位是他们的,我坐在第六个上面。一个少年坐在我旁边,大他几岁的姑娘与我面对面,姑娘旁边坐着的是他们的女仆,我们四个人共享一张大桌子。过道另一边坐着一个小女孩,她前面是一个位置与我平行的女人,头戴面纱,她俩之间有一张小桌子。

我观察着他们,静候某个针对我而发出的信号,抑或一次轻謦,暗示我的存在打搅了他们那纤尘不染的安逸。对面的姑娘还没来得及坐稳便擦起了车窗,以此言明她选择靠窗位置的理由。刚一坐好,她便兴致勃勃地望着窗外,尽管我们还没出站。很快,姑娘开始喊她母亲,语调沉稳大气,与女仆聊天时不失温柔,逗小妹妹玩儿的时候声音天真宠溺。随后用手遮住嘴轻声地笑,姑娘换上了另一副表情,手上多余的动作表明在上火车之前她其实不是这副做派。对她弟弟笑脸相迎,给他提了一些保持得体有礼的建议,显示自己对教养礼数是有一番研究的,比如告诉他不要把手机声音调太高,以免打扰别人。而后者的态度总是有那么点讽刺意味,连头也不抬,只顾吃一些杂七杂八的东西,通过手机屏幕的反光可以看到他那初长的胡子。姑娘说她弟弟没礼貌,转而向母亲抱怨。至于最后这位女士则根本无暇顾及这一切,自一上车就一直在打电话,好像她乘的是飞机,一起飞就没网络了。透过面纱传出的声音有点急躁,这应该是种暂时性的语气,也许一会儿之后便会恢复常态,可是这通电话从头到尾她一直在用这种语气说话,没有丝毫改变。根据她如此严格遵循教义的穿着打扮,我猜她一挂电话便会要求坐在我面前的大女儿调换座位,可这样的事并没有发生。挂断电话,她一手握着手机,另一只手忙着写些什么,双眸含笑,但这样的笑容于她这个年龄的女人而言并不合适。此时,坐在她对面的小女儿开始喊妈妈,想要拿她的手机玩一会儿,又是大喊大叫,又是伸腿蹬脚。女仆是他们之中最安静的一个，但她的紧张显而易见，看得出来，她在这家做活计的时间并不长。女仆时不时地向我投来不安的目光，她大概是唯一一个注意到我这个外来分子的人。其余人对于一个陌生男人加入并未表现出任何防备之心，从某种程度上讲，保守的规矩一旦被打破，反而会使人感到一丝轻松愉悦。我猜，当父亲不在时她们肯定会让自己多享受些自由，甚至可以说他们上车时那种轻快利落、活力四射正是源于父亲的缺席。

最后上车的是个外国老头，从他的长袍可以断定他是非洲人，而且一眼就能看出这老头有病在身。妻子搀扶着他的手臂，从披肩的颜色不难推断出她也是非洲人，年龄与老头相差无几，但看上去她比丈夫更精神一些，许是因为丈夫需要她照顾，或是她需要照顾丈夫，才能有如此的精力吧。二人的行李一样也是老家伙，箱包没有轮子，看上去是在弯腰弓背地爬行。他们坐在左边的后一排，刚好是我能看到的地方。老头与我面对面，老太太坐在他对面的位子上。我们这一边的那个小女孩回头冲老头笑了笑，可他一脸疲惫，没有丝毫反应，老头的健康状况有点糟糕，甚至连微笑的想法都已不存在。

火车刚启动，我们这一排所有人都彻底放松下来，只有女仆的眼神更加紧张，仿佛火车一驶出车站，她回到祖国的希望随之浸微浸灭。母亲把手机给了小女儿，随后拿出一盒三明治，她并非想现在就分发给孩子们，而只是为了让乘务员知道不会有人吃他们提供的劣质食物。很快，我发现坐在我对面的大女儿对我充满了好奇。当时，她用余光瞟着我手中的那本书，眼光被我逮着时，她就迅速扭头朝向窗外，接着又开始教训她弟弟，想以此寻回自己的端庄。之后，继续腼腆含羞地朝我这边偷瞄。她的年纪不算太大，不至于令我局促不安，但也没小到能让我觉得这种试图创造某种相互交会的方法能使她变得楚楚可爱。我把书拿高了些,让它成为挡在我俩四目之间的一道屏障,然后继续阅读。

不知过了多久,我感到一阵乏力。说不清是因为书读久了还是火车的晃动,抑或是车厢内这纹丝未变的令人窒息的空气,但它确实在我体内极深的某处引起了反应。车厢里的公共大屏幕正在放一部关于鲨鱼的纪录片,我将视线转过去,想沉入湛蓝的大海中。突然间,我的心跳开始加速。当时,我感到自己一旦起身或开口讲话,某个灾难性事件就会发生。我再次翻开书打算继续读,但目光刚一落到书页上,恶心感就愈发强烈。我旋即合住双眼,试图控制自己的五脏六腑,让它们不出差错。紧接着那位母亲开始分发三明治了,我几乎要恳求她别在这个时候发,却发不出声。他们心满意足地享用,只有女仆一脸诧异地看着三明治。大女儿望向女仆,劝她尝尝,还告诉她三明治里都有些什么,女仆也不知怎样讲才能让大女儿理解自己的意思,后者见她没听明白,含羞地掩嘴一笑,接着又转向弟弟,粗暴地要求他擦掉嘴边的食物残渣,然后朝我偷瞄一眼。我则望着坐在后排的非洲老头,他把咖啡溅在了胸前,妻子用一块皱巴巴的手帕帮丈夫擦拭,像是在揉搓他的心脏,老头似乎在示意妻子停下,然而妻子并未会意。这一切使我感到十分憋闷,像是老头的心脏让我难受,也好像是我的心在被来回揉搓。

我大声喘气,想驱走胸口莫名的痛感,集中意念让自己恢复常态。突然,火车驶入群山之间,窗外尽是一段一段的陡峭岩壁,列车与大山之间的空气受到挤压,气流声响很大,如同回韵悠长的嘶吼。

我急急忙忙站起来找卫生间,双脚战栗,感到自己随时都可能晕倒。刚一挂上门栓我就试着呕吐,却因强烈的窒息感而吐不出来,在镜子前洗了把脸，呆滞地盯着镜中自己这副打湿的面容，感觉着周身一切的动静，下有火车车轮沉闷的哐当声，上有昏黄镜灯令人作呕的嗡嗡声。我盼着火车因意外状况突然停下或减速慢行，仿佛这样就能让我的心跳平稳下来。然而火车还在前行，一切照旧。有人开始敲门了，我刚一出来就意识到自己犯了个大错，列车还有两小时才到站，这段时间里要一直坐着才好，我如是鼓励自己，似乎一直坐着就可以克服体内的躁动与翻腾。

我回到车厢，这里真是混浊一片，拥挤，潮湿，有人吃东西致使空气中弥漫着一股怪味儿，还有人们的呼吸，因久坐而汗涔涔的身体。所有人都再次抬头，对我想坐到他们中间惊讶不已，似乎已经忘了这个人从一开始就坐在那里。挡在我和我座位中间的是一个陌生的少年，每一分钟他的身体都在生长发育，所拥有的人生天地也日渐广阔，我没等他给我让道就径直越过了他，那个姐姐一脸震惊地看着我，目光中满是对我这种粗鲁行径的鄙弃。刚一坐下，我的脉搏再次加速，抑或是心跳更沉重了，我也说不清怎么回事。我紧紧地拿着书，翻开又合住，身体直冒冷汗。那位母亲当时正在手机上急急忙忙地写东西，有些神经质，小女孩在她对面哭，母亲却写个不停；女孩哭闹，蹬腿，尖叫；少年将手机的声音调高又调低；女仆正面对着自己全然无法理解的事情，不安地瞪着双眼；大女儿笑着同她讲话，开玩笑地说她是个可怜的女人，女仆虽没有理解话中含义，却也觉得自己是个可怜人。老太太递给老头一颗药，她的手哆嗦着，他的手亦是如此，药片也随之抖来抖去。老头吞下药片，仿佛那根本不是药，又仿佛是胸口那片黄色污渍使他感到疼痛，根本没有药可以缓解，他凝视着妻子想说些什么，却又心知肚明她听不到自己的声音，便疲惫地闭上了眼睛。

我继续闭目坐着，随后尝试将目光聚焦于某一点，又重新合住眼睛，再去凝视窗外，外面的空气里全是尘土，仿佛是被什么令我最为忌惮的东西搅得这般浑浊不堪。稍远一些，在扬尘漫天的干燥沙漠中央，一列驼队徐徐行进，步履沉重，懒懒散散。头倚着车窗，我深深呼出一口气，直到玻璃窗泛起水汽。有那么一瞬间，我竟觉得人活着是多么、多么、多么可怕啊！

不知是睡过去了还是短暂昏过去了，当广播说列车到站的时候我体内已不再翻江倒海，可身体却懒洋洋的。空气中的热浪席卷全城，水泥铺成的人行道一直延伸到列车边，一片宁静的气息。我故意晚一些下车，车厢里只剩下那个老太太和她丈夫。她一边搀扶着丈夫，一边站起身来，脸上一副咬牙强撑的表情。老头对老伴扶自己起来的方式十分不满，仿佛她才是自己年老力衰的原因。老头也是那种表情，像是老妇表情的延伸。他俩一起从车厢里下来，列车乘务员在后面帮他们取下行李。行李看上去也在竭力硬挺，只不过显得比他俩更艰难些，任意一秒钟它都可能皮开肉绽，让里面的东西散落一地。老太太整理了一下披在自己头上和肩上的披肩，随后问乘务员能否为他们安排出租车，乘务员让她到车站内部去问一下。困惑的表情随之爬上了老太太的面庞，仿佛她正置身于令自己满头雾水的时代。很快，这种神情也浮现在了她丈夫脸上。老太太扶着老头的胳膊，两人一起往大门的方向走去，表情如出一辙，说不清谁在学谁，两个行李包跟在他们身后蜗行，像是两个不知所措的儿子默默地跟在父母身后。

我走在他俩前方，比他们先到车站大门，身体已经恢复了常态，然而体内想打道回府的念头仍在吞噬我。虽然还在向前走，可这是懦弱与渴望逃离一切的结果，而非勇气使然。门口，一个男人等在那里，宽大的身体堵死了大门。他神情严肃，留着少年再长几年便会蓄起的那种浓密胡须。只要看到他，你便会意识到自己已经到了首都。那一刻，我所有的感官一片混乱，唯独对这一点丝毫不抱怀疑：这个男人就意味着首都。那家人步履沉重地朝他走去，俨然一个疲软泄气的大球滚动着，仿佛他们之中谁都不能享受这次旅行。

我待在酒店房间里，没敢出门，生怕加重活检后的反应，检查结果说是在周末就会出来。实际上，我这个人本来就不太爱出门。我已经挑好了托马斯·曼的一部一千页的小说，本以为自己能在等结果的这几天里专心读书，瞧，到现在连三分之一都没看完。我打开笔记本电脑解闷，记录下关于这趟行程自己能记起的一切，在不破坏当时真实感受的前提下一次又一次修改先前写下的内容，用自己习惯的手法描写心理。我开始上网搜索，发现自己在车厢里的种种症状与恐怖症发作时的临床表现完全吻合。

我将搜索的内容换成了自己来首都的原因，把医生的看法和医学网站、咨询网页上的说法比较一番，一种说法刚刚使我重拾希望，另一种又说这是不可能的。还有另一种病与我的症状相似，我竟不由自主地倾向于自己生了这种病，尽管相比之下这种病要罕见得多，但只要能留有一丝怀疑的余地，无论多么令人痛苦我都已经准备好再多忍受几种症状，只要不是那个噩梦，什么都可以接受。可在网上看得越多越沮丧，多想能有一只温柔的手伸过来将眼前滔滔不息的症状列表修改一下，将其他一切可能性推得越远越好。恍然间，我对自己主动检索而不是静候活检结果后悔不已，甚至希望可以通过某种方式让自己患上失忆症，忘掉自己来这里的原因，回去，重新开始原本的生活。

最近几个月以来，有些症状的确出现了，我一直都能感觉到，但把它们叠加到一起综合考虑也没推断出任何结果。我的身体一贯毛病不断，对任何病痛都极为敏感，即使以前有人告诉我，说我患了某种重病，我也会因为自己的身体有太多不适而对他的提醒不以为然。并不存在什么预测的方法，然而，如果有人将每一个不太可能的可能性和遥远的危险都当一回事，他最后就可能得忧郁症甚至发疯。

但是，最能使你从一开始不识真相的，就是你对所有明摆着的现象统统视而不见，尤其是这种在血液里悄悄繁殖的液体类玩意。那些能引人走向灭亡的事物本质不正是如此吗？起初越是若隐若现的疼痛，越有可能就是那种日渐增强，乃至最后要你命的病。鉴于此，该有多少事情都是你应当保持警惕的啊？不，这种事不会发生在我身上，我是那么愿意将自我边缘化且隐于众目之外的一个人，倘若真在我身上发生了，那真是有悖常理，极具讽刺意味。

我坐在房间里，在惊惧恐慌与种种臆想中挣扎不休，在大喜与大悲之间来回辗转。当我想到这就是我的终结时……心脏瞬间跳得飞快。我在房间里来回踱步，走进洗手间，因为过度害怕差点呕吐。躺回床上之后，我开始回味这样的故事：那些被查出重病的患者，到另一家医院检查时又发现不过是小事一桩。这时，我便会想起自己之前的惊惶万状，后来的事实证明它们荒谬又可笑，然后大肆嘲笑自己小题大做。突然，一滴血快速从鼻子里流出来，在我的两撇胡子上转了一圈，向下流淌。

我用颤抖的手指触碰了那一滴湿润的东西，当目光落到猩红色的东西时，整个身体都开始发抖。恐慌只有一瞬，但这一刻是至关重要的，此后再也回不到从前。我意识到这不仅仅是流鼻血，不仅仅是源头莫名其妙、可以从脑中驱逐出去的那种转瞬即逝的恐惧。我曾经心慌意乱，焦躁不安，后来连质疑的力气也没有了。每一次呕吐、流鼻血、头痛，每一片新出现的淤青，每一种微不足道的症状，无论以前如何，从现在开始都会因最后的检查结果而蒙上一层更具威胁性的色彩，直接与恶性关联。这不再仅仅是心中疑神疑鬼的问题了，而是心知肚明、真真切切发生的事情。

这就像是一只臭虫在床上、在你身下生长，你和它只有一层床褥之隔。每晚你都在它上方入睡，对和你同床入眠的这该死的小东西浑然不觉。或许你在自己身体上看到几处被蚊虫叮咬后的红肿也没在意，因为它还不疼；或许你有些疲惫，但也不是什么忍不了的事。随后，皮肤上的红点开始增多，变得令人生疑。某天，你觉得有必要引起警觉了。就是在那一刻，疼痛开始了，就在你看到那丑陋而巨大的黑色虫卵里爬出数千只虫子的一刻，你盯着它看的一瞬间，虫卵已经孵化了上百次。你发现这些邪恶的微小生物从你身体里汲取养分，在你的血液中畅饮，随后长大，在你体内建造了某种此后你根本无法与之抗衡的东西。正是在这时，疼痛再次袭来，甚至即便治愈了你还是会感到虚弱，因为你将会一直处在一种会被屡次攻破的境地；即使你最大限度地得救了，也永远无法治愈自己体内的恐惧，因为在你发现它的那一刻，它已然在你体内炸裂。

第十二周

一拿到结果我便将它们塞进包里，径直去了机场。尽管季节交替时天气变幻无常，但我也不打算再体验一次火车之旅了。我已下决心让自己彻底摆脱前几日的脆弱。为了作好旅行准备，我一整天都在喝水，以促进静脉血液流动，也为了补充身体失掉的水分。于是，飞机刚起飞我就感到尿急。

我刚从座位上站起来，空姐便迅速走来，再三告诉我应该等到起飞动作完成以后。她的音调很高，似乎是想提醒所有人不要重复我的行为。我觉得这也等不了多久，便坐了下来。机长宣布起飞完毕的声音一响起，我顾不得听完余下广播当即起身。这时，空姐再次快速走来，说因为天气状况不佳，气压又比较低，坐椅安全带的指示灯仍然亮着，所以大家应该坐在座位上等下一条通知。所有乘客都朝我看过来，我意识到，从现在开始自己这憋胀的膀胱将成为一个集体烦恼，一直让所有人为它操心。

我坐在中间的位置上，两边都是男人，右边挨着窗户的那位满脸嘲讽，暗示他已经准备好对挡着自己路的一切人事物都暗暗吐槽一番。他正在看娱乐节目，时不时突然爆发出一阵所有人都能听到的大笑，尽管他看上去沉迷在《Stand Up!》①里无法自拔，但我每次从座位上起来时

---

① 韩国脱口秀类综艺节目，原文为 Stand Up 的阿拉伯语音译词。——译者注

他都扭头看我,似是在数我上了几次厕所。至于左边靠着过道的那位,则是每次我一站起来就解开安全带并起身给我让道。他是个胖子,胖到连座位都有些显小了,所以解开安全带——站起来——坐下,这个过程对他而言要比一般人更费力。但每次起身时他嘴角都挂着假笑,以示自己的配合以及对我一次又一次需求的理解。

广播再次响起,说已经飞过了低气压区,但我并不急着起来,尽可能装出一副自己现在不需要释放膀胱的样子,这说不定也可以暗示其他人,我已经忘了刚才的事,从一开始我就没有急着想小便。我不禁自问,我这种通过观察他人的眼色反观自我行为的做法要到何时才能结束?为什么这种源源不断的糟心事总是伴我左右?

几分钟以后,我像是起飞后第一次站起来那样起身,座位上方的安全带指示灯灭了,飞机也平稳飞行着,我坚信这一次没有什么能阻碍我了。穿过走廊,我朝舱尾的卫生间走去。然而当我走到卫生间门口时,门上的信号灯显示里面有人,更糟的是一个男人突然从卫生间与储藏室之间的窄小空间里冒了出来,以示在我之前他已经等在这里了。我无视旁人的目光,返回座位,脸上挂起那种走霉运的笑,自嘲式地耸耸肩,尽量让自己的模样在那些侧目留意的人眼中显得诙谐自然些。

还没走到座位,我看到空姐开始推餐车了,而且已经过了我的位置,她在给后排的乘客分发食物。餐车几乎占用了整条过道,这意味着若不越过她我就无法回到自己的座位上。当时空姐背对着我,空少站在餐车另一边忙着问已经接过餐食的旅客是喝咖啡还是软饮,他俩似乎谁也没注意到我的存在。我张口说了一句"不好意思,请……",为了让别人能马上听到,想必我当时下意识地将声音提得特别高。空姐吓了一跳，一脸嫌恶地回过头来，想告诉我过道狭窄，容不下我过去。空少摆出一副无计可施的模样，以命令的口吻压低声音让我退到机舱一侧等候。其实，那里明明有足够的空间，只要将餐车往回拉一些就可以让我过去，但空少那符合机舱礼仪的老练语气和眼神暗示着：尽管这是可以的，但他根本就不会这样做。

我退回到机翼一侧的空地等着，与此同时，身旁几排尚未领到食物的乘客开始盯着我，他们那好管闲事的眼神简直要将我引燃。前排某个座位上站着一个小男孩儿，他回头看我，一双大眼睛里满是担忧。发生在我身上的事正是他最害怕的，痛苦的眼神对此毫不掩饰。

我想起一件很久之前发生在自己身上的事。大概是在小学四年级的一节数学课上，我记得很清楚，当时我和班上其他同学正一起擦黑板。我们默不作声，即使说话也都是悄声耳语，因为大家都知道老师脾气暴躁，听到哪儿有一丝响动就会毫不手软地掰一节粉笔扔过去，若声音还是没完没了，他便会让声音的主人站到黑板前面来，让大家都能看到他，随后命令这个学生伸出双手，同时将手中的教棍举到与肩同高的位置。这跟粗糙的棍子正是他画锐角三角形时用的。学生弱弱地站在那里，抖簌的双手迟疑不决地摊开在老师面前，他刚一感觉到老师的动作便立即把手撤了回去。教棍划过空气，发出令人胆寒的声响。老师冲他大声嚷了起来，脾气愈发火爆，惩罚他的心情也更迫切，只见他再次扬起手中的教棍，甚至扬得比黑板还高，学生再次摊开掌心，他当即给出下一击，这一下比第一下更快、更猛烈地划过空气，随之传来学生掌心炸裂开来的回声，而那学生立刻缩成了一团。

教棍落下来的那一瞬间，我的双眼下意识地颤了一下，同时像乌龟似的把脑袋缩进两肩之间,仿佛那一棍打在了自己身上。我心惊胆战地盯着那个学生,他的掌心通红,合着不停颤抖的双手回到座位上,滚烫的泪珠从眼中滑落,他低声啜泣着,生怕哭声稍高会再次遭到棍击。

我从未有过这种感觉,不是因为怕挨打,而是更怕老师用所有同学都能听到的声音责骂我。我总是谦逊有礼,循规蹈矩,会认真擦掉黑板上的每个字、每笔涂鸦。有一天,我正在用圆规作图,那时候我们刚刚开始学用制图工具。一不小心,圆规从我手中滑落,尖端扎了我的手指,很痛,可是又不得不强忍着不发出声响,只有坐在我旁边那个终日面露忧虑的男生注意到了这一切,他那种哀伤的眼神总是在暗示万事万物中都藏匿着不可预料的危险。

就在我用手绢擦拭手指的时候,那个男生用那种目光看着我的手指,悄声对我说,我应该用冷水冲洗。我没敢和他讲话,因为不想冒风险让我们的声音传到老师耳中。只不过是个微不足道的小伤口,一会儿血就止住了,而且我知道痛感很快就会消失,可他那忧心忡忡的眼神,一本正经的语气,再加上耳语,无不暗示着如果我不站起来请求许可,老师有可能对我发更大的脾气。

我鼓足勇气站到老师面前,说明我不小心被圆规刺伤了手指,所以想请他允许我出去清洗一下,就这样,我详细解释了原委,好让他不会怀疑我没什么真实理由就请求他让我出去。老师叫我给他看看,我伸开手掌并指出被圆规刺到的位置,针眼在血止住之后几乎看不到了,我还指了指另一只拿着手绢的手,上面那片血迹可以证实我没说假话。可老师只是鄙夷地看了我一眼,然后模仿我的声音将我的话完整学了一遍,用流水般绵软却又溢满讥讽的腔调高声重复"圆规"这个词,将词中和词尾的两个颤音字母读得极其糯软,令整个班级哄堂大笑。

我不知所措地站在原地,对老师胡乱模仿我的语气感到愤愤不平,同时又因害怕他会有其他反应——任何一种反应——而瑟瑟发抖。这回是老师把我从当时的窘境中捞了出来,他没用教棍对付我,让我领教什么是"疼",而是叫我回到座位上去。学生们的笑声此起彼伏,仿佛在请求他收拾我。坐在我旁边那个忧心忡忡的男生也加入了他们,他假装大声地笑着,脸上的担忧不但没消失,反而更甚,似乎想极尽所能用嘲讽拉远自己同我之间的距离。

回想这些时我一直站在机舱一侧,身体开始出汗,我感到自己已经到达了爆发边缘。周身的一切都令我怒火中烧,食欲尽失:乘客毫不掩饰的馋相,面前摊开的小饭桌,随着餐车靠近而愈发高昂的兴致。有人伸出舌头舔嘴唇,有人调整坐姿,解开安全带以便敞开肚子大吃。我敢肯定,他们为这顿免费晚餐作足了准备,一定已经让自己饿了好几个小时。机舱里弥漫着食物的味道,餐食徐徐分发,速度比通常情况下慢得多。空少反复说着餐食有鸡肉或蔬菜,尽管大家都听到了他的话,但下一排还是会有人问有没有肉,他再给出否定回答,如此等等。终于过去了,我回到了自己那一排,那个胖子还在吃,桌子在他的肚子前摊开,上面摆着各种诱人美食。当我打断他表示自己要坐下的时候,他端着盘子站起来,不耐烦地吐了口气。餐后卫生间门口等候的人更多了,我不禁对自己刚才没耐心再等一会儿而感到很恼火,这是因为我觉得久站后身体会有不适,那时再被迫回到座位上势必会尴尬。

自打在学校的这件事,班上其他同学都对我极尽嘲讽讥笑,用那种流水般软绵绵的声音模仿我说的每句话,随后一起大笑,大声喊:"圆规、圆规。"颤音字母发得很轻。托数学老师的福，我终于得到了正式证明，那就是：我活该被嘲笑。每到这种时候我都有点怒不可遏，气血上涌，涨红了脸。有一天，我流鼻血了，一点办法也没有，只能任鼻血在他们面前流淌，一滴滴地掉在衣服上，他们全都吓坏了，有的人跑开了以免被惩罚，还有一个人跑去向校长和老师们报告情况。

"这种事，"我说道，"对我而言再常见不过了，你们要做的只是用两根手指从外面捏住血管，帮它闭合。"我捏住鼻子最上端给他们演示。当时我讲话的声音很低沉，血一滴一滴地落在我压住鼻子的手指上，而后顺着手臂流淌，而我不惊不慌，纹丝不动。他们诚惶诚恐地看着我，看着那一滴猩红在我的衣服上幻化成更为暗沉的颜色。

从那以后很少再有人嘲笑我软弱了。他们无法忍受的事我却能气充志定，面对从鼻子里滴答流淌的鲜血，我的沉着与克制很好地证明了这一点。但我在做每件事的时候，还是会尽量避免让自己看上去像是个被宠坏的孩子，或成为他人嘲讽的对象。我很少要求去卫生间。即便在非去不可的情况下，我依然会觉得所有人的目光都朝我投来。有一天，在教室上课时我的鼻子突然开始流血，而我在座位上一动不动，只是捏住鼻子最上端来止住喷涌的鲜血。老师见状后吓了一跳，还大声责骂我，说我应该马上去冲洗一下，然后请假回家。我想，倘若当时老师没有这样要求，或是根本没有注意到的话，我肯定会保持一个姿势捏着鼻子直到下课，而这样做仅仅是为了避免被迫请求老师同意我出去。有时，想想我为了不使自己陷于窘境而承受的苦楚，简直叫人目瞪口呆，而结果往往让自己更加尴尬。

我感觉自己的膀胱已经涨到无法忍受了，于是站起身，下决心无论如何都要进一次卫生间。坐在我右手边的嘲讽男立即回头，大概在算我起身的次数；左手边的胖子吃饱喝足后行动明显迟缓了些，他解开座位上的安全带却没站起来，只是把脚朝过道方向挪了挪。空间看上去又挤又窄，不过我还是挤出去了，也没踩到他的脚。

舱尾的卫生间仍然被围得水泄不通，但透过过道尽头半掩的门帘我看到指示灯显示机舱前面的卫生间无人占用，当即一个箭步穿过帘子，生怕有人先我一步。就在我马上就要到门口的时候，一个身材高挑的空姐拦住我，说这个卫生间是专供头等舱乘客使用的。

我不知所措地站在原地，环顾着四周，这才发现这里的两排座位的确更宽敞，坐在上面的乘客好像真的生着一副坐飞机头等舱旅行的模样。他们坐在舒适的座位上，脑袋微微后仰，随意调整坐椅也不会影响后排乘客。我飞快地扫了一眼空姐，这才注意到她的确比其他空姐更高挑，更漂亮，长着一张西式面孔，或许正因如此才会被选为头等舱空乘吧。当我开口说另一个卫生间有人用，并想以此说服她的时候，不等讲出下一句自己内急难忍才不得不想要用一下这边的卫生间，空姐就打断了我，表示她可以理解，但航空公司的制度规定经济舱的客人不能使用这个卫生间，而且还不能通融。她的语调波澜不惊，语速很快，像是在播一则关于坐椅安全带信号灯的通知。从她抛出这些语句的速度及语气的坚决程度，我猜她已经对旅客的争辩和抗议习以为常了，没有什么能说服她改变立场。我周围的乘客坐在他们安静的机舱里，既好奇又惬意地看着这一切，仿佛我在晚餐后到此打扰为的就是取悦他们。

我从自己憋胀的膀胱中汲取了足够的勇气告诉空姐，我理解她的话，但这并无大碍，因为现在这里的卫生间无人使用。空姐再一次飞快地说她理解我，但若我想用这个卫生间就得订头等舱的座位，她边说还将脑袋往那些为头等舱座位多付钱的乘客方向偏了偏，仿佛他们多花钱就是为了让这个卫生间随时待命，哪怕他们当中没有一个人想大小便。看上去他们对此并无异议，只是冷眼旁观事情的进展。有人脸上的表情好像在说我应该立刻结束这一切，回舱尾的卫生间小便，因为在这里争论花的虽是我的时间，打扰的却是他们的休息。

有那么一瞬间，我确实想过，要不然就回去吧，而且还真的转过了身，随后不假思索地让几个词从我嘴里蹦出来：

"可我得了癌症。"霎时间鸦雀无声。

下一秒他们中可能会有人直截了当地问我，这和我进头等舱的卫生间有什么关系，若真如此，我肯定无言以对，只能败兴地回到自己的机舱里，但这样的事并没有发生。空姐的神情局促不安，因为她们的规章条文并未告诉她对于乘客的这种理由该作何反应。很快，旁边的椅子上就有人反复念起"别无办法，唯靠真主"，随之扑灭了空姐欲作反驳的任何尝试。一个胖女人开口了，语气中饱含同情："哪种癌症？"我快速答道："急性骨髓性白血病，一种单核细胞白血病。"紧接着一片念"别无办法，唯靠真主"的声音接连响起。我觉得他们根本不了解这种病，但仅仅是这个名字也足以让他们明白问题的严重性。"是白血病的一种。"我掷地有声地补充了一句，说不定他们中有人尚未意识到这件事的严肃程度。当时，若到了不得已的程度，我甚至准备好了从包里掏出医生的诊断报告。面对我坚决的回答，没有人再敢怀疑我讲的不是真话。空姐窘迫地一点一点后退，给我让路，而我则在过道里有模有样地慢慢向前走，做出一个病人该有的样子。身后，愿我早日痊愈的低声祈祷和伤感的悄声议论不绝于耳。真没想到，我患病这件事竟有这种神奇的效果，大概即使我在他们面前掏出生殖器，在他们荒唐的头等舱过道中间撒尿，于他们而言，处于我这种境况的人干出这种事也是可以接受的。

在卫生间里我安静且爽快地尿了很久，沉浸在尿液透明的涌流和强有力的哗啦啦中，这声音渐渐地变得断断续续，最终完全停止，这是我这辈子尿得最美妙的一次。我用肥皂洗了手，又仔细洗了把脸，如果这儿可以淋浴，毫无疑问我一定会冲个澡，为的就是让自己沉浸在这里，享受不被人打扰的惬意。

当我出来的时候，他们溢满悲伤的眼神追随着我，仿佛在责怪自己耽搁了我上厕所。我越过他们，一股迷醉般的轻松游走于四肢和膀胱。从他们的舱室里出来时我脑中闪过一个想法：我可以回去告诉他们，这只是个玩笑，我没有生任何病。想象着他们的反应我不禁因这样的念头而暗自发笑。回到自己位子上时我脸上仍带着微笑。在要求那个胖子站起来给我让出地方的时候，我的语气坚定，暗藏着"你若不站起来，我可不答应"的意味。随后我怀着对自己所作所为满满的得意落坐。

当时我自己都震惊了，对这离奇的一切难以置信。我开始觉得自己正在某种妙不可言的境况里恢复元气，若有谁问我为何如此欢悦，我便会回答："我被确诊癌症了！"很快，我压低的笑声就引起了右边嘲讽男的不满，他一脸不悦地盯着我，似乎人独自乐呵是件不得体的事。真是个白痴，看着他的表情都能让我得癌症。我觉得以后自己应该会更多地使用这句话，每当我面对愚蠢至极的事情时，可以对干出这事的人说："瞧，你都让我得癌症了。"每一次我都有资格这样讲。每当有人插我队的时候,身旁有人打嗝的时候,或有人当众挠生殖器的时候,我都会说出这句话;每当我同政府部门打交道时,或是被交通警察拦住时,又或者在餐厅里点的菜上晚了的时候,都可以说这句话。同样,当我看了一部糟糕的电影,当然只有在它确实差劲到使我得癌症的时候,我也有资格这样讲。还有,当母亲让我开车载她去市场,我就会回她一句:"妈呀,你可真是让我得癌症了。"商场让我得癌症,刺眼的灯光也会。最后,我会当着我上司的面说:"你那斯凯奇鞋让我得癌症。"若有姑娘拒绝我,我便会说:"但是怎么能这样呢?我可是得了癌症的呀。"如果她还是拒绝,那么我一定让她知道,仅仅她的厚颜无耻就足以让我得癌症。

我的心跳得快沉下去了,或许是因为生病也可能是过于激动,二者并无区别。我在脑海中不断重复那个术语"急性骨髓性白血病",然后从座位底下的包中掏出诊断结果,自豪地端详着它,沉浸在自己身患重病的事实中无法自拔。此时,我不禁想要见见少年时的那个医生,让他给再我检查一遍身体,接着一边在他眼前晃我的诊断结果一边问他:"这在你看来够严重了吗?"

我感到自己挺坚强的,能直面所有人,能使任何一个和我打嘴仗的人哑口无言,无论何种问题横亘于面前,我都作好了万全准备去应对。当时,我已下定决心要去战胜些什么,但不是病魔。只要疾病能赐我可以另有所获的能力,即便它对我予取予求也无大碍,我还会因此而感到幸福。

一回来我就去看了医生,他待我十分友善。医生还是那个圆滚滚的胖子，身体一如既往的健康，只是更胖了些。他的肚子依然紧贴办公桌，正如我上次离开时那样。诊断结果摆在他面前，他双手高高举起，像是以此代替拥抱，又像在说"我们无法改变已经发生的事情"。医生的动作似在代表医学和所有医生致歉，好像疾病是他们制造的，更确切地说是他们发明出来的。我觉得自己完全可以指控他，称自己是因为被他检查过才生病而不是与之相反，还因为他当初草率地对待我，然后坚持要他道歉。为什么不呢？如果一个人即将承受病痛的折磨，那他就不该再背弃自己的个性啊。当时，我对面的椅子空着，我有点懒散地将脚朝那里伸去，觉得即使自己在椅子上跷起二郎腿也并非有违体统。

  这位胖医生将我转到了另一位肿瘤科医生那里，因为他只是个普通医生。新一位与第一位截然相反，又瘦又高，白大褂的袖子几乎遮不到手腕，为了掩饰这一点他将手揣在兜里，不一会儿又莫名其妙地拿出来，这让他看起来像一个魔术师，随时都能变出一只兔子或一块方花手绢甚至一个完整健全的大活人，不过他每次拿出的双手总是空空如也。

  他是一个严肃的秃头，仿佛他的不苟言笑源于自己的专业：血液科。很快，他开启了速效工作模式，俨然一位对即时交易习以为常的商人。他开始讲起话来，句子很长而且没有停顿，让你对需要解释的部分一头雾水。随后他表示自己更倾向于立刻开始治疗，因为现在已经不是早期了，看来这个理由足以解释他为何讲话如此仓促。言语间医生突然提到一种化学药物混合剂，语速没有减慢，也没有分节停顿，这些药里无论哪一种一经说出口都会让你立刻觉得自己是个外国人。他们之所以选择这些术语大概就是为了显示自己懂得比你多，因为这些词顷刻间就能让你陷于无知的汪洋中，于是，你心悦诚服地听凭医生发落。

"化疗是唯一的选择，"他说道，"我们就别浪费时间讨论其他选项了。如果原有癌细胞转移到其他器官，我们恐怕就不得不进行放疗，所以到时他们会做一项检查来确定一下。"另外还要做心脏检查以便知道心脏对化疗的承受能力，每周数项检查，计算血细胞数，还有各种CT，这是为何而做我就无从得知了。

忽然间，我不想再继续听下去了，随即告诉医生只要他认为合适就可以。我觉得他有一个明确的计划，而我顺从接受的态度也令他十分满意，医生转而继续谈必要事项了。

医生给了我几张纸，让我在上面签字。有些上面列出了冗长的治疗风险和因治疗而产生的并发症——这是我应该接受的。此外，还有众所共知的副作用。各种远期的风险包括肾功能紊乱、肝功能衰竭、心脏病、性功能丧失以及不育，这难道不令人振奋吗？还有记忆力减弱，认知能力衰退，听力、视力下降等，更大块的"蛋糕"是由于化学药物毒性的影响，还可能引发其他癌症，多半是另一种血癌。

化疗这件事的运作模式，就是给你下毒但又给你希望：在杀死你之前可能会毒死癌细胞，当这样的治疗治好了你现有的癌症，说不定高效而剧毒的治疗药物又让你患上了新的癌症。非常好，我没看完就签了字。医生开始将需要我签字的纸一张接一张递给我，一张授权他在出现紧急情况、我无法作决定的时候随机应变，而另一张则撇清他与这个决定的责任。文件有红色的、黄色的，最后是蓝色的，我每签完一张，他又递给我另一张，要么关于这项那项检查，要么是说明可能会做的临时手术。医生告诉我每张纸的内容我就直接在上面签字，以便尽快签完，仿佛这样自己就可以从检查乃至各个疗程中抽身。

无论如何，对我而言最重要的就是通过医疗保险公司落实各种手续，因为医保会承担整个疗程的费用。此时我有一种挥之不去的胜利感，那就是我要迫使公司为我的治疗花钱了，在那些纸上签字的时候这个想法就一直在给我慰藉。浑蛋们，看看这个疗程，再看看这些药物吧，还有医院病房的费用，所有这些检查的费用，来为你们的员工付钱呀，他值得你们这样做。

签完这些字还有些行政手续要办，应该去主任医师办公室找他签名盖章。我发现官僚主义在这种机构里同样盛行，着实令人瞠目结舌，或许人无论走到哪都永远无法真正获得解脱，甚至到你去世时，都要签一堆文件来确认你的死亡，之后才可以离世。

我们又回到了医生办公室，最后医生问了我几个关于个人病史、家族病史的问题，我的亲戚里是否有人患过同样的病。我便和他提到了奶奶，令人不解的是，生病之后我竟然直到这一刻才想起她。我记不起太多奶奶与病魔抗争的细节了，那是因为我并未亲眼看到过，有关奶奶去世时的情景，我都是后来听别人说的。他们说，奶奶在临终前的那一刻，还像往日一样正打算起身给爷爷拿药。也不知是什么原因，在所有细节中我记得最清楚的就是这个场景。

致哀的时候，"癌症"这个词被频频提起。奶奶去世了，人们才终于可以直接地谈论她的病。这大概是我第一次在这种语境下听到那个词。根据当时这个词以及发音的匀称性原则，它本身并没有浓郁的威胁性色彩，说不定如果当时它的名字是"蛇"或"魔鬼"[①]，还能在我心中激起

---

① 阿拉伯语中的"癌症"与"螃蟹"为同一个词。——译者注

一波恐惧的涟漪，或者说，那就像两个睾丸被踢了一脚，抑或像是剧烈腹泻，那么它的痛苦我尚且可以想象，并且心生畏惧。然而，它的叫法却让我觉得那只不过是小事一桩，从中脱身易如反掌，无须忍受使人精衰气竭的长期痛苦，只是像摆脱夹住手指的螃蟹钳子一样简单。大概癌症之所以没怎么折磨奶奶，只是因为她患癌时已经年老羸弱了吧。

当时，我坐在吊唁的众人间听着大人们谈论奶奶。有一个大人注意到了我，便过来拍了拍我的头，说我应该心怀怜悯地为奶奶祈祷，仿佛我是因为深浸于悲伤中才不同其他小孩在一起。说实话，我的确是自愿游离于同龄人之外的，觉得同他们打成一片实在困难。若是他们中有人和我搭话想让我同他们一起玩，我也很少回应，很快我便脱离了孩子群，假装自己在忙别的。

那时候对自己的这种孤僻我并不感到郁闷，或许是因为在孤僻背后并没有什么真正的理由吧。我总是一个人待着，深陷于无边无际的沉默中。但其实我所做的一切都是为了吸引别人的注意，不过此吸引非彼吸引，我本是不愿有人靠近我的，只想他们远远地关注我。

奶奶去世时，我从陌生人那里得到了数不清的同情，就天真地以为这正是自己当时需要的：一场不幸的影响，一件发生在别人身上、我无须直接参与其中就能引起他人关注的事，随之我得到了一种理所应当的权利，使我收获关注的同时可以保持沉默与游离。

记得当时我上小学六年级，更准确地说在升入小学六年级之前的暑假，我既无静心学习的耐心又缺乏迎头赶上其他同学的决心。刚开学的那几天，学生们总是彼此聚在课桌周围谈论他们的假期旅行，分别之后重聚的喜悦洋溢在整个班级中。我十分木然地告诉了他们奶奶去世的消息,好像每个假期我都有一个奶奶去世似的。当时,班里的炫耀攀比之风正盛,家境富裕的孩子会告诉我们他在欧洲度过了假期,而这只会引起了我对那里阴冷气候的讶异,激动鼎沸之感倒是没多强烈。

奶奶去世这件事引发了可观的反应。一些学生聚在我周围好奇地询问原因。"得了癌症。"我耸耸肩回答道,仿佛这只是发生在我家人身上一件再平常不过的事。我还给他们讲了奶奶去世之前的那一刻是如何下床想给爷爷拿药的,语气中透露出她对自己的死亡并不感到意外。就这样,我给周围的人留下了一种"死亡在我生活的环境里是件平淡无奇之事"的印象。而且我还明确告诉他们,自己继承的正是致使奶奶死亡的那种血缘。如此一来,我便有资格在大家面前总是表现出一副自己正在经历某种难以言说之事的模样。

我在医院外面回想着这个故事,储备库里又有了新的经历,我如痴如醉,仿佛刚刚被告知怀孕了一样。

我琢磨着,我就是要这样,带着嘲讽的微笑或是一种憋笑的神情告诉他们,开口之前还得忍俊不禁,仿佛要讲一个笑话。随后他们可能会惊叹:"癌症!"而我则会说:"Cancer。"这样能令人更害怕,更惊诧,更不安,而且不会有哪个咬文嚼字的人敢说:"你为什么说英语?你应该以母语为豪,跟我说'我得了癌症',别说'I have cancer'。"若真有人这样讲,那他可真是"独树一帜",我甚至会允许说出这话的人因此无灾无祸。但他们之中谁也没有这样做,所有人都不失仪态,心怀尊重,表达同情,因自己没和我一起生病而羞愧难当,他们一个个都努力地想作出合适的回应,急红了脸,此时他们每个人都在心中默念:"赞美真主,还好命运选择了他而不是我。"我笑对一切,完美控制自己的表情,说不定还会同情他们,因为他们仍处在小心翼翼不敢用微波炉加热东西的阶段。但我的这种笑容不能理解成勇敢患者露出的坚强微笑,那些患者白痴的乐观模样透露出的顽强与抵抗。不,你不该做一名阴柔的男子,或成为用来训诫他人的反面人物。我的笑容应解读成这样的表白:"你这该诅咒的世界,我和你较量的时刻到了。"

确切说来,我并非了无惧色。恐惧一直存在,只是此刻隐于兴奋的浪花之下罢了,奶奶去世时我感觉到的正是这种兴奋:现在事情发生在我身上了,在众人之中它唯独发生在我身上,没有任何人与我争抢。没错,确诊癌症的喜悦呀!

第十三周

母亲坐在我旁边,问我是不是已经告知了所有人。"你联系你伯父了吗?你应该自己打电话告诉他们——"就像在祝他们节日快乐似的,"你至少得告诉你大伯,你一个晚辈,难道要坐在那里等着长辈给你打电话吗?"母亲一面拿起电话放在耳边,手指拨着号码,一面继续冲着我说,"他们是你的伯父,即便没听到过他们说一句好话,但是在这种时候他们有义务帮你……如果你父亲还在,他们谁都不敢这么绝情。就是你爸去世了他们才这么无情无义,不对父亲尽孝又嫌弃我们,甚至彼此之间也不来往,各顾各的。但要是我们也像他们那样,那也太惨了。我们难道就这样随他们去,在外人看来我们就像举目无亲似的?不,这可不行!啊你好啊,最近怎么样?一切都还顺意吧,孩子们怎么样?孙子们呢？大家都好呀。我和我儿子有些事情想告诉您，是这样的……"

"伯父好，最近怎么样？我只是想告诉您我得了点儿癌症。哦，你已经听说了，不好意思，那我就不耽搁您时间了，再见。"

"看到了吧，这又花不了你多长时间。快点，给其他几位打电话。"

"姑妈呀，你怎么样啊？身体挺好的？哦，一切都好啊，那就如蒙主佑，万事顺利，有回报有健康。我挺好的，只是白血病而已，没什么大不了的。这不，这就是天命。"我觉得她并没有理解。"阿敏，我亲爱的姑父怎么样啊？哦，真可怜，祝他早日康复，也祝你们俩，对对对，是祝我们三个，没错，祝所有患病的穆斯林早日康复，阿敏。不，我不和他说了，不不，让他休息吧，我就不打扰了，您转告他就行。是，愿好，对对，安康，阿敏。所有人都是，对。你们的儿子好吗？太好了，咱们中至少有一个是健康的，没什么事，告诉他我祝福他平安，希望安拉保佑你们，阿敏。保佑您，我的姑妈。对，还有我母亲，我的兄弟，当然还有所有的穆斯林。我就不打扰你们了，再道一次保重，我的姑妈。我也不多说了，阿敏。我的姑妈，阿敏，再……Bye。"

"看见了吧？用不了多长时间的，下一个打给谁？"

事情当然不是像母亲以为的那样。当你告诉别人自己生病了的时候却对对方也造成了一种伤害，这样的感觉很沉重。"很抱歉啊，总得告诉你吧。"当他们语塞，不知如何回答时我便这样说。若他们的情绪过于激动，我就回答道："是啊，真的很可怕，让我们一起坚强面对吧！"大家认为他们的所行所言都是你想看到的，你自然也该顾及他们的用心，既然他们这么做了，你就要让他们感觉舒服些。如此一来，你发觉自己在这种时候不得已对他人履行的义务比以往任何时候都要重。然而所有这一切与家里发生的事情相比，不过是些尚能忍受、转瞬即逝的鸡毛蒜皮罢了。

所有人里我对她应义务最艰难，我指的是我母亲。想象中的生病时光是静谧的独处，可这一切全毁在了母亲手中。我告诉她这个消息时，她的第一反应便是晕了过去，倒在地上，像粗制滥造的电视剧里演的那样，我们便将母亲送到医院。病的是我，去医院的却是她，起先这落差营造出一种喜剧效果，但几天之后事情就没这么有趣了。母亲喋喋不休地念叨这轰然降至的灾祸，变着法儿让它常听常新。她在家里哭，在车上、在医院、在别人家也哭，有一次还在商场里哭。买某种草药的时候，店主告诉她这种东西可以抗癌，我觉得店主是在胡诌，母亲却号啕大哭，一边哭，一边喊："那要我们怎么办呀？好像天灾人祸突然之间对我们群起而攻啊！"和母亲待在一起的人往往感觉自己正走在雷区，任何事情都可能引爆炸弹。

母亲炽烈的感情很快与她的实践能力不可思议地合二为一。她热血沸腾，这架势和那种促使她做任何事都干劲十足的责任感，我只在父亲生病时见到过。她开始联络在各个城市的亲戚，以及可能帮到我们的熟人，问询医生，还到诊所和电视栏目组咨询。他们给出的建议重要性同邻居的观点，以前的网络论坛里的回复不相上下，这些论坛早都无人问津了。每次了解一点新知识，母亲便立刻对自己的计划作出相应补充。然后再假设我已经接受了那些治疗，据此编织出另一张计划网。这就如同你有一个业务经理，尽管你才是执行命令、承担后果的人，他却替你作了所有决定。

当时，母亲坚定地认为这是大家的事。"你不应该只考虑自己。"每当我推脱，表示想用自己的方式应对这件事的时候母亲就会这样讲，仿佛我的病是一份拒绝让人分享的遗产。说到底还是钱的问题让她放心不下，在她看来，巨额医疗费会使我们流落街头。我解释说自己还有医疗保险，而且也存了些工资，母亲只是摆摆手，在她看来我所有的积蓄不过是沧海一粟，根本不作数。我火冒三丈，暴躁而坚决地发誓，我绝不允许除我以外的任何人为我的治疗付一分钱。母亲听我这么一说，一下子进入了歇斯底里的状态，向我哥哥求助，联系我妹妹，同他俩哭诉的时候还故意让我听见，而这使我更加固执己见。我们无休止地争吵，吵到再一次互不相让。其他人则试着让双方都冷静下来，悄悄对母亲说"他生病了，你得多担待些"，又偷偷对我说"她是你母亲，一定要让着她点"。就这样，争吵以我作出退让而告终。

在内心深处我曾感到一丝愧疚，不由地想到自己如今的这般状况会唤起母亲对父亲生病晚期的记忆。有时，我看到她一言不发地盯着我，表情似乎在说："你怎么会这样呀？"母亲总是挥泪如雨，我曾以为她的泪腺会干涸，真是大错特错。

父亲去世的那天晚上母亲很晚才进卧室，无声啜泣着，泪水浸透了枕头。那一晚，床对母亲而言似乎比平日大了许多，她躺在床的左半边，几天之前还是父亲的位置。母亲注意到我进来的时候迅速抬起头，朝门的方向望过来。或许在某种程度上，她希望走进门的是父亲。那年我十八岁，刚刚长到和父亲差不多高。母亲凝视着我沉默了片刻，蒙眬的泪眼在黑暗中闪闪发亮。当她辨别出进门的人是我后便再次将头埋进了枕头，继续抽泣。我问她："怎么了？"她没有回答，只是哭得更大声,仿佛以此告诉我,我的问题实在太愚蠢,我又不是父亲。

我萌生出了躺在母亲身旁的念头,犹豫不决地在那里站了好一阵子,反复掂量着若我躺下是否能带给她一丝安慰。我什么也没说,躺到了床的右半边,只是长长地叹了口气,暗示我只有这个晚上会陪在她身边。不一会儿,母亲不再啜泣了,她什么也没说,只是拽过半边被子给我。母亲背对着我,整晚都没再动过。我将被子一直盖到脖颈便也不再挪动身体。我躺在母亲以前睡的枕头上凝视着她的头,她头发的味道从枕头上徐徐传来。母亲沉沉睡去,流在父亲枕头上的眼泪也渐渐干涸了。我想要靠近一些,好直接闻一闻母亲头发的味道,但又克制着这种想法。那天晚上我们之间的空间很宽敞,我俩至少有十年没有过自然的身体接触了。每个人在青少年时期的某个阶段总会与他的母亲有些许生疏,而且这种疏离往往带有某种戒备色彩似的,谁也不知因何而起,更说不清是谁先开的头。

小时候我缠着母亲的时间比她主动陪我的时候多,但我不会妨碍她做事,只是当她在扫地、做饭或晾衣服的时候,我才会分享她四射的活力,在她身旁转悠。我最喜欢不惊不扰地待在母亲身旁,欣赏她操办每一件事的娴熟。母亲也注意到了我在欣赏她,这更加激发了她的活力,她流露出一丝温情,时不时地笑,却并不将目光投向我,因为她知道过多的注意会惹我反感。这种时候,除非要我帮忙,否则她不会同我讲话,比如我会帮她拿洗过的衣服,尽管她自己也能拿,可这些不起眼的活儿仿佛就是她对我待在她周围的奖赏。

那段日子里,我记忆中最深刻的母亲的形象,就是她把面粉挥洒在厨房的操作台上,一双棕色的手上什么也没戴,双手直到小臂都沾满白色的面粉。一缕阳光从天窗倾泻而下，面粉颗粒如细小灰尘一般徜徉在缕缕日光织成的衬衣上。她将黄油和糖在一个容器里打浑，仔细地将它们搅拌成黄色混合物，之后加入一些面粉和匀，再往混合物里打入一颗鸡蛋。母亲的小拇指朝与其他手指相反的方向微微翘起，轻轻勾动着，仿佛在给远处的人传达某种指令。她搅拌着混合物，额头上有几滴汗水在闪烁，将她的刘海粘在太阳穴上，后面的头发则胡乱盘着，一撮像是不愿被绕到耳后的头发垂了下来，一直垂到脖子最下端，母亲将那缕散下来的头发撩到后面的时候，脖子上一块手指大小的白色面粉污迹随之在倾泻而下的日光里清晰可见。

那是我最喜欢的点心。母亲开始做之前会告诉我好让我能去看着她，这对她而言亦是一种温馨。我坐在厨房的小桌子上，一动不动地紧盯着她的每一个动作，甚至连两条不老实的腿都不再乱晃了。如今，回想这些场景时记忆中并没有哥哥和妹妹，或许他俩当时正在某个地方玩耍吧。我们生活的这个世界由许多无可名状的法则维系着，没有人能改变它，我们正是在这样的世界中相互疏远。我和他们两个都意识到了这一点，且大家都和谐自然地维持着这种状态，放任这生疏肆意喷涌，而这一切就像是一个日益纷繁复杂的谜。

每次容器中的混合物到最后都会变成一个柔软而筋道的面团。母亲从其中揪下一小块，用她那纤细的手指将它们一个一个揉成光滑柔软的小球，放在盘子上，随后送进烤炉中。如果哪天用的盘子比往常大，我就知道是有客人要来了。有一天，母亲用了一个又新又大的盘子，还命令我们所有人，在客人来的时候都得待在房间里，无一例外。后来我才知道那几位客人是她学生时代的朋友，她们已经很久没聚会了，说不定从她结婚后就再也没有约过。

那天晚上,她们的声音从楼下传至我耳畔,一开始我提醒自己记着母亲的命令,后来不知怎么回事又觉得那命令只是针对哥哥和妹妹,并不是给我下的。就这样,我走出房间,藏在客厅楼梯的最高处开始窥视她们。从这个角落望去很难在众多身形中辨识出母亲的位置,接着,我锁定了一个背对我的人的声音,虽有一丝熟悉,但听起来却又异乎寻常的陌生。当时我大概八岁,觉得自己之前从未见过母亲在一群女人中间的样子。

母亲毫无缘由地笑着,说着,双手尽情比画,打断其他人,嗔怪她们怎么没吃完剩余的甜点。为了强调这是自己今天亲手烹制的美味佳品,母亲拿起一块点心放入口中,当点心在口中融化时她竟还发出一声长长的赞叹,随后毫无顾忌地大笑起来,大家也都跟着一起笑,她们一面谈天说地,高声喊叫,一面吃着甜点。母亲是这场聚会的牵头人,她们之中就数母亲的声音最响。我一点也不喜欢这个样子的她,因为我从未想过有一天母亲也会成为一名领头人,我不愿意看到她这副热血沸腾、惺惺作态、聒噪不休、有失端庄的模样,此时,仿佛我俩共享的宁静光环于她而言一文不值。母亲当晚的发型刻意模仿了其他人的发式,看上去无比怪异,酷似假发。我现在可以肯定,母亲那时候是幸福的,只是她的幸福与我没有丝毫关系,仿佛是因为忘记了我的存在才有了那自顾自的幸福感。那一刻,当我断定这种幸福是虚假的,想将其摧毁的念头便在脑中生成,挥之不去。

我开始喊母亲,身处一片喧闹中的母亲并没有回头,兴许是听到了我的声音却拒绝搭理我,而这使我更加坚信她急需被解救出来。于是我下了楼,大声地喊她,可她依然没有回应我。当时,我对一件事深信不疑,那就是我必须过去,帮母亲恢复理智,并让她那些朋友别再这样折腾她了,别再为满足自己的喜好而让她失去常态。第三次叫母亲的时候我又走近了些。这一次,母亲回过头来,她的笑声戛然而止,正是在她意识到那稚嫩又紧急、尖锐而突兀的一声"妈妈"是在呼唤她的那一瞬间,甚至还没将视线转向我,就突然收起了笑容。母亲无声地望着我,周围的女宾随即也没了声响,齐刷刷地朝我这边看来。当时,我以为只要像这样成功引起母亲的注意就算胜利,至于成功之后该说些什么,则完全没想过。

母亲高声问我:"你要干吗?!"语气中满是责备。只一眼她就看穿了我全部的心思,已然从我苛求般的表情中明白了我什么都不想要,只是想打断她们而已。我意识到自己应该表现出一副乖巧可怜的样子,尽量装得紧张局促,以便为自己破坏了聚会的欢愉氛围辩解一番。而我说谎时的那副表情——每次我找来五花八门的借口时,母亲总能一眼识破。在我开口之前她就打断了我:"回你自己的房间去。"语气坚决,暗示她无意重复第二遍。但我这次还是不愿听她的话,再一次朝她们那里挪步,希望在我走到母亲那里之前能想出一句打动人心的谎话。母亲并没再让我多走一步,用震耳欲聋的声音继续下令:"现在!"我吓坏了,待在原地,一动不动。而母亲都没确认一下我是不是听从了她的命令,就朝着女宾们的方向彻彻底底地转了身。她的举动暗示着她已经把我的事情处理好了,立马又和朋友们谈天说地,爽朗的笑声重新在她身边响起。她置身于一片欢愉之中,我则依然伫在原地,直到她们之中有人大笑着朝我看来,我能猜到是母亲说到了我,她在自嘲命不好,接连不断地拍着裸露的胸脯，动静很响，像是在说："这就是我从自己身上采下来的东西，这就是每天缠着我的寄生物，你们看呢，我每天都得和他打交道，这个没有想法、碌碌庸庸、一副卑贱模样站在那里的东西。"随后母亲再次回头，发现我仍然愣头愣脑地站在那里，一脸惨相，她随即用手掌重重拍了一下大腿，拍打声在我耳边炸裂，使我瑟瑟发抖，仿佛那巴掌落到了我脸上。她继续同她们聊天，手舞足蹈，做出的种种动作与她们来之前她的模样完全不同。女宾们大声叫喊着，想要打断她，一吐各自的怨诉，而这刺激着母亲，她越发提高声调，吐露着自己的不快。她们朗声大笑，转而去抱怨其他琐事了。

我不再搭理她们，回了自己的房间，重重地摔上门，作为对母亲大声拍大腿的回敬。当时，我希望她可以听到这声音，然后暴跳如雷。那一夜我躺在床上辗转反侧，作出了一个重要的决定：下一次母亲跟我讲话时绝不搭理她，而且到死我都不会再同她说一句话。当时我觉得这样的决定可以让自己挽回颜面，让母亲怅然若失，让她后悔，更让她承受使她夜不能寐的教训。我甚至想以最快的速度抵达自己人生的终点，以便严谨地履行一生与母亲保持断交状态的决定，不仅如此，我还迫切地希望母亲现在就推开门和我说话，好让我即刻执行。毫无疑问，一旦开始执行我就会义无反顾地坚持下去，可在等母亲进来的时候，我睡着了。

之后的几天里母亲并未显露出任何悔意，而且鉴于我一贯寡言，她可能都没注意到我比以前话更少了。后来，只有在必要情况下我才会惜字如金地同母亲讲话。日子久了，"必要"成了我俩交谈的主要动因，尽管讲出的词汇同以前差不多，但真正与以往不同的是那沉默的性质。我们之间连接彼此的亲密光环已经不再，取而代之的是我刻意违抗母亲的命令和母亲对此火冒三丈的反应。这样的紧张关系持续了很久，直到若无必要我再也不愿待在母亲身边。虽然某种程度的疏离必定会出现，这在当时已经其实了了可见，正是在此时，裂痕真的出现了，此后再没有什么能缩短这距离抑或阻止它不断延伸，甚至连如此危急的疾病也无法做到。

第十四周

"好好听我说！"她有点神经质地闯进房间里，她一定以为我会戗她几句："你不能拿病当挡箭牌，说我不理解你，干涉你的隐私，无视你从书里看来的那些乱七八糟的东西，如果事关其他人，我都不逼你，但这可是你爷爷，那就不一样了，告诉别人你生病的消息可以打电话，但爷爷不行，他的地位等同于你爸，更何况他还是你爸的爸，你得像尊重你爸一样尊重爷爷，你应该亲自去……"

"好的，我今天就去。"我如此答道。她站在门边，本以为我会反驳，但见我没再多言便扬门而去。

我有什么可反驳的呢？当然，没把门关上不能算。母亲来找我说之前，这个想法已然在我脑海中萦绕不去，尽管我不愿意亲自去告诉爷爷，但一味拖延也不是个办法，而且事情拖得越久就越麻烦。爷爷似乎有种超乎常人的能力，可以清楚地记得每个孙子有多久没来看他，倒不是说你每周都来他就会满意，和爷爷待着的时候你最多也只能盼着他的火气始终在最低档,尽管自打你进门坐下来的那一刻,他的怒火便会莫名其妙地飙升至最高级别。

我和堂兄弟们小时候暗地里叫爷爷"狮身人面像"[1],这个外号的由来我已经想不起来了,只记得每次我们去看望爷爷的时候都会见到他像尊偶像似的端坐在那里,双手展开,像是动物的两只爪子搭在沙色的坐椅扶手上。向爷爷问好是最艰难的事,因为他只需一个眼神便足以让你知道,你问候的方式不对。而此时,你应该感到幸运,因为他只是给了你一个眼色而已,下次你就会更加谨小慎微,避免重复同样的错误。倘若他责备你,那么在座的所有人都得一声不吭以示对他的敬重,仿佛天怒降在了你身上,父亲还有其他人都会对你避而远之,生怕由你引起的怒火殃及他们。之后你发现他生气的原因可能仅仅是你穿着鞋进了屋或是朝他走过去时被地毯绊了一下,又或是你亲吻他的时候哪里出了问题,将口水留在了他的手或额头上,以上任意一点都足以让爷爷将他的怒火发泄在的所有同辈身上,指责父亲对你的教育,甚至连给你剪这个发型的理发师也不放过。爷爷因为最莫名其妙的理由无休止地责骂你时,"他有点固执"这种想法是任何人都不敢有的。

不仅仅是我们小孩子有这种感觉,大人们向爷爷问好时也是毕恭毕敬,这是一种我并不理解的恭敬,仿佛他们每个人都私下欠了爷爷人情似的。他们会站在门口等爷爷出来,之后走上前去亲吻他的额头和手,嘴里还说着自己的名字。他们在尽这份义务的同时,心甘情愿地接受爷爷那意料之中的粗暴。有时爷爷会不耐烦地用手轻轻示意他们离他远

---

[1] 该词在阿拉伯语中的字面意思是"恐怖之父",但已习惯译为"狮身人面像",也可根据英语音译为"斯芬克斯"。——译者注

点,尽管如此,他们仍乐此不疲,因为若不定期来探望爷爷,他们的处境只会更糟。如果有人问候爷爷时话太多或时机不合适,爷爷会突然冲他大吼,哪怕他是晚辈中最老成持重的一个,会发现他只能自贱地笑一笑,哆哆嗦嗦地朝后退,仿佛以此告诉大家,他有多么爱慕和尊敬爷爷,而后者冲他大呼小叫简直是天经地义。

爷爷的确与众不同,如果他不是我爷爷,肯定不会这样,不会是这般做派,但他天生自带威严,让人敬重。爷爷的威严绝不仅仅来自他的高龄,但我永远也说不清源自何处,又是在人生的哪个阶段将自己塑造成了现在这副凛不可犯的模样,我一直觉得爷爷打一出生就是爷爷,又或者是像众先知那样得到了某种启示,长大以后他就会成为这样的一个爷爷,只是像顺从于某种必然命运一样,了无悦色与骄矜地接受了这样的角色安排而已。

当我走进那条老街的时候,这一切历历在目。爷爷家那栋楼房坐落于这条街的中段,方方正正的,让人想到克尔白,在它周围又建起了许多屋舍。它看上去古老至极,甚至难以想象这一带还能有什么房子会先于它建成。仿佛爷爷是最先来到这块空地上的,然后说:"我要盖一座房子。"此后,他又在旁边造了清真寺、商店和其他建筑,然后将这些屋舍出租给陆续搬到这里的住家。就这样,巷子里的人渐渐多了,爷爷的财产也因此慢慢积累了起来。后来,这条街日渐变旧,衰颓,只有劳工才愿意住在这里,尽管这些年来爷爷的儿孙想尽说辞劝爷爷搬到一个更新、更高级的街区居住,劝他做些别的生意,爷爷就是不为所动,坚持要在这里住到死,甚至还不愿意翻新一下他的老房子。对爷爷而言,这栋宅子就像他第六个儿子的家,每当他谈起它,就像一个不折不扣的贝都因人在谈论自己的骆驼，吃、喝、养家全靠它，骆驼远比儿子重要。直到生意黄了、身体大不如前、大部分时间都只能坐着、威严也有所衰微的时候，爷爷依然执拗如故。所有这一切只是让他的脾气更暴躁也更不近人情。儿子们都各自成家，住在更高级的街区，只有他自己顽梗不化，独居于此。尽管儿子们会回来看他，但在他眼中，儿子们的每次探望都是一个复仇的机会，可以借以指责他们一事无成，在他看来，儿子这一代以及他们的后代存活于世简直是世界的负累。在他看来，时光永恒定格在了他们的时代，后代将来一定会坐吃山空。

我敲门的时候就意识到屋里等着我的是一头恐龙，我应当告诉它自己的情况，尽管他知不知道都一样，不过是一件无用孙儿的荒唐事罢了，反正无论如何他都会觉得这个孙子死不足惜，我甚至可以想象爷爷说："像你这么大年纪的小伙子还得癌症，都不害臊吗？"

我刚一敲铁锈斑驳的门把手，门突然就开了，我脑中立刻闪现了一系列动画片里的骇人场景：有人敲了敲一座闹鬼宫殿的大门，然后门自动开了。一道疑虑重重的目光穿过门缝向我投来，透出的是那种不习惯有客上门者才会有的疑虑，没准更引起她猜疑的是，她在某种程度上早已猜到我的到来，或许已经在门后站了一整天。她既是女仆又是护士，还兼任厨娘，所有这些工作都要当着一个阴郁老头的面完成，看着这个老头的脸你会以为他是在一天之内遭人唾骂了一千次。女仆慢吞吞地打开门，表情僵硬，看起来活像个鬼气将尽的亚洲幽灵。她在这个家中度过了一年又一年，生命就这样白白流逝。光阴荏苒，也许她已然忘了自己为何来这里，不过显而易见，她在故乡已经一无所有了。尽管我们多年前认识之后就再没碰过面，但我发现她认出我了，于是什么也没说，只是往边上挪了挪把我让进屋,随后便如魑魅似的一下子不见了影踪,一如她突然出现在门后那般,不过,这倒是和她的人生,和这座房子极为般配。

要不是想起来得先脱鞋,我差点就直接进屋了。我长出一口气,庆幸自己及时记了起来,眼前像放录像带一样地闪过以往爷爷因为我忘记脱鞋而大呼小叫的情景,仿佛我们不是踩脏了他家奇丑无比的地板,而是毁掉了整个地球。我光着脚,不发出脚步声地向爷爷的房间走去,老旧的地板在脚心下有着清晰的踩踏感。这里似乎比我上次来时更小了些,但屋里的味道一点没变,还是那种熏香、灰尘、老式木料再加上其他无名香水混在一起的味儿。我在爷爷家的任何一个角落都被他骂过,有时事出有因,有时则毫无由头,大概单单是我出现这个事实就足以构成他骂我的原因。

通向房间的走廊光线昏暗,一丝光亮从没有关紧的门缝里溜出来,透过这道缝我看到了他:"狮身人面像"独自坐在那把破旧的椅子上,纹丝不动,甚至都看不出他是睡是醒。尽管如此,我内心还是生出了一种恐惧。我敲了门,爷爷没应声,我便小心翼翼地走了进去,就像这种进门的方式会出错似的。门吱呀吱呀地响着,似在附和我的疑惧。

爷爷睁着眼睛却并不抬头看我。我确信母亲已经和他通过电话了,告诉他我要过来。我亲吻爷爷的额头两次,手一次,我还忘记亲哪里了吗?我在爷爷前面的床边坐下,他瞟了我一眼,似在示意我少亲了哪里,又好像在说我不该坐在床上。随他吧。

"您好吗?"爷爷没回答,脸上还是那副偶像表情,只是看起来更老了一些,眼珠也比以往更像玻璃了。爷爷没戴眼镜,说不定还没看到我，没有两块厚厚的镜片在前面遮挡，他的裸眼总是令我感到有些恐怖。

"愿真主保佑您健康无恙。"我为什么说了这样一句话？我也不知道，好吧，我们就直奔主题吧。

"我有些坏消息要告诉您。"

"从你们这里我还能指望听到什么不坏的消息？"

真棒，至少我可以肯定爷爷确实在听。我应该先沉默几秒，表示自己已经接受了他的批评，在心中默数三秒后，我继续说道："他们说我得了癌症。"他们是谁？不知道，但我不能说是我自己那样说的，不然又得犯错。

"我知道，听说了。"很好，他知道了，那现在又该说些什么呢？我又暗暗数了三秒，一，二，三：

"是晚期，他们说这种癌很难在早期查出来，大概这就是命运吧。"爷爷没搭话，我又讲了其他细节，不过我让它们听上去十分形式化且令人放心，对可能招致责骂的事绝口不谈。

"下周我开始接受治疗，我已经做完了所有的检查，接下来是为期六周的化疗，每个月做一次。"爷爷依然没有说话，我则继续解释，好让自己看起来像个对自身情况心里有数的人：

"每个月化疗一次，连续用药三天，其间有一段时间会停药，让身体能够恢复，为下一次化疗作准备，不见效的话就再来一个疗程。"

说这话的时候我一直在等着爷爷投来一道质疑的目光，似乎在说："那你母亲呢？你的兄弟姐妹呢？他们的生活怎么办？对他们的责任谁来承担？你父亲已经去世了，他们承受得还不够吗？像你这么大的年轻人得病，不害臊吗？"但爷爷一眼都没看我，一直如同一尊偶像般静默无声。"愿真主保佑我们健康无恙。"不知为何我又说了一遍这句话。我俩都不讲话了，再过两分钟我就走，姑且以爷爷需要休息为理由吧。在这个地方，从卫生间下水道里钻出来的蟑螂都比我受欢迎。

我扫了一眼这间卧室里的破旧陈设，它特有的那种风格看起来似乎比爷爷更老迈。最先吸引我的是窗边的铁柜子，它看上去年代感十足，结实得连原子弹都炸不开，不仅如此，还有一块令人骇怪的水藓色织布盖在上面保护着它。对爷爷选这块布的唯一合理猜测大概就是防贼，真是个卑鄙又多疑的老头！柜子就放在床边，即便有人在爷爷睡觉时打什么歪主意，他照样可以有所察觉。

爷爷的床很宽，另一边还有躺过的痕迹，仿佛奶奶的鬼影仍然每夜和他同床共眠。床边放着一个小柜子，从外形、体积、重量上看，它都丝毫不逊色于那个铁柜，上面摆着一支雕花白蜡烛，日久年深，蜡已经将蜡烛粘在了柜面上，根本就无法将它拔下来。收音机也粘在柜子上，不过它竟还能奇迹般地继续放音，这东西大概产于第一次世界大战的时候，或是比一战还要早一百年，播出的尽是些信号模糊的电台新闻，这些电台想必多年前就已经报废了，徒留播音员的阴影在电波上方彷徨无依地飘荡。柜子上还放了些药膏、水杯、数不清的药盒，过期的药爷爷也许仍在服用，只是他枯朽的身体就像千年老树一样顽强，吃了过期药也安然无恙。

小柜子旁边有一块空地，上面铺着和柜子罩布一样的深绿色地毯，绿得像是在苔藓和沼泽里打了几个滚。另外两边则放着一个临墙而立的掉漆大立柜，我猜想正因有它支撑，这个破败的房间才得以一直不倒塌，若移开立柜，说不定四壁会轰然坍塌，墙体残片层层堆叠，漫天尘埃弥漫整个街区，不仅如此，街区可能随之整体崩塌，像多米诺骨牌，一块倒，块块倒。到那时，唯有铁皮柜顽强存活，屹立于瓦砾之上，证明着曾几何时这里也存在过一个街区。

这个房间里发生过的一切都和立柜有关，它如先圣的幽灵在我眼前时隐时现。过去，每逢过节或家里有什么事时，我和姑母的孩子们都会到爷爷这里来。那时，这个立柜总会率先充满节日气息，奶奶会从里面拿出一个古老的铁制针线盒，盛着各式糖果。有时，我们会趁爷爷奶奶不在家的时候爬到柜子的高处偷糖吃。但令人失望的是，当我们打开盒子的时候，发现里头除了针线工具之外别无其他，便将盒子放回原位，再探寻新的糖果藏匿处。奶奶回来时，我们一脸无辜地向她要糖果吃，假装什么都没做过，只是等着她回来再请求许可。这时，奶奶短小的身躯向前一倾，拉开柜子，从同一层里取出那个盒子，在我们眼皮底下打开，太神奇了，我们眼见金光闪闪的糖果袋在盒子里发亮。对此，我们无从解释，只得相信是这个立柜以神不知鬼不觉的方式，趁奶奶不在时用针、线轴、纽扣等偷换了里面的糖果，只是在她那皱纹横生的短小手指碰它的时候，糖果盒才神奇地恢复了原貌。奶奶的手皱得像是被人按在水里泡了好几个小时，而这魔法变幻仅仅是由这只皱手轻轻一碰，便完成了。

突然，身旁响起一个声音，像是在呼应我的回忆，我朝爷爷那边转头，看到他双肩颤抖，眯缝的双眼中淌下了泪水，只是受到层层叠叠皱纹的阻碍，泪珠并没有落下，而是汇聚在下眼皮深深的沟壑中，就那么悬着。我默不作声，爷爷仍然在哭泣，像一个盛着沸腾咖啡的咖啡壶般颤抖。他开始祈祷，呢喃着一些只有真主才能理解的话语，虽然听不懂，但我知道他是在祈求安拉施降仁慈于我们、于棺中的父亲、于奶奶、于他自己。

片刻之后，爷爷停止了哭泣，又恢复成偶像状态，神情瞬间复原，像从未流过泪一样。我起身告辞，但这依旧没有引起爷爷丝毫的注意，出于习惯我亲吻了他的额头，之后便出去了。关门那一刻，我的火气再也抑制不住："好恐怖啊，狮身人面像有心，谁会这样认为啊？"尽管狮身人面像的头早在几个世纪以前就已出土，但东方学家获悉沙土下面还埋着残余部分后还是接着往深挖，到头来却丝毫不见狮子身体的踪影，怪哉！我今天碰上的事情真是比东方学家挖掘无果更叫人光火。

第十五周

我接着看《老人与海》，以此打发这一天的时光。天刚亮，我像一个准备开始新一轮捕鱼的渔夫般活力满满地起了床，洗漱之后随便用了点早餐，然后不急不忙地换好衣服。上车后打开播放器听我最爱乐队"皇后"的《我要自由》。等到《波西米亚狂想曲》一响起，我便把音量开到最大。"妈妈，我刚杀了个人，拿枪指着他的头，扣下了扳机，现在他死了。"我跟着佛莱迪·摩克瑞的高音一起大声唱，"妈妈我不想让你哭泣，如果明天此时，我没能回来。"

我早早到了医院，将车停在正门口。这栋建筑矗立在我面前，仿佛因为我是个病人就被授予了某种特权。我轻快地迈上了大楼外面的几级台阶，每一级修得平整匀称而且不是很高，让人刚上去就想下来重新再上去一次。但是医院大门就在你面前，以一种美轮美奂的诱惑姿态为你敞开，吸引你到里面去，于是你穿过柱廊，愉快地将自己置于医院的气味中。尽管你也想在接待处打探一番，可你还是那样，漫无目的地在医院里闲逛，只为将这古旧却雄伟的建筑中每一块坚实的地砖全踩一遍。诚然，这是一幢妙不可言、建造精致的大楼，而我喜欢它就像喜欢一条狗，很想轻轻地拍拍它的头。

过去几天，我已经在这家医院做了足够多的检查，从他们的血库里输了不少血，以至我们彼此之间都产生了感情。我那严肃而且消瘦的主治医生已经帮我约好了在肿瘤科的会诊时间，这是一个独立的科室，前面有一段长长的走廊将它与其他科室彻底分隔开。进入走廊时我发现它如此美妙，如此令人心动，仿佛可以把人引向任何他想去的地方。透明的玻璃前窗正对着游戏区，另一边是光滑锃亮的墙壁，阳光倾泻在方形地砖上，仿佛在大理石地板上铺开了一张日光毯。我独自走着，不禁感叹道："真是条迷人的长廊呀。"继而抬高声音感叹："多么吸引人的长廊啊，今天是我第一次穿越你，以后还会穿越你无数次，但我想代表未来的每一次说一些话，那时我可能过于虚弱以至于无法告诉你，所以我现在就说，我喜欢你，你是一条靓丽迷人的走廊，光线微妙，地砖暖人，在你处行走神清气爽，从近处看你赏心悦目，走廊啊，你真是人见人爱，走廊啊，凡穿越你的人都会想'多么可爱的走廊，多么美妙的走廊'，建造你的工人也喜欢你，设计你的工程师，画出你的建筑师曾站在这里说：'这儿将会有一条走廊，一面是墙，一面是阳光。'病人们喜欢你，每次穿越你的时候他们都要深吸一口气却不知道自己深呼吸的原因，正是因为你呀。医生们穿越你的时候也一反常态地慢下来，此时他们感到轻松却不知个中缘由。护士、医疗组工作人员、访客、清洁工皆是如此，白天能将你擦亮数次，好让阳光在你的大理石面上跃动，这使他们幸福极了。当有人见到像你一般的走廊时，他肯定会心甘情愿做一名清洁工。"

我沿着走廊一直走到一间宽敞的大厅，如此美丽的走廊一般都会通往这样的地方。在接待处打过招呼之后，我便坐在了候诊的位置上。我在那儿等着，俨然是一个拥有大把时间的人，甚至开始左顾右盼地探究周围坐了些什么人，他们谁都没我闲在，于是我刻意舒展双脚，显摆自己的时间多么充裕。

护士尽着自己的义务，她喊我了，给我做了几项例行检查来确定血液的状况是否可以开始治疗，然后又让我继续等。这个护士长得挺阳光的，圆圆的脸像一张大饼，红润的面色证明她很健康。过了一会儿她回来了，说一切正常，血液比例也很好，生平第一次我为自己的血液量骄傲了一回。第一轮治疗很顺利，我的精气神都很充沛，护士谨慎而且善解人意，把她即将做的每一个步骤都解释给我听，比如怎样在手背上埋入cannula，然后又如何通过它进行注射。我在大脑中飞快地把这个词翻译了一下，随即明白她指的是"导管"。我觉得自己在写作时会用上这个词，生怕遗忘甚至大声重复念了几次。

确实如护士所言，液体缓缓流出，通过一根细细的管子流进试管中，试管连通着一个装满透明物质的袋子，袋子又挂在一个渔钩形弯钩上，弯钩则固定在一根长铁杆的顶端，铁杆的下面有几个轮子，你走动的时候铁杆会和你一起移动。铁杆中部安置着一台分析仪，一刻不停地输出信息、数据，发出沉闷的响声，这台仪器的功能是调整每分钟静脉注射的速度，可真是个绝妙又机智的发明。

座位四周用一块棉布帘子围着，与走廊隔绝，每个座位之间也用帘子隔开，皮质椅子微微向后仰，宽敞又舒服，甚至让你觉得流进静脉的是麻醉剂。我幻想自己一切都很好，健康如常，这液体不过是骗人的把戏，仅仅是血管中流动着的某种清凉剂而已。我看着自己输液的手，像海明威小说中的老人那样高声对它说："手啊！现在你感觉怎么样？还是说你尚且没什么明显的感觉？"我的手并不作答，仍旧默默地看着透明液体并将其饮下。手是那种静默无言的器官，很难猜到它在想什么，这虽残破却好使的手啊！护士一定也认为这是一只值得信赖的好手，因为她没费什么劲就找到了血管，插进针头之后还拍了拍它才掀开帘子出去。

片刻之后我也从帘子背后出来了，还不是很确定自己是否可以随意活动，也不清楚医院允许我在哪些地方闲逛，便站在病房门口环视四周，观察着人们在这里的举止。病人不算多，因为今天是周中，病房看起来空荡荡的，护士们也都是一副很轻松的样子。我看着她们不紧不慢地穿过帘子，进进出出，有的护士微笑着示意我可以在附近转转。但我觉得，我这样用不了多久就会惹人注意。不管怎么说我都是第一次来这儿，说不定在门边站了这么久，已经引起了一些护士的怀疑。想到这里，我开始扶着几乎同我一样高的输液架铁杆一小步一小步地缓慢挪动，此时我看上去一定像个插着导尿管的老头。

我发现那儿有几个房间，便像寻乐似的将它们的门打开。有一间是专门放白床单的，门外的牌子上写着"干净床单存放室"，床单在这里竟然得到了如此优待，不仅拥有自己的房间，这房间还以"床单"命名。暗暗赞叹过后我继续溜达，又发现另一扇门上写着"休息室"，推开门，看到里面坐着几个护士，她们正嘴不停歇地吃着，聊着，我便自言自语道："这个房间一定是护士们休息的地方了。"

她们注意到了我，随即不嚼也不聊了。见状我赶紧关上门，与此同时听到她们当中有人喊道："需要帮忙吗？"像是在门完全关住之前从门缝里扔出了什么东西似的。我在门外答道："没有，没有，谢谢。"然后赶紧推着移动输液架离开，转身却发现自己再次置身于轮班护士中间，还遇上了给我护理的那个"饼脸"护士正从床单存放室出来，手臂上搭着一条精心叠好的白床单。我跟着她来到另一条走廊，她抱着床单朝一张病床走去，微微侧身，掀开帘子，来到一名病患面前，然后拉好帘子。她面带温暖而靓丽的笑容，仿佛要给患者打一剂"长生不老针"。

眼前的一切都还不错，我微笑着继续闲逛。我已经可以带着移动输液架自如走动，宛如已经和它相处了许多年似的。走廊里，有的患者拉开帘子，也有的闭着；有人在病床上躺着，也有人像我一样推着输液架溜达。一个姑娘抱头坐在那里，走过她旁边的时候我刻意放慢了脚步，小心地控制着输液架滑动的速度。怪哉，怪哉，她竟然在看书。我突然毫无前奏地大声问她："你在看什么书啊？"或许我当时的举止比这更蠢。她抬起头看着我，随后将书举高但也没举过胸口，像是无法将书名讲出来，也没有力气举更高。我看了一眼书名大声念道："苏珊·桑塔格《疾病的隐喻》。"我猜她喜欢读题材严肃且能从中获益，或与现实直接相关的书，又或是随便某种英语读物。听到我诡异的英语口音，她笑了，在椅子上坐直身体，似乎来了兴致，但显然这份兴致仅限于聊书而已。

"这本书是桑塔格得癌症之后写的,你读过吗?"

我摇了摇头。

"值得一读,读一下,不会让你后悔的。"

我点了点头表示自己同意。

"这阵子你读了些什么?"

"《老人与海》。"

"讲什么的?"

"讲老人和海!"

"老人和海怎么了?"

"一开始老人捕了一条鱼,后来尊敬它,接着又爱上了它,后来觉得这条鱼是他姐姐就希望鱼活着,最后老人死了。"

"是本小说?"

"嗯,海明威的。"

"我不爱看小说,以前听说村上的小说最畅销就拿来读,结果就是再也不想读小说了。"

"完全理解,如果我只看过村上的作品,也会放弃看小说,转而去看写绝症或讲植物学的书。"

这话在她听来很受用,她随即对海明威的小说表现出了更大的兴趣。

"你随身带这本小说了吗?"

"我啥都没带。"

"你如果想让时间过得快些,一定要带点儿什么。"

我俩继续聊天，交流得挺不错。我站着输液，她坐着输液；我扶着我的输液架，她没扶她的那个架子，似乎她对操控输液架已经驾轻就熟；从我的仪态就能明显看出她是我第一个聊天对象；而她的仪态也证明她对这类聊天早就习以为常了。我们聊到了医院、各自癌症的状况以及治疗细节，眼看她就要输完液了，我主动提出发一份《老人与海》的电子版到她邮箱，可她拒绝了，还说这是我想同她保持联系的伎俩。看到我一张正经的脸上写满尴尬，极力想要为自己辩解时，她微笑着吐了吐舌头。我这才明白原来她只是在调侃我。尽管她做这个动作意在缓解尴尬，但那憔悴的笑容，黯淡的神情，甚至舌头的颜色都让这些动作实际效果和她原本想给人留下的印象相去甚远。随后她撕下书最后一页的白纸写给我她的电子邮箱，趁她写字的工夫，我仔细打量她，当女孩子们手头有事忙、注意不到我的目光时，我总会用这种怀疑的眼光剖析她们。

她的头发已经差不多掉光了，说不定乳房也少了一个，除此之外整个人看上去还不错。相貌文静，妙语连珠，反应敏锐，这对于一个经历两轮化疗的姑娘而言已是再好不过的状态了。由于癌细胞已经扩散到大脑，她讲话有时前言不搭后语，这反倒显出几分幽默，之前她说自己脑子里长了一个鸡蛋大的肿瘤时我还赞叹这个比喻很巧妙。等做完第十二轮化疗，她就会去做肿瘤摘除手术，如果不做手术，随着肿瘤渐渐长大，她可能失明，也可能偏瘫。但即使手术成功了，她日后的智力仍然可能受到影响。仅从她说话的语气就能知道这种结果与她原本的想象有些差距，尽管如此，她的声音听上去仍旧令人沉醉着迷，或许她在病入膏肓的时候会开口讲话，用自己风趣诙谐的话语让身心平静下来，重建信心，如此便能感觉好一些吧；又或者只是拥有这样的声音就够了，足以让她觉得自己的人生完整而精彩。

我和她告别之后,这个姑娘的面容如同仙人掌的刺一般扎进了我心里,我意识到,我这是爱上她了。但刚一回到自己的位置上,我立刻回归理性,特别是我的情感,我坐在那里看着姑娘的姐姐搀着她的一条手臂穿过走廊,另一只手则拄着那种肘关节可以倚靠的扶杖。显然,因为跟不上姐姐的步子,她有些拒绝姐姐的搀扶。我拉住了帘子,以求一丝安宁。

从隔壁帘子后传来一阵微弱的呻吟,打破了我的宁静,从声音不好判断这个人的年龄、性别,甚至连那是不是人声都分辨不出来。我想如果我能对他发号施令,一定会以神的名义要求他疼的时候再小点声叫唤。

不知过了多久护士叫醒我,说液输完了。我抬头看了看透明袋才发现它已经空空如也,此刻液体已然全数流入了我体内。这种液体的透明度、流动速度都和水差不多,但从护士的动作中即可窥见其毒性。护士在自己的衣服外面多穿了一件塑料罩裙,还戴了医学防护眼镜和橡胶手套,她从我手臂上拔针时,我感受到了紫罗兰干花似的触感。然后护士将针头、导管、试管、透明袋一股脑放进了一个箱子里,又把箱子仔细封好。箱子是黄色的,看起来像个外星生物,上面印着警告标志说明箱内装有有害物质,仿佛仅需打开一个箱子,就足以使你患癌。这时我不禁想到,护士如此小心谨慎地操作,哪怕一个分子都不让外面的人碰到,那么这液体对我的身体又会产生什么影响呢?

从医院里出来时外面阳光灿烂,气温高达五十度,这炙热的中天仿佛是从我体内喷发而出的。化疗的反应尚未开始,至少在未来十二小时内都不会出现。明天要换一种药，后天再按前两天的药做一次，每个月连续化疗三天，至少持续六个月，如果六个月之后还未见好转就再来六个月。今日将尽时，我已从健康人士的世界迈入了病患的世界，距离我得知自己生病，时间也才过了一个月而已。当我书写这一转变时，总感觉它的节奏有些快，可在现实中它就是如此。

第十八周

　　我一度以为自己拥有很多可写的东西，但现在却几乎停笔快一个月了，日子单调乏味，过得飞快。乏力感每天都会登门造访，不过我已经对它习以为常了，这有时比乏力还难受，可我反倒期待着更糟糕的情况。病情稳定的时候我整个人懒散怠惰，这反而使我觉得这病实在仁慈，竟会在疲惫之余时不时地给人带来些轻松之感。

　　第一周我几乎没有下过床，体内似有什么东西在燃烧，使我整个人都很干燥。我喝了大量水，化疗前三天喝得最多，这大概是我那三天当中入口的唯一东西了，或者说是我能够将它存在肚子里的唯一东西。到这个周末，我已经口舌生疮，呼吸困难，皮肤有轻微的灼烧感，肌肉也有些松弛，有时连骨头都疼，那感觉像是在木板凳上坐久了似的，不同的是这种痛感久久不去，甚至还会在全身扩散开来。

　　我尽可能用读书打发时间，只要头没那么疼就看书，实在看不下去时就打个盹儿，醒来后再努力接着看。我试着继续读在火车上翻开的那本托马斯·曼的长篇小说，却只看进去很少几页，不是他写得不好，而是我的脑袋实在昏沉。所以我更愿意同时阅读三四本书，依着性子从一本换到另一本，如此才得以让注意力集中得更久些。

有时我只是躺在床上，等着困意来袭。我待不了多久就会感到冷，所以总是将空调温度调得很高，而且从来不关，我特别喜欢空调吹出的风掠过身体的感觉，而且它的声音透出的是一股懒散气息，毕竟鸦雀无声的死寂容易让人胡思乱想。入睡后噩梦不断，我知道这是化疗药物的影响，但即使知道了也丝毫不能减轻噩梦的骇人余波。

以前我很少做梦，甚至因此觉得生活中少了些什么。少年时我曾向哥哥讲过一个梦，他却说这是他做的梦，几个月前亲口讲给我听过。当时我确信自己亲眼见过梦中场景，又或我因为对哥哥的梦着迷，才偷来了他的梦境体验。我时常一遍一遍回味塔蒂尼的故事[①]，在梦中，魔鬼为他弹奏了一段乐曲，梦醒后他将这段旋律记下来，后来这首曲子就成了他的不朽名作。我一度希望类似的启示也能降临到自己身上，让梦境刺激我的写作，使我跨入天马行空的超现实主义世界。而现在，每次醒来之后我都要让自己尽快忘掉这样的梦，立即平静下来，在沉默中完成干巴巴的一成不变的动作，挣扎着抹去这些噩梦留下的所有令我心烦意乱的痕迹。如今，我的身体只顾得上眼下之急：该盖被子了，该掀开被子了，该翻身了，该让身体另一边休息一下了。它只能感应到纯粹的生理需求，像动物一样，它们懂得饿，或者也会有想交配的感觉，但这都不是由欲望催生的。

[①] 朱塞佩·塔蒂尼（Giuseppe Tartini，1692—1770），意大利威尼斯著名作曲家及小提琴演奏家，代表作为《魔鬼的颤音》。关于此曲来历的传说有两个版本：一为塔蒂尼曾在梦中遇见一个精通小提琴演奏的魔鬼，魔鬼演奏了一首含有许多高难度颤音的曲子，梦醒后塔蒂尼根据梦境写下了曲谱；另有传说塔蒂尼在梦中为乐团寻求小提琴手，一个前来应聘的魔鬼要求以灵魂为报酬，塔蒂尼考他时，他便拉了一首难度极高的优美小提琴曲，塔蒂尼醒后写下了曲谱。——译者注

有时母亲来问我有什么需求。她又重复了一遍问题之后我才说"没有",因为等不到我的答话母亲是不会罢休的。尽管如此,最后她还是推门进来了,屋里的空气一向外流动,温度便立刻发生了变化。母亲放下一盘食物,说我该吃点东西,她端来的仍然是上一次那盘几乎没动过的饭,接着又开始在我周围整理东西。"被这一堆垃圾包围着,你怎么能指望自己病好呢?"像是在指责我故意不想让自己康复或想病得更久些以此来惩罚她。但我原谅了母亲,责怪其实是她在用自己的方式表达出想帮忙。如果在以前,即使知道母亲的真实意图我也肯定会同她争吵一番,可现在我实在太虚弱,连抬手的力气都没有。

我的沉默给了母亲一种鼓舞,她当妈的使命感更强烈了,想更大程度地行使母亲的职权。

"让空调歇一会儿吧,肯定已经好几天没关过了。"

还没等我聚集够反抗的力气,母亲就已经关了空调。空调的声音刚停,我顿时感到抵御癌症痛苦的办法又少了一个。她扶着门把手,最后又看了我一眼便转身扬门而去。金属制的门把手晃晃荡荡,回声在屋子里绕梁不绝。几滴水断断续续从空调上落下,打在地砖上,滴得越来越慢,随后便是一片死寂。我身上什么也没盖,窗外微弱的人造光为我的身体镀上一层颜色。死寂。我慢慢地咽着口水,甚至还听到了它在腹中横冲直撞的声音,这声音与我的吞咽声一唱一和,共同合成了一种全新的声响。一个环节蕴含着几百万次相互交错的肌体运转,我没觉出它们与我有丝毫关联,这一切仿佛发生在一个陌生人身上。自己这具残破的身体为什么还能运转?五脏六腑、腺体、神经、组织、红白血球、细胞,生命就是由这些组成的吗?几百万个细胞涌动不歇,为存活而开战，毒药横行于其中，好的坏的格杀勿论。经历了这些，人怎么还会有力量继续支撑下去？忽然间，我觉得一切都崩塌了。

我将脸埋在马桶里，把肚子里的东西一股脑全吐出来之后还在呕，一直呕到什么都吐不出了，不知为何呕吐状态还在继续。如果能知道自己吐到什么时候停，这尚且可以忍受，我觉得再这样下去，说不定五脏六腑，什么肝、胆、胰腺还有其他我叫不上名字的东西都要吐进马桶里了。可我吐到泪满双眼，眼珠似乎都要吐出去了，却什么也没再呕出来。倘若我过于敏感，一定会想到是不是体内有什么东西碎了。其实我从来都没有哭过，刚刚的泪水完全是在失控状态下流出的，轻轻落进盛满呕吐物的马桶里，这也只是一种生理反应。我脸朝下，想在这里休息一会儿，等到力气恢复。我双手紧紧抓着马桶边，掌心全是汗水，费力地抬起一只手按下冲水键，呕吐物被螺旋状的水柱冲了下去，马桶里重新换了清水，有些呕吐物再度浮了上来。此时我已经浑身无力，站不起身，只是木然地看着这一切。就在我以为一切都结束了的时候，体内的另一座火山爆发了。我的整个胃腹似乎都要呕出来了，可吐出的却只有口水，挂在我干裂的嘴唇上，迟迟不肯滴进马桶，我用力啐了好了几次，只是因为想这样做而已。一阵平静之后我吐得更凶，又过了一会儿连口水也吐不出了，只能发出干呕的声音，还大口喘气，巨大的空虚将我和周遭的一切分隔开来。

我疲惫不堪地在洗手间的地上躺平，极度虚脱地合上双眼，休息了片刻才站起来，可刚一站直，就感觉支撑起这具身体十分费劲，仿佛自己一下子掉了十公斤肉。

当时，母亲焦急地站在门外听着我的动静。每一轮新的呕吐开始，她都会提高嗓门问我是不是还好,我若不吭声她就一直唤。她就是想知道我怎么样了,语气中充满担忧却依然不乏责备,每一次我把母亲吓坏之后,她都会下意识地如此责备我。之后,当我一打开洗手间的门,母亲便扶着我回到床上。我体会得到母亲的真实情感,以及她竭力想安慰我,在她眼中我还看到了一种期待,希望我不要在她面前表现得如此病态。虽然母亲明白即使我假装好转,痛苦也不会减轻丝毫,但即使是假象也足以令她安心。

对此我完全理解。我的状况勾起了他们对自身健康的担忧,我的癌症似乎在一夜之间也可能轻易转移到他们身上。我在这病态的世界里残喘,尽管健康人士与这个世界相距如此之近,他们还是对这里避而远之。至于不断打探我的病情或想要陪在我身边,只不过是一种表面义务,他们害怕陷得太深以致无法抽身。我记起了在病房化疗时的那种烦闷感觉,当时,隔壁床的呻吟透过帘子传到我耳畔,或许他的呻吟正是给我的预警,有一天,我的身体也会是如此气息恹然。

第二周我发现自己开始脱发,更确切地说是大面积脱落,仿佛抹了劣质发胶。头发掉得到处都是,地板上,枕头上,椅子上,我索性把它们全剃了,母亲一看到我的光头便号啕大哭起来,似乎我是从这一刻开始才真正得了癌症。那时我竟感觉母亲的眼神就像在盯着一具尸体,为了应对她的这种眼神,我不得不借机同她争论了一番。渐渐地,母亲因为怕她的眼泪会惹我发脾气,不再到我房间来,时不时地差哥哥替她来看我。

哥哥看我的眼神虽然没有那么悲哀,但依然让人受不了。我从首都回来,告诉哥哥我的病情时,他问我:"你想让我推迟婚礼吗?"他是担心继续筹备婚礼会令我不快,每次来安慰我的时候他都会问同样的问题,似乎这就是他对我生病作出的唯一反应了。我告诉哥哥这个消息时妹妹正站在他身边,她看上去真的很震惊,然后将手放在哥哥肩膀上,轻轻拍了拍。在我看来,她的震惊源自哥哥的反应,是因为怕婚礼真的推迟。我回答说没必要,我更愿意让一切都按原计划进行,反正婚期还在明年冬天,说不定那时我已经好了,治疗时间应该不会超过六个月。妹妹这辈子头一次对我的话表示了赞同,她拍了哥哥一把,催他赶紧点头接受我的意见。生病之后,我和妹妹之间原有的距离不仅丝毫没有改变,关系反而更紧张,更隐晦了。但有一点可以让我放心,那就是她和哥哥截然相反,永远不会掺和我的事也不会过分关心我,于我而言,这样的关心就是一种打扰。

哥哥被母亲派来看望我的时候会轻轻敲门,得到允许之后才进来,表示他不愿打搅我。我躺在床上,他挨着我坐下,双膝并拢,确保他坐这里不会挤到我。随后露出他那友好却又不自然的微笑,像是在说:"看呀,我多么友好,我是来宽慰你的。"好像我在等他来化解我的孤独似的。哥哥因继续筹备婚礼而产生的愧疚感并没有起什么作用。不仅如此,他认为自己有义务代替父亲对我表示关心,尽管待在我身边时他一点都不舒心。他假冒父亲的角色,我本应支持他,依靠他,可他那父亲式的腔调却愈发令我反感。

有一次他走进来问我:"疲乏将你席卷了吗?"我没有因为自己受小说译作或其他文学作品的影响就把他的用词换成其他更文艺的词,他的确说了这句话:"将你席卷。"兴许他知道我喜欢文学,就以为我习惯用如此的谈话腔调吧,觉得这样讲话可以疏解我的忧愁,拉近我俩之间的

123

距离。可这让我特别恼火，我面色铁青，而他却仍在极力表现出兴致勃勃的样子，当他发现自己并没能进入我的世界之后，便用一本正经的语气问道："你怎么样了？"似在暗示玩笑时间结束了，现在我们开始谈正题。

"就那样。"我回答道，没有抬头看他。

"还好吗？"他又问了一遍。

"就那样。"

"有什么变化吗？"

"老样子。"

"疼吗？"

"疼得不厉害。"

"具体哪里疼？"

"别问了。"

也许有人以为事情到此为止了，哪怕一头只有一丝理解力的骡子都会明白这种时候不应该继续提问，但当时这个讨厌鬼下定了决心要挑战我的沉默，似乎继续回答问题是为了我好。他继续问道：

"你需要帮助吗？"我冷静地答了一句：

"别太夸张。"此话一出，他再无继续废话的可能。

哥哥静静地坐在那里，双膝并得更紧，似乎一张开便会露出他的下体。同我一样，这句话也像一块石头，哥哥从小扛到大。只要听到这句话，所有的佯装作态都会暴露无遗，哥哥再也没话可说，退了出去，他咕哝了一些祷告词，我并未听清，但应该不会与他的好意相悖，或者说得更确切些，就是因为出于好意，他才会希望我听出他是在为我祈祷。

到了治疗的第三周，化疗毒性的影响渐渐减弱，健康的细胞开始自我重建，它们的自我更新能力比癌细胞强。食欲一点一点地恢复了，身体里的血液和营养也逐渐得到补充。不止生理机能有所恢复，心理状态也回来了。人到了这个份上是很亢奋的，并且感觉重获新生，甚至觉得自己比原本就身体健康的人更精神。

　　就这样，我感到自己心中勇气腾升，想要作出更加独立的反应，我当着他们的面关上门，他们提议陪我去医院我也拒不接受，有什么需要我会主动喊他们，但也仅仅是在非要人帮忙的时候才这样，之后便让他们听完话走人。好像我是爷爷，他们是过分关心我的孙子。他们总要我向他们讲出自己的需求，可我内心根本无暇顾及别人想要什么。当时，身体的特殊状况是我孤僻自闭的惯用托词，抗感染力低是我最坚决的借口，免疫力本来就差，因为患病，现在受化疗药物影响更是每况愈下。一番讨价还价过后，我同意让他们在床边安一个按铃，像安装在医院病床旁边的那种，以便有什么突发情况时我能喊他们过来。这就是他们放任我独处的唯一条件了。

　　起初，母亲认为这个铃并不能阻挡她每天进来一次问我是否有什么需要。她一进门，我立刻戴上口罩。那时我的模样与以往彻底不同了，光头，苍白，消瘦，不仅如此，眉毛也开始一根根脱落。这一切把母亲吓坏了，使她不得不同我保持一定距离，或许这还让她觉得这具诡异的身体根本不是她儿子的，只是属于一个突然侵占家里这间房的外来客，出于某种原因又不得不接受他，照顾他，依着他的脾气来。当时，种种形式上的转变其实也伴随着实质性变化，身边的那种威势变样了，以前她总是仗着这种威势来指使他人。而今，我可以在没有任何预警的情况下瞬间看到自己的镜中影,那一刻,我会怔愣一会儿,最后才意识到:这就是我。

总而言之,这就是我第一轮化疗之后第三周的状况。药效基本减退至最轻微的程度。于我而言,似乎回归我的"正常"生活合情合理。至于那些还存在的症状,头疼、厌食、后背痛、关节疼痛、入眠困难等在我这里都不是什么新鲜事。到这周为止,我已将自己积攒了好几年的假期用完,下周一就要回去上班了。

第十九周

早上七点。我依然在黎明时分醒来,之后再也睡不着,尖锐的闹铃还没响我就把它关了,然后又躺了几分钟才起床,准备出门。我换了一把新的软毛牙刷,用它刷牙时牙龈不会出血。由于受某些物质的影响,皮肤会瘙痒,我冲澡时就用肥皂擦洗身体,这正是我的身体在用它的方式表示它没那么容易适应毒药。

我挑衣服花了不少时间。一件又一件地换着衬衫,看看哪件与我的光头更配,还穿了一双新袜子,在床底下找到了躲了近一个月的鞋,我趴在地上想把它撩出来,顿时感觉到了这黑暗而温暖的地方那种不一样的气流。我躺在床底,一种晦暗不明的感觉将我淹没,仿佛感到此情此景与我童年时的某件事有些许关联,可我无法回想起细节。我想着,不如就藏在这里,躺在这只鞋的旁边直到睡过去。最后我费劲地拽出鞋子,重新站起来。

出门之前，我又对着镜子打量自己一番，皮带一直垂到裤子最下面一粒扣子的位置，我正了正它，随后将皮带扣别进了第三个扣眼里，以往都是别到第二个。记得一首最近读到的日本短诗：和服腰带原本可围腰两圈，现在可绕身三周。是一位女诗人苦等情人无果，如此形容自己的消瘦。今天去上班时我像一个地道的日本人那样戴上了口罩，东京街头、火车上所有人都会为避免细菌传染而戴口罩，尤其是在樱花盛开的季节。戴着口罩的我若在日本，真是可以完美地融入那个国家。

　　等红灯时，一辆救护车停在了我旁边。我便想着，如果我现在发生一场事故，真是再合适不过了。统计数据表明，正常人一生至少会遭遇一次重大交通事故。既然事故终归是会发生的，那么在我离救护车很近的时候发生岂不是更妙。现在的我不同以往，任何一个不起眼的小伤口都可能引发危急状况，因为我的身体一旦流血，不靠药物绝不会自动停止。从现在开始，危险无处不在，我就应该像身处战场一般，时刻保持警惕。

　　到公司后，我思索着自己是不是终于可以把车停在残疾人专用车位了，可是我又不怎么愿意这样，总觉得会引起他人关注。穿过充斥着涂料味的偏廊时我感觉快窒息了。我提醒自己别忘了医生说过的话，任何小细菌都有可能感染我，这样想着我才打消了摘下口罩的念头。走到候梯间等电梯时，通过外面空地上抽烟的人数我猜测自己应该是最后一个到的。我碰了一下十楼的按钮，避免直接摁它，接着检查了皮带，并确认裤链已经拉好，一次又一次扶正口罩。当年因为怕上一堂有关诗歌的新课而胆怯到不想去学校的那种感觉竟再次萦绕心头。

　　第一天去小学上课的情景历历在目。那时候天气很热，但学校还是在露天广场上为我们办了迎新会，还准备了干巴巴的甜甜圈和热果汁，而我回敬给学校的却是眼泪。父亲刚把我送到学校我就开始哭，而且保持同一个节奏哭了一整天。我已经想不起整个童年里还有哪次哭得比那次更惨。我在校长、老师、清洁工、尤其是门卫面前放声大哭，想明白地告诉他们，你们是一帮不肯放我出去的坏人。等到黄昏时分放学的那一刻，我发誓再也不要回到这个地方，可我非但上完了整个学年的课程，还是班上的第一名，不过这并未让我心生自豪。

到了科室门口，我发现大门一反常态地紧闭着。我轻轻地敲了门，听到两个人从里面疾步朝我跑来，好像我压根就没有引起他人注意。其中一个人打开门，一直站在那里为我拉着门把手，另一个人也站在那里盯着我，直到我从他面前走过。我摘下口罩快步朝办公桌走去，如同想钻进地洞一样只愿赶紧坐下。

鸡下巴主任知道我今天回来。因为需要在医保上签字，他收到过一张医院报告。我不由自主地觉得这婊子养的一定提醒了其他员工，在我回来上班之后要待我谦和有礼，顾及我的感受。这些员工们以极高的职业素养完美执行了领导的指示，尤其是另一个婊子养的——我的顶头上司。职权使然的严肃正经和在他眼里员工所需的人文关怀，这些在他的言行中都有，而且几乎见不到半点不和谐。鸡下巴和他们善待我似乎仅仅是在完成那模范总经理下发的一项任务，这也是用来判定他们能否晋升的秘密标准之一。刚一坐下，我就注意到电脑屏幕上提醒我迟到了的黄色便笺不见了。过了一会儿，上司亲自出来告诉我，我可以随意地在任何时候下班。惹我反感的不仅是他紧贴着我耳朵的低语，还有放在我肩膀上的手，他的动作似乎在说，时机尚存，我们还可以成为朋友。

我旁边的领带男一如既往的优雅，尽量不扭头看我，对我肚子发出的声音不再搬出他那套惯用的评论，对我在电脑上干些什么也不再干涉。至于坐在前面的两个白痴，生怕惊扰到我，吃早饭时也不交头接耳或和那个领带男啰里吧唆了。尽管他们过犹不及的礼数令我极度不悦，但因为怕别人讲我无理取闹，利用他人关心，仗着别人不能攻击我就耍小孩脾气，所以无论如何我都不会作出粗鲁的反应。

我发觉这病让我在一切场合都占据上风，现在，因为生病了，那些我曾经使用的"武器"再无用武之地。拿坐飞机来说吧，情况和以前大不一样了，我用我的优先权不是出于自信，也不是由于自我保护和吓唬人的能力强，而完全是源自他们的主动，像是早已作好了谦让的准备似的，甚至上洗手间都先让我来。除此之外，还有同情的目光，轻拍安慰，虚伪寒暄，所有这些都在试图让我振作起来，微笑应对，重拾勇气，如此等等。他们甚至把与病魔抗争的病人应该具备的所有品质都强加于我，可他们这种行为本身就是令人不堪忍受的束缚。我感到自己强烈思念那个去世的老头，他若还在，定会待我一如往常，说不定都不会发现我病了。

我以专注工作逃避这一切。当然了，经理并未派给我任何任务，正因如此我才可以恶补一下那些自己错过的事情。查看电子邮箱里的工作邮件时，我被这一个月下发的大量决议惊呆了。对不在公司的这段时间里发生的事情我是有心理准备的，当时消息满天飞，在报纸、电视、社交软件上随处可见，说有一种病毒已经入侵了多家大型公司的系统，破坏信息平台。同时，它还攻击了一些政府网站。因此，要求各大企业高度警惕，保护系统，应对危机，并提升安全级别，避免类似事件再次发生。在负责杀灭这种病毒的敏感部门里，冲在最前的自然是信息技术部，他们肩上的责任最大。

从现在开始，为了确保安全——像他们声称的那样，每位员工都要签署一份承诺书，同意公司监控自己电脑中的所有文档和上网记录。科室的各个角落都安装了新的摄像头，但若没有员工配合，这些摄像头什么都拍不到。你就是第一个也是最重要的一个摄像头，我们大家应该通力合作，不断观察周围发生的事，好让领导层知悉一切，而安装摄像头说到底是保护你，如果你不是一个线人，那即便我们知道了你的秘密，也没什么关系啊！如果你没什么可遮遮掩掩的，又有什么可害怕的呢？隐私？那是什么？不要高估你自己的私人生活。监控越严密就意味着越安全，你千万不要成为他人用来攻击我们的最薄弱环节。你是缺乏忠诚吗？你想让公司损失更多钱吗？国家经济受到威胁你开心吗？你应该有责任感，危险一直都存在，保持警惕是一种义务呀。敌人可能会从任何地方溜进来，比你那不值一提的个人隐私重要的事情可多着呢。

科室的结构布局也发生了变化。玻璃门要输密码才能打开，密码只有科室里的员工知道。以前桌上堆得到处都是的纸质文件、陈旧档案现在也都被藏进了柜子里，连那些被认为多余的装饰品都不见了，如此一来，显示屏和紧盯着屏幕的人脸就能一直暴露在摄像头之下，方便监视员看个一清二楚。我突然想起了那棵仙人掌，于是向旁边的领带男打听。他先是装出一副极力回想的样子，然后便直接问了他旁边的男人。那个男的看了看我，又看了一眼领带男，随后也假装认真想了想，之后又把问题抛给了旁边的人。这个问题在我们这一排传开，又传到下一排，仿佛它是一个极为重要的业务难题。当知道是我在找仙人掌后，每个人都极力表现得很配合，尽力想弄清它的去向。他们一个接着一个回头看我，脸上是清一色"抱歉，没找到"的表情，似乎在为不能助我康复而道歉。顿时，我十分坚定地意识到，自己绝对不能继续在这儿待下去了，哪怕一天都不行，那棵仙人掌仿佛就是祸根。

我立马朝那只公鸡的办公室走去，门开着，但我还是敲了几下，站在门口等他叫我进去。当时他坐在那张豪华的皮制高背椅上，忙着看手上的一沓文件，一份一份过，似乎是在比较哪一份上面的信息更重要一些，即便有人敲门，也顾不上抬头看一下。他的办公室豪华极了，和公司向员工提倡的节俭政策相比真可谓南辕北辙，甚至让你觉得自己进到了另一座楼里，办公室四壁嵌着许多木刻雕饰，与办公桌桌面上光亮的木纹交相辉映。正是从这样的办公室里下发了监控员工的决策，出台了具有双重目的的信息安全政策，一是为了促进生产，二是为了管控所有人。

终于他抬头了，迎我坐下。我递上辞呈后他快速扫了一眼，之后从座位上站起来围着办公桌踱步，垂到脖子的下巴随身体的动作而颤动着。看得出这是他一生都在等着的场景，一个充满人文关怀的片段，足以让他那幅宏伟的管理生涯图景锦上添花。他抿嘴微笑着，嘴角咧向双颊，紧闭的嘴看上去比平时大出许多，他坐在我对面的椅子上，双手交叠在胸前，俨然一只即将开口讲道理的猴子。他露出那种笑容，又与我平坐，所有这些过犹不及的举动都意在强调这并非正式性会面，试图让我明白他无意对我发号施令，也不会违背我的意愿，即便他不得不告诉我一些我无法辞职的原因，也是因为让我知晓这些原因是为我好。

就这样，他开始跟我讲，我现在辞职就意味着失去医保，而目前医疗费用由公司全额承担，如不想损失这些，我可以请三个月的病假，第一个月带全薪，后面两个月带半薪，这是公司制度允许的最大限度了。三个月之后，如果身体状况允许，我可以回来上班，如果他们觉得必须终止我的服务期，那就得办理强制退休。他继续滔滔不绝地讲这些仁慈的制度，语气中混杂着同情式的讨好，还时不时拍拍我的肩膀，不断重复着这种诱导性动作，意在言明："看到了吧？公司对每个人都是足够关心的。"

除了同意我别无选择，因为没有理由拒绝享受三个月的免费保险，三个月后再看吧。他伸出手同我握手，脸上仍挂着迎我进屋时的那种微笑，我明白是时候出去了。尽管到目前为止，打着避免传染的幌子我还没同任何人握过手，却依旧不敢拒绝他伸过来的手。没等我转身离开，他已经又开始专心忙于手头那一沓文件了。看上去批阅这些文件比我的事情重要得多。

我回到办公室，按经理说的开始写假条。被逼妥协让我心中充满愤懑，不仅如此，我还发现科室的一些员工在监视我的一举一动，而我，就要在众人的窃窃私语中离去了，同他们告别，并对他们表示出的好心帮助心怀感激。所有这一切与我想象的情景完全不一样，在我的想象里，我是以一个胜利者的姿态离开的，是彻底的离开，无拘无束的离开，对挡我路的一切都可以朝他飞起一脚。然而，无论谁从这样的地方出去都得按规矩来，而且还得牺牲一部分自我，否则休想离开。

我在电脑前坐下，盯着屏幕，套用隔壁老头的方式：紧盯显示屏以免他人打扰。我开始整理私人文档，把它们发到我自己的邮箱里，然后清除其在电脑储存数据和公司邮箱里留下的一切痕迹。这时，看到了一封不知从哪儿发来的新邮件，说我在最近举办的世界杯上赢得了一份价值不菲的免费纪念品，我要做的只是点开链接领取奖品，这正是我们这些公司职员一直谨慎提防的低级把戏，只要一点开链接，隐于其中的病毒就会攻破电脑弱不禁风的密码，从一台电脑传递到另一台，直逼公司数据库。就这样，病毒会蔓延到公司的信息系统，搞些破坏，并且持续扩散，其唯一的目的就是制造更大的危害。

我等待着午饭时间到来，那时大家都会离开。等待的时候我陷入了沉思。病毒的这种运行方式与疾病其实没什么太大区别，据我所知，网络病毒正是因此而得名。每一个病毒指的其实是一组信息，当病毒侵入某台电脑的时候，就会将其自带的信息复制到这台电脑中，正如真实的病毒在基因中复制粘贴自己的信息，基因再通过细胞潜入人体。关于这一点，我在桑塔格的那本讲疾病的书中读到过，书中病毒是一种借喻，是那个脑袋里长了个"鸡蛋"的姑娘推荐我看的。由于病毒时不时地复制，基因的正常功能可能发生突变，从而可能引发癌变。身体免疫力不足时，细胞中的基因转换就可能是恶性的，接着细胞一个接着一个发生恶变，癌变正是如此完成，至少学者们最开始是这样认为的。看似轻微的东西都有可能给整个系统带来损害，意识到这一点着实令人震惊。

他们一去吃午饭，我就点开了链接，继而离开，尽量不引起任何注意。唯一让我后悔的就是不能留在那里看着上司身穿肥大西裤、脚踩斯凯奇气得跳脚，眼神似乎在说"我不相信"。我这次犯的错误的确让他语塞，至于公鸡的反应就不好预测了。当下这种情况，让我离职是不可能的，至少三个月内都无望实现。为了避免受"开除一个患癌员工"的法律质询，他们不得不等到病假结束后再判定我不再适合回来工作。因为如果之后让我继续回去供职，公司可能会面临更多类似的"错误"，直到他们再也无法容忍我的那一刻来临。诸如此类的界限总是存在，当一个人越界之后，无论周遭环境如何，他都再也回不到从前，于是，后果面前人人平等。或许，我会培养自己对一切漠不关心的能力，恍然间，我发现自己下定决心要越界。

第二十一周

　　我突然醒来，睁开双眼时发现周围的一切看上去陌生极了，这才意识到自己是在医院的病房。我浑身冒汗，发冷，牙齿打战。男护士棕色的面庞突然挡住了白色的天花板。他想干什么？他在我的头顶喊着谁，然后一直盯着我看，他担忧的神情仿佛一面镜子，映出了我糟糕的状况。还是同一块天花板，护士出去，医生进来了。我看到医生在下指令，他看着我，念念有词。又过了一会儿我意识到他是在呼唤我，之后我就不省人事了。

　　时间在流逝，我再次睁开眼睛，艰难地呼吸，嘴上戴着氧气面罩，管子从四面八方垂下来，根本分不清哪根是插入管，哪根是引流管。太多副白手套了，搞不清谁是主治医生。其中一个人靠近了些，给我量体温，又说到了某种病毒。"病毒侵入了你的身体组织，攻击了你的免疫系统。"我是在单位感染上的吗？我为什么摘下口罩，为什么要和经理握手？为什么要点开链接？病毒是从电脑里传出来的吗？另一副白手套来了，他在注射什么？"镇静剂，你的身体需要它。"他说道，"但你别相信你的身体，千万别信。"他真的是医生吗？护士？他是谁？或许他只是另一个患者，说不定他想进另一个病房却错来了这里。他说镇静剂会麻醉你。你嘀咕着什么，随后又隐身了。

你不知道自己昏迷了多久，远处有声音在呼唤你，而你却虚弱到连眼睛都睁不开。声音一遍遍重复，越来越近，想让你醒过来。双眼半睁，我看到了医生，他坚持要我完全睁开眼睛，可真是个固执的家伙。他又问我今天几号，我没答话。他继续讲话，随着他声音的节奏，我的意识一点一点恢复了。我感染了某种病毒，然后发烧，昏迷不醒。这都是何时发生的？又是何时结束的？我一直都想体验昏迷的感觉，遗憾的是到了真正昏迷的时候自己却没有一点意识。整整两个星期我都待在医院，在镇静剂的作用下一直处于半昏半醒的状态中。医生说现在我的状况稳定了，但还应该住院观察，看看还会出现什么并发症。说完他便出去了，病房里只剩下我一个人。

虽然医院病房是我与世界初次见面的地方，可我对它实在没有太多的亲切感。尽管在电影、电视剧里看过了那么多次，但当你真正成为一间病房里的俘虏时，就完全不是那么回事。离开病床的可能性不是没有，可你看上去却像是手腕被绑在了床边。门可开可关，开或关并没有什么不同。想做什么都可以，只是你永远感觉不到自由。和电视剧里的主人公不同，我没有力气起身出门。

整夜我都躺在那里。条纹印花床单看着就很压抑，让你不停地想踢它。脚每动一下想把床单蹬开，身上的被子就将你裹得更紧。你就在令人窒息的中天，是被困车中的兽。被子难以缓和你滚烫身体的憋闷感，尽管脚很烫，可你却觉得热量是从床上方、脑袋后面的白炽灯那里传出来的。这光亮得刺眼，一切都被照得敞亮清晰，仿佛黑暗是一种应该荡涤的污秽，绝不能让它积聚在任何角落。

白天会过得相对容易些。从窗口溜入的阳光让这个地方多少带点正常味，"正常"，用这个词合适吗？在白天，一切都显得更有生机，随着太阳位置的改变，病房里的光线也极具规律地变化着。在这里待了足够久的日子以后，你就可以根据病房里阳光形状、光照角度和分布位置来推断时间了。

棕脸男护士白天来。面对他我总有一种亲切感，他是个好人，照料我也很尽心。若是注意到我不舒服，就会帮我调整一下身后枕头的位置。他总是用手撑起我的背后，这多少让我有点尴尬，毕竟这么躺了两个星期，也不知道自己身体有什么味道。

"这样行吗？"他问道。

我撒谎了，点了点头作为回答，因为不想让他觉得自己所做的其实没什么用。

他刚走，瘦医生就来了，医生总是在护士出去之后直接进来。他穿着长长的白大褂，双手插兜，说我看上去好些了。他如此快地给出结论我一点都不觉得奇怪，更何况下结论的人是他，就更不值得大惊小怪了。他拿起床尾的化验单，以此为自己的结论增添几分可信度。他肯定地说一切都挺好，大概再过几天我就可以开始第二轮化疗了，边说边向门口走去。"一切都挺好"是什么意思？"化疗"又是什么？他瞎了吗？

瘦医生出门前我叫住了他，想告诉他我感觉到的疼痛、恶心、乏力、虚弱。我摸索着表达方式，想找一个能说明问题、极具穿透性的词，这个词只要我一讲出来他立刻就能明白我的感受。只要找到这个词，我马上就能获救了。他却让我不要用那么多形容词，用数字来形容疼痛级别即可，然后指着挂在床头灯下面的一张纸问我："你的痛达到了几级？"

我得在1到10中选一个数字回答他，之前我从未用这种方式衡量过疼痛程度，但数字旁边的表情图案应该可以帮助判断。8嘴角下撇，9有点哭相，10嘴角下撇得更厉害，双眼流泪。将我和这些表情联系到一起令我十分不爽，因为我最看不惯的就是夸张。我选了数字6：表情略显痛苦，这样可以给可能出现的更痛留出余地。看到医生的反应我才明白自己应该选一个再大一些的数字，一张略显痛苦的表情并不能阻止周末的化疗。

接下来的几天我见到了许多昼夜两班倒的护士。一次又一次的血样采集，一轮又一轮的检查，护士们引我穿过走廊，停在某某科的护士站，之后便将我扔在走廊中间，她们用母语小声交流着，一直等到我的接待手续全部办完。他们专门为我配了一台移动轮椅，但我还没习惯如何驾驶它，只是由别人推着。我被推来推去，进了好几个房间，也不知道是为了什么，就像这是得到我的允许似的。

只要他们知道自己在做什么，具体的事情对我来说其实并不重要，这是我到最后才悟出的道理。每天都有更多袋透明液体注射进我的身体，多半是营养类的。每一袋都贴着标签说明其中的成分，这样病人就能知道输进自己体内的是什么东西。我就坐在输液袋旁边什么都不做，也想避免看到成分表，因为我还没有心烦意躁到要研究它们的程度。有时，他们会给我输几袋血来弥补身体亏损的血量，因为血液比重下降，每次注射之后针孔处的血液都凝结得有点慢，我的手臂上已经出现了一些瘀青，他们总是用口服药物、更多的针剂止血。尽管如此，血还是从鼻孔喷出，从牙龈溢出，仿佛体内再没有什么器官需要它们了。

我尽量让自己多睡一会儿，每次醒来时母亲都在身边。一旦发现她在哭我就装睡，而她发现我睡着了就开始哭。我们家从来不是严格信奉宗教的家庭，然而母亲还是带来了礼拜毯，在我身边做礼拜，在非礼拜时段，她也会随口念一段安拉降示的东西，脑中闪过的所有祷告词她都会拿来向安拉祈祷。有一次我听到她在念电闪雷鸣时的祷告词："主啊，求你给我们带来吉祥和如意，求你佑护我们免遭不幸和所有的厄运。"①然后痛哭流涕，边哭边念，这情景与我的状况倒还蛮呼应。

母亲做完礼拜，回头看我时脸上总带着某种隐忧，医生想必是瞒着我对她讲了些什么。我装作刚刚醒来的样子，母亲不停地拭泪，举止中透出某种刚毅，似乎在暗示她也因为我而变得坚强了。母亲只要有那么一点点的眼泪蒙眬便足以表明她实在是情难自禁。我想告诉她现在自己才到6级而已，她应该省着些眼泪等到我的疼痛级别更高时再流，可这在当时只会让她哭得更厉害。

有一天，我装睡时母亲在我旁边祷告。我听到她哭着向安拉祈祷说，如果不让我早日康复，那就仁慈地将我带走吧。我不会忘记母亲说到最后时那颤抖的声音，似乎在强调她更愿意"如果"后面的那半句话成真。那时我觉得说这话为时尚早，不过我或许也该重新审视一下自己的情况。问题已经不是我无法尽快痊愈，而是我不能赶紧死掉。怎么会

---

① 此段祷告词实是一段传自穆罕默德妻子阿伊莎的圣训，该条圣训全文为："主啊，求你给我们刮吉祥风，在我们的风中赐予吉祥和风带来的吉祥；求你佑护我们免遭恶风，风中的不幸及风带来的不祥。"（参见祁学义，《穆斯林圣训实录全集》，第一册，316页，商务印书馆，2016）——译者注

这样？这种转变是何时发生的？"仁慈"的概念怎么会从"让他存活于世"变成"了结他的生命"？我现在看上去真的像是那个世界的人了吗？

我让母亲把我的笔记本电脑和一些书带来，听我说书名《我独自在房间里擦拭尘土》①《角落里的两个失败者》②《爱是地狱冥犬》③时母亲显露出几分不悦，但还是把书拿来了，她长叹一声，仿佛这些书会让我病情加重。这些都是浅显易读的现代诗集。受药物影响，再加上不时袭来的困意，我已经无法集中注意力读小说或哲学作品了，也看不进去随笔或纪实类的文章，整个人疲软懈怠，这种懈怠给思维蒙上了一层厚重的阴云。有时我甚至连这些美国短诗都无法理解，就在网上搜索很多和俳句篇幅差不多的日本短诗。"多仁慈啊/海龟看不到/小鸟是多么轻易地飞翔。"《多仁慈》只有一句话，却如同一个沉重的梦魇将我淹没，又像是某种隐于边缘的记忆让我深陷其中。有时，读这种诗已然足以使我重新积聚力量。我想让母亲也看看这些俳句，它们太美了，读起来一点都不会感到羞愧。但我当然没有执意这样做，听过母亲那种祷告之后我心里仍有些生她的气。

到周末，我的呼吸顺畅了不少，心跳也规律了。早上护士来抽血，拿去做检查，结果同样显示我可以继续治疗。我告诉护士这次我要自己去，便推着轮椅朝通向肿瘤科的走廊走去。大量的阳光从俯瞰游戏区的透明玻璃窗倾泻，每年的这个时候都很热，此时走廊更是闷热得让人窒

---

① 美国当代诗人多里安·劳克斯（Dorianne Laux）的诗集。——译者注
② 美国当代诗人、小说家金·阿多尼奇奥（Kim Addonizio）的诗集。——译者注
③ 美国诗人、小说家查尔斯·布考斯基（Charles Bukowski）的诗集。——译者注

息。靠自己推轮椅已经让我大汗淋漓，筋疲力尽，真想回到刚出来不久的病房。仅仅想到黄昏时分又要回到那间病房，我就已然感觉到了奇摩①时的针刺感。"奇摩"，我已经这样讲了，仿佛已对这种叫法习以为常。

我同病房里几位患者聊天，从其中一人口中得知，若向医生施点压，他有可能会允许我回家，另一些人则说这样做不好。一个和善的老太太突然随性地讲起话来，似乎她刚刚停了一会儿，现在又接着说。她给我讲了许多自己遭毒眼②算计的故事，所有故事都围绕她那好妒的女邻居展开，从海湾战争开始一直到现在，这位女邻居每天都到她家串门，其间从未提过安拉。女邻居刚一夸完老太太精神，健康，长寿，老太太立马就生病了。女邻居得到消息后还联系了老太太，老太太便在电话里责怪她，咒骂她，还让她常念安拉。而这位女邻居竟也在电话中开骂，还诅咒她，全然无视使老太太生病的正是她自己，这难道还不是铁证吗？我不知该如何回答，沉默了几分钟之后她又继续给我讲了些诸如此类的故事，感觉她为了讲话已经耗尽了所有力气。突然间她回头问我："你呢？谁算计你了？"仿佛在问："你得的什么癌？""没人算计过我呀。"我回答道。她大惊："可是大家都知道，恶性肿瘤是毒眼导致的呀！"我思忖着，至今竟有人毫不怀疑我也曾遭人嫉妒，我是否该为此而不开心呢。

和这些患者待在一起的时间里，我总觉得自己错过了什么重要的事情，因为我既没听到任何关于治疗的事，也没听到医生的解释。而那些

---

① 阿拉伯语中"化疗"一词的简名为 الكيمو，"奇摩"为这一简称的音译。——译者注
② 阿拉伯人认为"毒眼"会使人生病。——译者注

患者们倒是对它们了如指掌，他们坚信得癌症不是随机事件，其间也并非没有针对他们的恶意。若不是由于形而上的原因，就是和现代生活方式，因都市生活而错乱的生物钟，输电塔杆产生的磁场，手机以及微波辐射，汽车尾气，快餐等有关，甚至连水果、蔬菜这些我们以为能抗癌的东西也因喷过杀虫剂而成了致癌因素。

当时有一个病人竟被这些致癌因素吓得有点神经兮兮，出于他的习惯，还特别提醒我要做好自我防护。然后猛然注意到我也是一个癌症患者，就开始针对如何应对治疗给我提出种种建议："为了和这个敌人正式交锋，你应该在心中积聚对它的憎恶，以化学疗法攻击它还不够，你还得有复仇欲望，要有摧毁它、征服它的意念。"我觉得他是刚看了一部洋溢着胜利喜悦的战争片，发表这番讲话的时候，他像作战争动员演说似的挥着拳头，另一只手则紧握正吊着一袋液的输液铁架。若他手执一柄剑或是一件小兵器，怕是要创造奇迹了。此类举动总是隐含着一种急切的诉求：撺掇我向癌症开战，不能甘心站在癌症患者的行列里。

还有一个人也在病患座位附近晃悠，一个接着一个同他们交谈，或忠告或劝诫，我不知道他是志愿者还是某位患者的家属，觉得自己对其他患者也负有责任。"清算工资，在大限将至之时痛改前非。"这就是他与别人谈话的核心内容了。"因为人一旦得了癌症，就算是一具尸体了，最好开始操办进天园的事吧。"他刚要靠近我这边，我就拉住了帘子，不想让他到我跟前来。若是我还有力气，或许听他讲讲也无妨，只是我现在已经筋疲力尽，实在不想同人接触。

总体说来，我并不缺少对安拉的信仰，但在这方面也不算非常执着，而是一直坚持中立态度。在这片土地上，一旦谈及信仰，你总得亮出一个明确的立场：信还是不信，大概我只是一直拖着不愿意果断表态吧，一如我对所有重要的事情都一拖再拖。但我从来不明白我要为什么去战斗，在我看来，信教者也好，不信教者也罢，其实他们谁都不理解神性，也都不会从时代的角度谈论宗教，我一直认为现在的一些人是安拉的员工而非信徒，他们表面上做出工作的样子，却在背后说三道四。

在这次化疗的过程中我都是独自一个人待着，提醒自己明天要带本书过来，可以在等待的时候打发时光。不知道那个得脑瘤的姑娘怎么样了，读海明威了吗？这个月我推迟了化疗，所以我俩的治疗时间错开了。我打算一回病房就给她发封电子邮件。

化疗结束后，我精疲力竭地瘫在病房里。为了缓解药物的影响，我一整天都在喝水，然后起身小便，这便是我全部的活动了。护士扶我去卫生间的时候眉头紧锁，似乎我频繁小便纯粹是为了猥亵或骚扰她。她动作迟缓，语气暴躁，面无表情，故意甩给我一张臭脸，一举一动都像是在暗示除我之外她还有其他人要护理，与咖啡厅服务员、空姐如出一辙。我按下床铃，她脸上写满厌恶走过来，仿佛在说："现在又怎么了？"我摘下口罩时她勃然大怒，发疯似的让我戴回去，生怕我会传染什么病给她。在我手臂上扎针输营养液时她的动作粗鲁极了，似故意用这种方式作为对我小便和咳嗽的回敬。不过她一直在为我服务，这一点才最要紧，其他都是次要的。说实话，我更喜欢这种护士，因为和她们在一起让人觉得自己被敌意包围着，至于那些一进来就一副鼓励你的样子，跟你说"加油，加油"的人，被她们围着就让人觉得自己快出毛病了。你绝不会愿意看到她们协助你做一些极为私密的事情时那张亲切的脸，与此同时却隐藏起心中的厌恶，表面上尽量装出一副和善模样。

化疗之后的第一天，我铆足了劲想尽快出院。当时，我对这间病房厌恶到极点，坚信只有回到家里的房间自己才能有一线生机。同医生讨论这个问题时，他让我再坚持一个星期。"这是为了你好。"他如是说道。我则表示在医院多待一个星期就会被杀死，医生对这种极尽夸张的表达丝毫不当回事。为了自身需求，我竟得像乞讨似的讨好医生，一想到这我就感到恶心，觉得我背叛了自己却一无所获。于是我向医生亮出了我的武器——固执，叫他见识一下我那被他冷眼相待的本真。我绝食了两天，而且威胁他们说我未来两天也拒绝接受治疗。医生见状立即承诺，完成这轮化疗，只要不出现副作用就让我出院。我同意了，也知道了自己的盼头何在：第二轮化疗。

接下来两天里，我输了很多液，为止住呕吐服用了一大堆药，静脉注射了各种营养物质，口罩常戴不摘，碰过任何东西之后都会去用除菌剂给自己消毒，似乎一切都携带着某种传染物。我在网上搜了许多信息，了解该如何应对各种症状。只要是轻食我都吃，汤、坚果、含水量高的水果、水煮菜、切碎的菜，不碰罐头、瓶装果汁等一切含有防腐剂的食物，它们会让身体发热，体温飙升。到了第三天，我已经有气无力，还伴有阵阵恶心，但难受程度还没超出预期，比上次化疗好多了，最重要的是我体内已经没有病毒和传染病菌了。

第四天，医生故意忽视我，我也无力同他对抗，他只是进来看一眼检查结果，然后当着我的面，急匆匆地让护士去给我办一些手续，还以为我不会理解他在说些什么，这样也就不会同他纠缠有关治疗的细节了。那天我体力极度透支，医生想让我在医院多待一段日子，而我当时的状态正是支持这种看法的现成证据。但是，这并不会让我丧失出院的决心。

第五天，我没有用轮椅，靠自己站了起来，仅仅是为了证明我已经掌握主动权。每次医生路过我旁边的时候，我都盯着他，刻意在他眼前晃来晃去，提醒他要记得自己的承诺。当他告诉我还不能出院时，我们又争论了片刻。我指责他限制我的自由，他则声称自己是凭专业经验下结论。我拿出在网上查到的说法同他对质，他勃然大怒，转身离去，双手在空中乱挥一通，看来被我气得不轻。到了这天傍晚，医生拿着一张纸来到我的病房，要我在上面签字。纸上内容大致是他建议我多住院一周，若我执意出院，在此期间若发生任何状况由我负全责。

第二天早上我出院了。哥哥在停车场等我。料想医生已经同他抱怨过我一番，但哥哥是不敢同我提起这件事的。一路上我们俩谁都没吭声，他盯着前方的车流，我凝视着侧面的车镜。这么久以来，我第一次对镜子里这个盯着我看的羸弱生命产生了一种亲切感。我的身体状况并未好转，但最近我拥有了某种新的免疫系统，就是在这回家的路上，它比以往任何时候都更深地扎根在我体内，因为有了它，当我决心一条路走到底的时候没人能阻挠我的意志。

这莫非就是人掌控自己命运时的感觉？这难道就是所谓的"你决定自己命运"的含义？这就是憋住大便的感觉吗？一回到家中卧室，我便立刻意识到从现在开始自己应该集中精力去做的事，那就是有组织的小规模斗争，无关宏旨的个人胜利，持久抗争的理想途径。

第三章

第二十三周

在家里，一切几乎都按我的计划进行着。吃东西时小心翼翼，待在房间里打发时间，玩手机和笔记本电脑消闲，在一个又一个拍照、聊天、游戏应用之间辗转，需要的时候才吃些镇静剂，有时只是为了防患于未然。我当时以为自己能把那一本拖了好几年没看的书看完，可日子却如一团黑云般在我的大脑中游走。每当倦怠袭来时我便读些短诗，若决定读一些题材严肃的长篇，就重温那些过去最叫我倾心的小说，我发现这比读其他的书更轻松一些。有时，我会读儿童文学，有的童书天马行空，趣味横生，读起来毫无障碍，如《小屁孩日记》[①]等等。看书看到眼睛累了就看一会儿电视，在新闻、体育、技能竞赛、歌唱、有关海洋森林的纪录片、民俗纪实频道之间换台，我关注着世界各地发生的各类

[①] 美国游戏设计者、漫画家、制片人、作家杰夫·金尼（Jeffrey Patrick Kinney）的系列绘本。——译者注

事件，却对一切都毫无见地。

有时客人来访，不得不见，我就暂时跳出为自己设定的简单生活模式。显而易见，之前我刚生病的时候，他们对进我的房间很抵触；而现在，我已经过了刚患癌时的紧张期，他们便期盼着我能腾出些时间让他们对我表达关心，用言语安慰我。我戴着口罩，有人给我讲他们亲友的患癌、抗癌故事时，我就假装听着。这种故事只要听完一个就足以让你感到你已经把这类故事全都听遍了，赞美真主，所有的故事都以病人痊愈告终。这叫我想起专门为激励新职员开的那种会，其间讲述的各种故事总是以大获成功结尾。如果谁跟我讲某个癌症患者抗争失败，惨死病魔之手，可能会显得这人有点呆傻，不识时务，但这样的故事反而更有趣些。

另有一些来访者只是来听故事的，省去了他们那像在尽义务一般的唠叨不休。这种人一进门脸上就带着一种恐惧，面对你的病情，他们面露歉意，由此你便知道他们以前从没接触过癌症患者。然而很快这种歉意就变成恨意，他们会向你抛出五花八门的问题，问你的思想，问你心里究竟在想些什么，催你讲自己的故事，好像他们正面对一位拥有无穷智慧的高僧似的。毋庸置疑，疾病一定教会了他去思考，疼痛也一定对他有所启发，现在，想必他对于如何正确生活有了些经验。而在这种时候，你唯一的想法就是赶快回到自己的房间，玩一局最近迷上的游戏。

第三种人基本上是最讨厌的，只要来看过你两次就自以为对你的情况非常了解，开始给你讲他的大道理。我们有一位邻居就属于这种人，你以为他提完了自己的养生建议，可第二天他又带着新的方子、特效疗法过来了。年近六旬的他有十个儿子、两个老婆，修剪整齐的胡子刚染成了黑色，大概也可以猜到他有许多永葆雄风的奇效草药方。每天下午一做完礼拜他就拐到我家来，塞满了午饭的大肚子高高挺着，浑身上下都沁着汗水，真担心他胡子上的黑染色剂会滴得到处都是。他是一个十分关注养生信息的人，不过看上去并没有多健康，这倒也罢了，他还说自己喝很多绿茶，绿茶"燃脂"，你会觉得他在说出这两个字的时候正想象着脂肪开始融化，蒸发。

谈到自己的药方时，他的想象便极具专业性。他带来了一种名为"清肠"的草药方，语气让人觉得他是在谈论某种除菌剂，把它倒进下水道就能除净一切细菌。"富含纤维的食物可以清洁肠胃。"他边说边挥挥手，仿佛在用一根纤维使劲擦洗锅里最顽固的一块污渍。我告诉他自己不能接待他了，因为医生警告说和别人接触对我的免疫系统不好。第二天他又来了，手提一大袋子洋葱，说洋葱能增强免疫力，因为它可以"扫清细菌"。如果不是手里提着沉甸甸的袋子，他定会四处打扫起来，以此佐证洋葱的清扫奇效。

谁会想到随着病情加重，摆脱与人交往反倒变得更难了。忍到最后一位客人离开我才能回到房间，这实在让我有点扛不住了，访客却在母亲和哥哥的授意之下络绎不绝，有时还是母亲特意邀请他们来家里的。那时，母亲认为这样有利于我走出孤独。"人之所以为人就是因为他要和别人来往呀。"她如是说道。"谁讲的这句话，让他先染上瘟疫然后得癌症死了吧。"我答道。他们像哄小孩一样安抚我的脾气，第二天又在迎接新的客人。

就在前几天，几个同事来看我。他们通过公司拿到哥哥的电话号码,然后就知道了我家的地址。虽然我和他们中任何一个人的关系都不是很近,但他们却并没有觉得突然出现在我家门口有什么不妥。来的正是坐在我周围的那三个人:取代老头位子的领带男,坐在前排的两个大傻瓜,他俩时常回头看领带男,感受他那精辟的见解和迷人的做派。因为我,领带男一直觉得缺乏安全感,对我突如其来的病他一定会感到震惊并心存疑虑,刚回去上班的那天我就觉察到了,说不定当时他还觉得我是打着体弱的幌子搞窥探,打小报告什么的,但这并不影响他履行探望我的义务,因为这个问题早已超越了个人情感,而是关乎他的职位,身据该职就得办事妥帖。

这三位又属于另一类访客:过去习惯与你天天见面,现在装作一切如常。一进屋,他们就笑着向我热情问好,有时都让我感到他们来我这儿完全是出于其他原因,和我生病全然无关。但很快我便意识到,他们如此欢快地进门就是为了掌控这次来访的氛围,从而限定我和他们互动时的性情。可我故意摆出一脸嫌恨,皱着眉头沉默不语,甚至都不愿招呼他们入座,这无疑挫败了他们主动聊天的积极性,也打乱了他们惯用的社交套路。就这样,突然间他们发现自己面对的是一个无法打交道的人,尽管如此,他们依然得保持友好态度。

他们大汗淋漓地坐下,开始谈论天气。当时正值盛夏,空气十分潮湿。其中一人意欲暗示屋里太热了,起身想开冷气的时候我拦住了他,说空调温度得一直开得很高。在此之前,我并无意在他们面前开口讲话,但此刻还是解释了一下:"因为生病,我的身体时常觉得冷。"此话一出立竿见影,当即置他们于尴尬之中,因为这句话摆出了一个他们来之前就决定直接避而不谈的事实:我病了。就这样,我们几个人全都陷入沉默，一种窘迫感潜入了他们嚣张的自信中，而我则饶有兴味地观察着这一切。我的嗅觉一向很灵敏，当我在别人心里引起这种感受的时候完全可以闻到，正如动物在死亡逼近时会嗅到自己濒临威胁。

一般而言，在聊完天气之后，这类访客大多喜欢聊一些能使他们重新保持立场一致的话题，那就是政治，他们的评论总带着那种悲天悯人的口吻，对当今世界上一些国家之间的战争、核威胁、难民危机、饥荒、发生第三次世界大战的可能性等感到悲伤不已。给他们把外界局势讲得越糟糕他们就越兴奋，此时，他们往往仅以摇头来表示对发生在千里之外的不幸的担忧，似乎同时也在哀叹降之于我的不幸，悄然避开房间里这头大象不谈。谈政治动乱这一话题似乎是在以某种方式说"这世界上比仅仅得这种病更残酷的事多着呢"。

这些闲聊为他们积聚了足够的勇气，之后其中一人问我对这些事的看法。我将双臂交叉于胸前，装出思考的样子，然后回答道："我觉得，首要问题是温室效应。"可实际上当时我唯一想做的就是让他们一直处于紧张状态，这个温室效应问题有利于我们重新回到气候的话题上。"我的意思是，气候变化都是由我们人类的活动造成的，全世界都忙着解决政治问题，根本没人注意到我们给其他生物造成了多少伤害。"这种挑衅起作用了，顿时，那个领带男放射出了厌恶的目光，以往对我怀有的那种疑虑再次写满了他的脸。

"对不起，我不理解，你是想说北极熊的死亡比人死还重要吗？"

"你为什么会觉得动物没那么惧怕死亡呢？它们或许不太清楚死亡的含义，但对其危险性的认知一定不会少。"

"你一定在开玩笑吧！"领带男看了看另外两个同事，想让他俩一起驳斥我,那两人则不约而同地抹了把汗,紧张兮兮地调整了一下坐姿。"我们可是在谈群体性灭亡,在谈对老人、妇女、无辜儿童的屠杀啊!"

他激动的情绪意在表明这次探望之所以不愉快,是由于一些道德层面的原因。正因为我这丑恶的思想,他已经确信我在死亡面前并不清白,若我死于癌症,大概是活该。由此,领带男为自己的下一步做好了铺垫:来过这次就不会再来第二次了,因为像我这种人的悲剧令他无力承受。若真能如此也太妙了,我这样想着,便开始故意激他,让他愈发怒不可遏。

"臭氧层空洞、环境污染、地球内部气体排放呢?你难道不明白,传染病和恶性疾病都是由什么引发的吗?"我脸上虽保持着一本正经的模样,心里却乐开花似的鼓掌欢呼。

我维护自己观点本是在患癌之后的一种自我防卫,突然间成了像是我在指控他们以及像他们这样的人开始把我生病归咎于他们不在乎温室效应的影响。如此一来,当他们来宽慰我时,发现除了给我徒增烦恼之外没有其他任何意义。这可真是有点搞笑。另外两个人十分肯定地表示他们理解我的意思,那语气像是在提醒领带男也赶紧给出和他俩一样的回应。

"我们都冷静一下吧,只是意见稍微有些不同而已。"其中一个人试图救场,如是说道,另一个人用责怪的余光瞟了一眼领带男。后者意识到自己没有如往常一样从另外两人那儿获得支持,情绪更加失控,胡乱扔给我一句狂放孟浪的话:"火狱里最恐怖的地方就是为你们这种在关乎道德伦理的宏伟斗争中保持中立的人准备的。"这句话正是压垮他旁边两头骆驼的那根稻草。其中一人当即捶了他一拳，另外一个冲着他的耳朵吼了一声，然后将他拉到一旁，激动地对他说着什么。我听不清谈话内容，不过可以通过他们的眼神和动作猜出一二。"你怎么能对处于这种境况的人讲你盼着他下火狱呢？"我以局外人的身份兴致勃勃地看着眼前的场景，享受着逃避惩罚的狂喜。片刻之后，领带男满脸假笑且有点局促地回到座位上，就自己刚刚的冲动致歉，并试着调和一下各自的观点。这种转变令人讨厌，我一点都不喜欢，刚才才有趣呢，尽管当时我有点被掐死的感觉。于是，对他白痴般的话语，我想尽一切办法挑衅，像方才那两头骆驼责备他那样，我也伸出手指在他脸前晃了晃。他却微笑着摇头，似乎与我意见不同到了令人难以置信的程度，然而他却没有作出任何回应，只是在我讲到一半的时候就不听了。真是高尚有礼，宽宏大量，他的气度超过了我，但为了顾及一个病人的健康他没再坚持，说不定还以为他赐予我的是让我带进坟墓的最后胜利。另外两个人一直在用眼神劝他保持冷静，似在说："你就让这个人在死去的时候相信自己是对的吧。"之后他们聊起了足球，兴高采烈地谈论着最近的一些比赛，仿佛这样就能缓和气氛。又过了一会儿，他们致了歉意又祝我早日康复，之后便离开了。愿癌症找上他们。

由于我与人见面时的乖戾脾气实在令人不爽，来客也就渐渐少了。我也意识到即使自己没有不见客的理由，却有许多摆臭脸待客的借口。化疗之后的第二周，受化学药物的影响，我嘴唇干裂还生了溃疡，我看上去像是讲话或笑都很费劲的样子。我突然发现，他们不经意的一句话便会引起我同他们争论，面对我激动的情绪他们则紧张不已。我觉察到我可以发表最极端的言论，可以随心所欲地转换角色。当时，我有了一个没人能制止的、任我倔犟到底的理由,可以以此为借口,任性地像小孩一样无理取闹却能逃过惩罚。我发现这副冷峻刻薄的模样正是应对他们虚情假意的武器,我以流浪老汉的粗暴举止抗争,好让自己的冷峻与刻薄倍显无情。渐渐地,我的这种做法见效了,那些探望我的人在我这儿待的时间越来越短,来的次数也变少了。

爷爷是那天来看我的最后一个人,也没提前打招呼。突然间我们听到爷爷暴躁的进门声,然后高声喊我,正是以往他想教训人的时候摆出的那副架势,至于他想骂谁,为什么骂,就不得而知了。谁也没想到爷爷会过来,这着实让家里人心惶惶,我赶紧跑过去亲吻了爷爷的手和额头,母亲担忧地站在一旁看着,让我竭尽所能好好迎候爷爷,多亲他几下。爷爷只带了那个老女仆来,女仆的驼背看上去并不比爷爷好多少。我刚在爷爷身边坐下,她立刻以独有的那种鬼魅般的方式消失了,母亲也随之不知去向。

我问爷爷最近健康状况如何,爷爷说自己很好,那病怏怏的沙哑声音几乎听不清,这令我不爽,虽然爷爷以往会不分青红皂白扔出一串问题责难我,可今天他有气无力的声音更让我生厌。我盯着他瞧了一会儿,他身形瘦弱,静静地蜷缩在轮椅上,仿佛刚刚进门时的那吼声与他毫无关系。他看上去比我上次去他家时更瘦了一些。爷爷问我治疗得怎么样,我回答说很顺利。他又说如果需要用钱就告诉他。我解释说目前的费用还是由公司的医保承担,之后看情况再定,爷爷点点头,有好几分钟他都安静地坐在那里,只是搭在膝盖上的双手颤抖着,像在用全身的力气克制着某种冲动。忽然间,爷爷痛哭不已,浑身战栗,自己所有的防线仿佛一下子崩塌了。

这个暴脾气的冷血老头怎么了？上星期我在医院，爷爷给我打电话的时候哭了，那哭声让我觉得他就像柔弱得连挂电话的力气都没有似的。当时，我等着他哭完，可他却停了片刻又接着哭，而且哭得更痛苦。但最让我困惑的是爷爷掉泪的时候从来不避着我，似乎是我的在场让他更加心碎。我没有用言语或行为去安慰他，不过也没有惹他反感，大概爷爷需要的只是我在场，仅此而已。

我记起父亲去世后的一个场景，从那时到现在还未回想过。当时，我们都在爷爷的房间，伯父们告诉了他这个消息，他们还带了个医生过来，以防爷爷受不了这样的打击发生什么状况，医生给爷爷纤瘦的手臂上套上血压带，爷爷挨着医生坐在床边，一副庄严的模样。他默默地低着头，我们则站在他周围。忽然，像是想起了什么似的，爷爷抬头望向我们，我第一次看到他那双摘下眼镜直叫人心惊胆寒的清透双眼中噙满泪水。爷爷先是望向哥哥，随后目光在周围担忧地望着他的人群中寻找着，直到看到我的时候停下了，泪也夺眶而出。我既害怕又局促，当即便低下了头。当时那种感觉和我现在看着爷爷哭时相差无几。

终于，我回房间躺了下来，享受着追寻了一整天的轻松，脑中一个天真、无解却又急切的问题挥之不去。当时我暗忖，是不是仅仅因为我们有情感、思想作盾，人类的死亡就真的没那么狰狞，抑或正是有了这种认知能力才使我们的离世比任何生物的死亡都更显孤独。或许只有尽可能历经长时间的自我分裂之后才能得出一个最好的答案吧。这些问题，我只有当作玩笑才能讲出口。

第二十五周

　　日复一日，我的生活进入呆板的定式。我玩电子游戏消磨时间，关注通过社交软件涌入手机的所有信息，花好几个小时更新应用，一个接着一个，刚更新完一个，另一个又出了新版本。新拍的电视剧、电影层出不穷，难免错过些什么。片子一部一部堆叠，我甚至都记不得哪些看过，哪些没看过。有时，我一天看完一整季电视剧，差不多九个小时，抵得上一个完整工作日的时间了，可刚一看完就立刻感到心烦意燥，又连忙去看书，却仍然无法集中注意力。《魔山》依旧在身旁放着，夹放书签的那一页还没到全书的一半。每次拿起这本书时，都只会在上次停下的地方溜上一眼，随后就又将它放回床头柜上。我只在前几天读完了村上的小说，倒不是因为它写得多好，而是因为我发觉它一页一页翻起来很顺手。那时我才意识到这病已经让我变了。倘若这种定式已经可以让我对村上的喜爱多于托马斯·曼，那还真不知道它还会对我干出什么。

　　在过去的这段时间里没发生什么重要的事。我收到了一封脑子里长鸡蛋的女孩的电子邮件，不过不是她而是她姐姐写的，当时我俩在病房门口聊天，她姐姐注意到我了，后来脑瘤女孩告诉了她我们的谈话内容，也说了我们互换过联系方式，所以这位姐姐觉得我很想了解后续发生的事情。女孩的肿瘤摘除手术成功了，可留下了若干并发症，她先是脑出血，清除脑部淤血之后她的智力、记忆力、读写能力日渐弱化，现在几乎分辨不出谁在同她讲话，谁来看她了，从那以后自然也就无法给我发邮件了。两轮治疗，十二次化疗，一整年没有任何质量的生活，动了若干台外科手术、摘除手术,得到了医生们"病情会好转"的承诺,等来的就是如此下场。

相对而言,我的状况比她好一些。我吃简单烹调且容易下咽的食物,不理睬医院的复诊约定,找来各式各样的借口作挡箭牌:如果之前输液可以弥补流失的血,现在为什么不行了?床边的玻璃水壶应该一直是满的,一到快喝完的时候我就按下床铃,每次母亲都惊慌失措地一路小跑过来,似乎我又有了什么突发情况。而我只是面无表情地将水壶递给她,用过分冷漠的神情抹去她的过激反应。其实我并没有要求她做什么,只是为了让她放宽心,减轻点她那因我而生的压力,我们这才同意由她负责帮我倒水。只用了一分钟的时间母亲就端着满满一壶水回来了,在那里站上一会儿,似乎在期待着我能立刻喝完,好让她再跑出去将壶灌满。

近日来,有些变化悄然发生着,特别是当我们得知邻居想娶母亲当三房之后。那阵子他往家里送各种营养品、食品,每次来都坚持要给母亲讲他带来的那些东西应该如何做给我吃,而那些说法在母亲看来也都颇有益处。他说甜菜对白血病患十分重要,可以增加人体红细胞含量,母亲觉得这相当符合逻辑,于是开始榨甜菜汁,做西红柿汤,烹制任何她能想到的猩红可怖的食物,然后给我端来一杯又一杯"药膳",嘴里还总是念叨着邻居"人好,心地善良,满是善举",说我应待他更热情些才是。当这个邻居的真实意图终于暴露之后,着实给母亲的态度重重一击。此后母亲便毫不留情地隔着门铃亲自撵他出去,随后满面愤怒怔愣在那里,悔恨自己早先怎么没识破他的意图。这件事对我倒是有利的,我现在可以更加肆无忌惮地排斥一切来访者,仿佛他们都怀有这类企图才接近我，母亲自觉尴尬，只得同我一起商量拒绝来访者的对策。

尽管我对母亲的那套做法深恶痛绝，她还是将我生病的消息告诉了几乎全部亲友。每当这些人听说我又做了一轮治疗，便不停地联系我们，或是得知有种让某位癌症患者受益的偏方，哪怕只是一泡骆驼尿也得打个电话来。而母亲则会把这些一一记下再急急忙忙地告诉我，语气中充满乐观，仿佛明天我就会痊愈。随后，她就会立刻按照那些稀奇古怪的方子去准备，端给我吃。那时，我对她的态度非常冷漠，拒不接受她端来的所有东西，哪怕只是一碗邻居送来的洋葱汤。母亲满面愁云惨雾，汤也洒了一地，当她坚持再三时我就告诉她，我不是他们的试验田。母亲听后十分不快，以为这是书里的话，而我就躲在书的背后，根本不愿花力气去回答她。我始终没让母亲的努力奏效，以致她开始认为我是为了折磨她才故意拖着不肯康复，而这使她下决心要想尽一切办法让我赶快痊愈。

显然，母亲永远都不会因为我想让她不管就放弃。那时的她是一座活火山，一时的平息只是在为后续更强劲的爆发积聚力量。倘若某段时间母亲对自己的方式信心不足，那只不过是在等我犯错误，这样，她便立即重拾信心，再一次鼓起她的那种冲劲。若我将她面前的所有路都堵死，她便通过别人来同我抗衡，向医生哭诉，说我封闭在一个悲观压抑的世界里，医生听后表示这样可不好，说治疗效果在很大程度上取决于心理状态。他五次三番跟我讲，许多病人都发觉咨询心理医生对自己很有帮助，而我每次都拒绝，于是母亲气到拍手跺脚，我俩之间的相处模式为一场永无止境的拉锯战，双方轮流在一次又一次的小规模战斗中获胜，却都不会沦为输家。

在母亲频频向医生施压让他做些什么之后,他给我开了一剂抗抑郁的草药,说在治疗过程中得抑郁症很常见,其实那几乎就是化疗的副作用。我告诉医生,与其讲这些废话,不如多给我开些安眠药、镇静剂。医生勃然变色,说他从没遇到过如此不听医嘱且顽固不化的病人,如果这样可以让我难堪。我对他展开报复,使出浑身解数让他对我失去耐心。哪怕医生每次都装作一副对我坦诚相告的模样,我还是觉得自己一直蒙受欺骗,被人利用。人怎么能相信医生呢?医生嘴里说他即将对你的身体采取什么行动的时候甚至都不会抬眼看你。

既然医生拒绝给我开更多镇静剂,我便联系了一个大学时期的朋友。以"朋友"相称真是太看得起他了,其实他只是个提供大麻的人而已。有时,我会同他一起抽几根他精心卷制好的烟,两人坐在一起聊些哲理或其他有点深度的话题,这些实际上愚不可及的内容很快在脑海中像烟一般消散了。我从未有过真正意义上的朋友,也没有因此感到缺憾,不过,那段日子大麻倒是让我或多或少有了些社交。当时吸大麻不是欲望使然,也不为图一时之快,只因大学这几年大家都吸罢了。第一次尝试大麻是为了寻求写作灵感,一段时间以后,它的效力只能让我脑中昏黑一片,身体麻木,周身一片死寂,而这正是我现在需要的。

趁母亲和哥哥不在,我同这个朋友在家中见面。一看到他我便想起了上学的时候大家都叫他"大马"。那时候,他看上去真的像匹马,扁平的长脸上两只眼睛惺忪呆滞,空洞无神。现在他看上去与这个外号更加般配,因为他将头发梳成了一根辫子垂在后面,如马尾一般。幸运的是,他依然干着自己喜欢的事儿,也是他这辈子唯一的长技。他没能顺利毕业,贩售大麻成了他赖以糊口的生计。他的烟卷更优质,更紧实,价格也涨了，现在他从更可靠的上家进货。我俩静静地坐在那里，一如空虚的往日。他那双呆滞的眼睛一直困惑不解地盯着我，似乎还没认出我来，兴许以为自己走错了路，进了别人家。一起抽完第一卷烟之后，他说：

"你变了很多呀，你这光头我挺喜欢，改天我也想剃一个。"

说着摸了摸自己长发的发梢。这时我记起了一堆他曾经一脸严肃地讲出的蠢话，而且还那么当真，甚至盼着能引起我的共鸣，与他讨论一番。比如有一次他跟我讲："女孩子也放屁，你知道吗？"

我突然爆发出一阵大笑。他紧盯我的眼神中满是困惑，回想着自己是不是说错了什么。我越睁大眼睛看他那张呆笨的马脸和茫然无措的眼神，就越难控制自己。片刻之后，尽管他仍不知所以然，却也同我一起大声笑了起来，接着他还抱住我的光头，这让场面更添几分滑稽，他开始发出机器人那种尖尖的声响，意思是说我是个外星人。渐渐地，我收住了笑，我可不觉得傻子能从秃头推断出我得了癌症，无论如何，最好还是不要让他知道，否则他将消息散布给同他仍有联系的同学，那我可惨了，将会有一大批大麻瘾君子找上门来。

我从他那里购进了更多大麻，在卫生间抽。我用最上乘的沙姆纸①卷大麻，打开窗户，还不忘用毛巾堵住门下的缝隙。吸大麻成了每天的日常，但胸肺承受能力大不如前，我每天只能吸一卷。事情当然还是败露了，母亲一如既往地在房间里转来转去，在卫生间门外喊我，耳朵贴在门上听着里头的动静，看我是在呕吐还是已经昏倒在地。那天，

---

① 沙姆纸，一种专门用来卷烟的纸，产于沙姆（叙利亚、约旦、黎巴嫩一带）。——译者注

母亲焦急地敲门，我打开门后烟味直冲她的脸，她崩溃了，以为我又开始抽烟。我告诉母亲，这是一种并无大害的医用烟叶，有这种清淡的草味儿，而且这要比她按亲戚、邻居讲的，WhatsApp 的妇女群里求来的方子做成的恐怖药汤健康多了。可这套说辞并没能阻止母亲的号啕，我便又说，她也可以尝试一下，或许就能稍微平静些。母亲将卫生间的门推到底，连哭带喊地出去了，她告诉了哥哥，又联系了医生。母亲给医生打电话时我让她告诉医生，至少我的食欲好一些了，他可以把镇静剂塞进屁眼了。我竖起中指，想象着医生那张干瘦的脸，一副总是以为自己知道得比别人多的样子，这诡计多端的骡子，白长了两个蛋的废物，我开始学着机器人的声音对他破口大骂。

正当我笑得双眼充血时，哥哥出现在了门口。只消一眼，他便知道发生了什么，一言不发、双眼恶狠狠地盯着我。我真还没见过这个伪娘发这么大的火。我告诉他，在加拿大、美国，癌症患者用这种东西都是合法的，它属于治疗的一部分。最近我还看了一部讲一个老寡妇卖大麻的电视剧，我觉得女主人公挺好，我并不认为哥哥之前听说过这部剧，尽管如此，他依然不置一词，只是嫌恨地盯着我，脸上写满质疑，只差像我顶头上司那样在我面前贴一张明黄色便笺了。他那严厉而负责的眼神在提示我，明天我将面临什么。斩断一切乐趣足以让我兴味索然，对周身发生的一切只感荒诞无聊。

我应该在早上七点到医院做各项血液检测，服用疗前准备药，吃那些对止吐毫无作用的抗呕药。这样那样的规定特别多，责任呀，纪律呀，我一旦怠慢就会影响别人的工作进度。我一度以为生病了就能将自己从这些樊篱中解脱出来，但看起来它只是将石化公司换成了化疗而已。当然,这样出于主观臆造将两者联系起来确实有些过分,可这两个词都带有"化"字,这样的相似之处实在很难让人视而不见。

我睡着了,又在后半夜醒来。距第三轮治疗只剩几个小时了,我在床上小幅度地翻了个身,试着读点东西却什么都看不进去,看了一部喜剧却连一丝笑容都没挤出来。于是我开始写东西排遣抑郁,可写作也不如从前那般可以立马见效,大概是因为写作的目的变味了吧。我开始看以往写过的东西,写得太蠢了,而且特别无聊,既缺乏连贯性又没有忠实可言,只是些懒人记下的琐事罢了,通篇都是自我感觉,到头来最多也只能聊以自慰。

这就是"自闭"吗?这就是我曾经渴望从工作中解脱出来之后要做的事情吗?这就是过去自己向往与之合一的自我吗?我竟会以为自己可以像那些诗人一样在痛苦中、胡思乱想中,在永恒的空虚中汲取灵感,难道诗意就隐匿在这些虚无之中?那哲理又在何方?

我来得有点晚,睡意蒙眬,躺在医院的病床上打算补觉。医生很快便过来了,问我为什么迟到。有一大堆检查应该早早进行,等待着我的是漫长的一天。正如医生所言,他不相信我竟可以这样毫不在意,或许也暗指昨夜母亲电话里同他讲的事。他又说了几句很长的话,之后喊来护士便推门出去了,门关上之前我在他背后竖起了中指。

护士一如往常拿着针走进来,我下意识地伸出手臂。请扎针吧,女士,怎么不扎?随便给我注射呀。这一针扎下去疼不疼才是我唯一关心的事。通过她手中的针形我知道这次只是抽取血样,有的针你先前就见过,有的针你只要看它的模样就会感到生疼。

护士站在我旁边抓住我的手,在我的手臂内侧没找到血管她就目露凶光,我注意到她还是上次那个扶我起来小便,以及我和她距离较近又没戴口罩咳嗽时就眉头紧锁的护士。她的脸辨识度很高,因为她总是摆出自己被病毒感染了的那副神情。我不禁自问,在这些护士体内,究竟是哪种元素在左右她们的性幻想,什么东西才能激发出她们的色情话题?针头、冰冷的手、波澜不惊的目光、护士服上令人作呕的医院味儿?每个人都有自己的品位,不过对护士怀有性幻想的人身体一定很健康。连续两三个月不断往医院跑,足以赶走你脑海中对护士的一切幻想。

护士仍在费劲地找着血管,而我的血管还没有兴趣现身,有的甚至像退休了似的完全不见了。尽管如此,我依然装出一副不耐烦的样子,神经兮兮地催她快点,她听话极了,不管三七二十一将针头扎了进去,尽管她知道自己扎错了会让我有点疼。"Sorry, sir."她的语气冰冷而机械,仿佛突然在走廊里撞到了我。通常,我与这类玩忽职守的员工是有共鸣的,可是现在,我提高了嗓门责怪她,在医院里,人很容易会无所顾忌地放纵自己。这是不是昨夜大麻的余威都无关紧要,反正在这里只要你是病人就自会有借口。护士们对此早就习以为常了,可正是她们的这种无动于衷会更让人怒不可遏。

她又扎了一次,还是没扎中任何一根血管,这时她有些不耐烦了,重复着不痛不痒的道歉,第三次还是没扎中,我冲她大喊,让她把针给我,她立刻顺从地照办,一副急切地想看我自己扎错针的表情。我像瘾君子那样将针头叼在嘴里,另一只手连续快速拍打手臂内侧,而后血管便在皮肤下现身了。我在书里读到过,不,不止如此,还在一部电影里看过类似的场景。我们这些读者怎么就会觉得所有的东西都是从书本里学来的呢？电影用直观的方法教会你一切，不过到了实际操作的时候……我以为自己看到了一根血管就赶紧在它消失之前下针。针头刺进手臂，血液如江水般涌出，我又大声喊护士，仿佛刚才那针是她扎的。护士再次致歉，惊慌失措地跑出去求援了。"Fuck！"这具身体里已经没有什么东西能正常运转了。

止住血之后医生眉头紧锁地进来了，脸色比早上更难看："我们会把治疗推迟到下周，你必须先输血，把失掉的血补回来，然后我们再观察你的血液量，直到它稳定在一个合理的值。你得一直待在医院，方便我们对你进行必要的护理。"

我同医生争辩，坚持要出院，我俩的意见一如既往的不和。"四点之后你可以出院，但是因为血小板不足你的伤口无法愈合，白血球不足，你的免疫力会更低，红血球不足，你还面临缺氧，还有癌细胞……"还是一样的套路，医生总要事无巨细地讲一遍来证明他是对的。

到了四点，我已经极度疲乏，连动一动的力气都没有，我想医生或许是对的吧，可我绝不听任他的摆布。我给哥哥打了电话让他来接我，于是他臭着一张脸来了，似乎那是医生怒火的延续。我一上车，哥哥对我隐忍的愤恨便彻底释放了出来，他下周就会订婚，婚礼也将在几个月之后举办，他不会有时间也没有心情再为我做类似这样的事。哥哥开始以一家之主的姿态反对我，此时此刻他才彻底认清，原来我根本不值得他一丝一毫的付出。

"出于对你的关爱，我们已经迁就你很多天了。"哥哥说道。我在心里表示赞同，嘴上一言不发，只是扭头盯着车侧镜里的自己。就是这个肮脏的东西日益膨胀，曾经的刻薄和残忍仅仅是为了防御，现在则成了毁灭自身以及周遭一切的武器。我之前遵循的那套路数纵使在一开始奏效了，从长远看却是注定要失败的。

第二十七周

一周以前，医生向我说明治疗期间住院的必要性后，我当即表示同意。他先是一脸诧异，对我这般不争辩、不反抗、不在背后比中指的顺从还不是很习惯。而我则抓住了这个机会，让他明白如果他肯理智一些，平等地和我对话，我也并非不通人情。可实际上我只是为了避免参加哥哥的订婚仪式，若是回家，无论如何我都躲不掉。

对这类场合我从来就没有重视过，对其中的常规礼节也根本不关心，唯一坚持下来的常规就是不参加。以前，家里人也不怎么在意我去不去，可随着哥哥的婚期临近，人言形成的压力渐增，我发现生病并不能让我免于出席这类场合，反倒使我的出席变得更加必要。后来事情发展到需要我始终出现在一些场合中，以免我的缺席引起大家的疑问，导致原本的其乐融融被搅浑：新郎的弟弟都要死了，他们怎么还能如此喜气洋洋地庆贺呢？不过，我在场时要尽可能对自己生病的细节闭口不谈，若非私下交流绝不提及或询问、打听，仿佛生病是一件理应隐于幕后、扫兴又羞耻的事。这叫我想起了卡夫卡在一家医疗机构接受肺结核治疗时写给好友马克斯的信，他在信中说："谁都会不在大庭广众之下在嘴上公开把话讲明，我刚一得肺结核所有人都迷幻般地不见了，逃避同我聊天。"

就这样，我因为住院而缺席了订婚仪式，他们当即决定等我一出院就再办一次。若不是这几天情绪不佳，体力极弱，我应该会不容分说地严词拒绝，可我发觉自己气衰力竭，近些天连与人冲撞的劲头都没有了。过去一段时间里，我戾气满身，冲动暴躁，似乎只因别人健康无疾就向他实施报复。而现在，我已经无力重演这些行为，感受到的只是孩子般的幼稚和深深的羞愧。

纵然如此，我还是耗费了一些力气与母亲、哥哥争论，仅仅为了说明我的立场，让他们明白我应邀出席婚宴可能产生的后果，而他们对此是要承担责任的。一如往常，我的理由还是强调自己免疫力低，白血球数量接近零使我极易感染病毒，而且每轮化疗之后全身都疼得比之前更厉害，肚子右侧有硬块，医生说那是因为肝、脾受白血病影响而肿大。在药物的作用下，甚至连我的脑子都不再那么灵光，最近，我已经注意到自己有些颠三倒四。出门去医院看病时，我会不记得车停在哪里，想不起是和哥哥一起来的还是自己来的，抑或是打车来的。这些事都需要花上一些工夫才能记起来。

然而，所有这一切都没能招致同情，也不足以让他俩信服。因为在推托之前诸多的活动时我已经豪爽地挥霍过类似这样的借口。他俩识破了我的诡计，决心与我对抗到底。显然，他们这种全新的态度可不是自己亮出来的，而是专横的妹妹在一旁推波助澜。妹妹话语的余波在他俩的言语中有所显露，而她的那种怒气也就非常自然地以更加有过之而无不及的方式传递给了他俩，用以对我施压，就像她在冲我发脾气时借他俩之口警告我。一切都在她的掌控之下，她绝不允许我搅局，破坏她的努力成果。哥哥属于工薪阶层，家庭也有点破裂，对方家族愿意将女儿嫁给他已然是个奇迹了，所以我们这边稍有闪失就可能会铸成不可饶恕的大错。

妹妹好面子，喜荣华，所以给哥哥说亲时绝不会选择一户平常人家。那天我们去了他们家的豪宅，走了很长一段路，穿过好几个大厅才终于走到我要去的地方。进入那儿的时候，我加快脚步紧跟在哥哥身后，忍着如电击般游走在骨骼间的疼痛。他们整个家族的人都到了，我和哥哥置身于人群中犹如两只迷路的羔羊，我还是像小时候那样跟在他身后，模仿他的一举一动，好知道同某人打招呼时应该用哪些赞词，该坐在哪里，如何才能不谢绝一杯喝下去就会让我空荡荡的胃翻江倒海的苦咖啡。

有些人会习惯性地问我身体怎么样，仿佛对我的病情一无所知；有人主动找我聊天："嗨，你什么时候结婚呀？"他看上去一本正经，我辨不出开玩笑是不是他的风格。无论如何，第一次见面我根本分不出他们谁是谁，甚至不知道哪几位是哥哥未婚妻的近亲。当时，他们这一群人在我看来就像一个人似的，大张旗鼓地出席，掌控着全场每一个角落。这帮人有着诸多根深蒂固的传统与习惯，其威力让我根本无法抗拒，他们将这些传统与习惯的象征展现在会客厅的各个角落，以证实他们的恪守。其中最鲜明的例证便是挂在墙上的剑和古枪，意在告示大家，富裕并未让他们忘本，忘记祖先的生活方式，仿佛尽管已经富得流油，但他们还是更愿意过那种为夺水源与周围部落开战的生活。

恶心感缓缓地在体内生根，就在我以为它已经到底时，又突然发现它还未触底。但我还是凭借自己仅剩的辨识力继续听他们讲话，努力装出一副能跟上节奏的样子。突然有人喊了一声"大家请吧",声音洪亮乃至足以穿透世界上的所有对话。很快,左右两边的无数声音都让我们站起来,前方又响起一个急促的声音引我们朝另一个厅走去,在我们身后还有一个声音召唤我们去餐厅,似乎担心我们会逃跑。

领我去吃晚宴和把羊牵去屠宰场没有什么区别,那一刻羊知道自己这一生就要终结在那样的盘子里。就这样,我发现自己来到了肉山米丘前,随之开始思考用什么方法拒绝进食。哥哥读出了我的想法,便拽了拽我的衣角让我挨着他坐在餐桌旁,他可不打算因我食欲不振而失去未来亲戚的尊重。女方家的人最不愿意看到的就是你谢绝他们的款待,这相当于是你在指责别人的慷慨,或是在厚颜无耻地说他们的招待不到位。

我们围着一只圆形的公共大盘子坐下,刚有人念出"安拉"二字,除我以外所有人的手一拥而上。哥哥注意到我没伸手,便抬起头责备地瞅了我一眼催我开动,然后切了一块肉扔到我面前的米饭上。片刻之后,我逼迫自己做的只是固定住这块肉,将它切成更小块。这时,别人都在一块接一块吃,看他们咀嚼的样子似乎是想好好消化,以便吸收这些食物富含的营养。很快,他们就注意到了我心不在焉,于是一个个都锁着眉头一边咀嚼一边要我开吃,还用手指指盘子,好像我不知道食物在哪似的。这时哥哥捶了我一拳,让我勉强一下自己。事情肯定会变得很糟糕,用不了多久他们就会对我的扫兴大为光火,只有安拉知道他们中的哪位为了维护自己的尊严会在冲动之下做出什么蠢事。由此看来,他们立马取下挂在墙上的几把剑把我们撵出去也不是不可能。

我积聚起体内所有力量来抑制恶心,在口中费力咀嚼那东西,想象一座坚固的堤坝横插在自己体内，挡住一切从胃里返上来的东西。口中之物除了不像一块肉以外什么都像，我的嘴受药物毒染，已经辨别不出那种苦涩的锈味儿了，仿佛我所有的味蕾都已失去作用，或阴差阳错地被替换成了其他感官。我继续不紧不慢地一口口吃，装出一副与他们一同进食的样子，企图蒙混过关。我又往嘴里塞了几颗葡萄干，装模作样地大嚼，让人看起来觉得这是满满一口。至于味道，在我生满溃疡的嘴里依然是苦的。可是有人还是侧目盯着我的手，看着我面前丝毫未减的米饭，然后十分不悦地抬头看我，因为吃得慢也是对他们的怠慢与不屑。就这样，我一块接一块地吃肉，一口又一口地将米饭和葡萄干送进嘴里。这几口吃下去的东西会怎么样我最清楚了，此后，如果说有谁会感到不爽，就是那头羊，那头为进入人口而失了生命的羊对我来说不但食之无味，好不容易咽下去，不一会儿就会被全部吐出来。

我躲在卫生间里吐，连心脏都快从肋骨之间出来了。很快，我的脉搏减慢了，越来越弱，弱得骇人。我甚至没力气抬起头看看卫生间镜子里的自己，直到心脏下沉，眼白上翻正对着天花板上的灯。我不知道发生了什么，只是发现自己半昏半醒地躺在卫生间地上，哥哥在外面用力敲门，大声喊我，而我却无力应答。那一刻，一切似乎都已不真实，道德托词荡然无存，人不该像扫帚把似的倒在地上，更不该无力起身，如同被风肆意玩弄的稻草人。

众人聚集在门口时我尚存一半知觉，模糊的话语通过他们那豪侠仗义、团结一致的声音传至耳畔。当我听清时才意识到他们的确是砸门的好手。当时这些人铁了心要打开卫生间的门，似乎这同在那种以纸为隔层的日本门上戳个洞一样易如反掌。很快，传来了实木裂开的响声，他们的讲话声从豁得越来越大的门缝里传进来。当时我试图告诉他们，让我在这里待一会儿，然后我会自己起来走，可谁也没有明白我的心思。随后我感觉自己像一具尸体被高高抬起。说实话，我一直都不怎么遵循社交礼数，别人想邀请我去家中做客时，我总有办法打消人家的这种念头。但这一次我真是冲破底线了。这下，人们会怎么说呢？人家邀请你来家里，盛情款待你，你不仅没有答谢这番慷慨招待，还死在了人家家里，这难道不算违背了一切成规体统？

我想，如果自己就这样被丢弃在卫生间，没有被人抬上肩膀；如果只有母亲发现了我，就像突然找到了之前遗失的某件东西，抑或是洗鸡蛋时，有一个鸡蛋从手中滑落摔在地上那样。一个人独自在卫生间死去，只有母亲发现了他，这难道不体面吗？没错，在母亲或是负责我的产科医生面前死去我都不会觉得难为情，兴许只有那些见证了你来到人世的人目睹你离世才是最妥帖的。

第二天，女方亲属想知道在他们那般仗义地将我抬到医院后我的情况如何，妹妹便邀请他们到医院看望我。为了履行探望病患的义务，他们毫不怠惰，很快便集体出现在医院。一进门，这些人就围着病床，有人坐着，有人站着，而我一如既往地对访客冷眼相待，他们问我状况如何时我也只用三言两语作答，谁想继续说下去我都不会搭理。按理说，这应该会让他们尴尬羞恼，甚至想赶快告辞，可他们竟很快开始七嘴八舌起来，你一句我一句地想说什么就说什么，彼此还要争论一番，而且嗓门很高，声音也已经传到室外，他们丝毫不觉得尴尬。当他们开启常规模式后，就深信出现在这里给我造成的烦扰只是无足轻重的小事情，根本不必放在心上，我也该如他们预想的那般欣然接受。因为是他们救了我的命,便享有出现在我生命里的特权。

当时我垂眼盯着床上的某个地方,判定在他们的包围中最稳妥的自保办法就是彻底无视,但无论如何他们的存在都不是件令人放松的事,而且待的时间也不短,一来就是好几个小时,占据了整个探访时间。一波刚走,一波又到,仿佛是有人叮嘱他们持续监控我,密切关注各种可能性。

第二天,他们和我说话时更自如了,逼我开口同他们讲话的劲头也更足。"你怎么老不说话呀?有什么事你要说出来,不能憋在心里呀。"每当我无视了这个人,那个人又坐到了另一边,并装出一副他会用其他人从未有过的理性同我聊天的架势,强调他们的种种批评都是为我好,是为了帮我越过自我构建的障碍,而且还把病情恶化明确归因于自我的自闭,好像人的性格可以妨碍病愈似的。

昨天他们来看我时,我留下的那种印象使他们对我的事十分上心,最终得出了这样一个结论:我应该改变对待疾病的态度,作为一名病患,我现在的模样和行为与那些善于同疾病抗争的患者所具备的乐观品质南辕北辙,更谈不上达观,而后者可是痊愈的不二法门。他们这种人脑子里塞满了那些从报纸、广播、电视、社交软件上看来的各种雷同新闻:某某凭借信仰的力量,对家人的爱,持久不断的微笑,对娇艳玫瑰的永恒记挂以及诸如此类充满女性柔情的东西战胜了癌症,仿佛抗癌这件事说到底只与你的人生观有关。他们之中有人告诉我,一位著名自行车运动员在癌细胞从睾丸扩散至大脑之后还在欧洲赢得了一场重要比赛,说这是因为他有决心、勇气、内在动力才能大获成功,却绝口不提这个人后来被查出服用了兴奋剂,成绩也被取消。因为人们愿意翻来覆去地讲这类英雄死里逃生的事迹，以之为楷模，从中汲取经验，所以那些细枝末节就理所当然地不能被提起。所有大同小异的成功抗癌的故事不仅是在歌颂成功者击溃病魔的勇武力量，同时也在谴责抗癌失败者的懦弱与无能。但又有谁会关心那些失败者的境况呢？

　　我当时的状态不允许我提出任何反驳，因为那时我的心理、身体都极度脆弱，危在旦夕，自从两天前摔倒在他们家之后，体温一直居高不下。随之，我意识到自己此时糟糕的状况使他们在我面前显得更加随意，毕竟他们见过我晕倒在他们家卫生间。那时候我的无力反抗，将自己置于一种卑贱羞耻之境，即使在他们离开之后，这样的感受还是如影随形。这种感受有时还伴随着心绞痛，时而仿佛心底在下沉，这时脉搏极慢，每次跳动的间隔时间都很长，像是那种敲击闷鼓时断断续续的鼓点。而且不知为何我还觉得心脏在胸腔内逐渐胀大，阻断每一丝气息。我说服自己相信这只是因为心脏确实变大了，是实实在在的"变大"而非某种隐喻，这在由贫血引发的疾病中很常见，贫血使得心脏在血液量低的情况下坚持工作，心脏自然容易透支，日复一日，体积也就因过度操劳而变大了。

　　他们每天来病房，引发的都是恶劣影响，当我再也承受不住时便告诉护士，别让我家人以外的任何人进来。护士同我合作得十分愉快。护士们早已对那帮人带来的嘈杂和拥挤深恶痛绝，他们有时甚至在走廊里和护理站前面扎堆。到了第二天探访时间他们又来了，却被告知不能进去，起初他们对我需要休息表示理解，也就不执意进来，可是有几个人总在病房周围晃悠，边等着边高度警惕地侦察，还有人甚至以病人家属的名义向医生打探我的病情。医生不理他们，他们就立刻向我家人抱怨，说自己是出于好意，现在觉得一番好意被糟蹋了。

我们毁了那次家宴，哥哥因此对他们满怀愧疚；我晕倒了，哥哥又觉得有愧于我，徘徊在这两种负罪感之间几欲分裂，他大概认为是他施加于我的压力太大才让我落得如此下场，于是采取了一种中和的态度，拒绝在这件事上多加干涉。至于妹妹，来了也只是待在病房外，拒绝进来看我，以此表明她对女方家的偏袒。似乎这样还不够，她又开始朝医院管理人员撒气，甚至要求医生对那帮人有问必答，并强调说他们已经可以算作家庭成员了，医生有义务告知他们我的病情。被迫一遍又一遍解释我的状况，医生自然不乐意，可他当时同我一样得使出外交手腕。

那时候，我很清楚禁止他们踏入病房后下一步该如何对付他们，这将使母亲心中积聚的怒火彻底爆发。母亲目睹了一切混乱，到目前为止都成功克制住了自己，没有责备我，尽管她无声的举动早已将心中极力压制的情绪言明。母亲开始采取更为狡诈的手段对付我，比如拒绝帮我从家里带书来，推脱称自己忘了或是在我的房间里找不到，除笔记本电脑外什么都没给我拿来，纵使如此，我看着她的眼神时却还以为自己是一头被宠坏的骡子，总是得寸进尺。母亲确实不冲我发火了，不过她把精力用在了医生身上，神经质地同他争论不休，怪他纵容我，对我的无理要求俯首帖耳，催他加快治疗进度。

上述种种的结果，便是面对全新的压力，我和医生的关系出现了些许改善。就这样，为了应对共同的敌人，我俩最终成了盟友，我甚至都开始服用他开给我的抗抑郁药物了，不过他说这些药至少要两个月才会见效。有时我会想，若能重头来过，有多少事情我都会以不同的方式去处理。可人不该后悔，因为一旦开始后悔，之后就再也停不下来了。

第二十九周

我又在医院待了一个星期,一直等到体温降下来。"这都是为了让你好好休息,"医生如是说,"既然你人在医院,我们为什么不做 CT 呢?但是为了确认可以做 CT,我们得做其他几项检查,为了确定另外的检查可以进行,还得再做别的检查。"各类检查接踵而至,你在红纸、黄纸上签字,签字,签字再签字,在你眼中什么颜色都是一样的,过不了多久它们就被混在一起了,你根本搞不清楚这项那项检查都为何而做,唯一想知道的就是什么时候可以结束。"医生,结果什么时候出来?"这个问题也有点太不专业了。你指的是血检结果?尿检结果?活检结果?X 光检查结果?计算机断层扫描结果?为了确认这项检查的结果,我们得等另一项结果出来,等结果的空当让我们来做更多的检查吧。

我的核磁共振约在今天做,照我的理解这应该是最重要的一项检查了,因为它可以确定癌症是否在体内扩散。一个护士引导我到旁边的小房间里坐着等,随后又推进来一台专业仪器。

当你在医院度过了这么久,看着一样的面孔,每张面孔都显出同样的恶意,就这样,每当新人出现都会营造出一种生机焕发的氛围。其他护士都穿着蓝色大褂,这个护士却穿了一件深灰色的,脸上挂着大大的笑容,仿佛是进来给我颁奖的。

她是个本地姑娘,约莫二十五岁,皮肤呈棕褐色,是那种只有经过日晒才能获得的肤色。以上就是她给人的第一印象。深棕色的皮肤与她红润的脸颊有着些许不搭，看上去显得有点不自然。微笑时，她露出珍珠似的牙齿，白得闪眼，似乎也是经过了一番打磨上色。她围着一条与外套、鞋子、牙齿白度差不多的白色头巾，上面点缀着一些玫瑰色绣饰，与脸颊上淡淡的红色相互映衬。总之，她的外形称得上温柔高雅又不乏职业风范，可以看出她是个尽职尽责的员工。她手腕上那块金光闪闪、价值不菲的表也证明了这一点，还表明脱了这身工作服之后她可是个奢华高贵的女人。

她问我情况怎么样，我说还行。我也回问了她，她说自己很好。然后让我摘下戒指、手表、项链，我从未戴过这些东西，我甚至觉得仿佛自己一生都在为这个检查作准备。没错，我从不觉得手表发明出来有什么用，是的，有时我会想知道时间，但还不至于要在手腕上安一个时刻提醒自己时间在流逝的闹钟吧。总而言之，现在想看时间有手机就够了。我准备好了要严肃地同她讲讲这些看法，看她如何反应，说不定我们还能探讨一番。当你第一次在医院里见到那些护士，以为可以暗示她们自己到这里来不是因为生病，只是假装自己是个幽默的人，到这儿办点事就走，可以同她们随便聊聊什么的，可一旦她们在你身上开展工作，你的这种幻想很快就会破灭。

她十分礼貌地问了我几个常规问题，在开始检查之前她们必须弄清楚病人是否怀孕，体内有无金属块，比如被子弹、炸弹击中时留下的残片，因为人一旦被推进机器里，金属块在极强磁力的吸引下会飞速破体而出。她解释这些的时候我想象着因为体内藏着自己先前不知道的金属块，身体在机器内部分崩离析。尽管像肯定自己没怀孕的女人一样确定我从没有被什么碎片击中过,我还是一本正经地想着在我人生中的某个时期,这样的事是否真的发生过,只是不记得罢了。

护士要给我打一针显色剂,说这样可以让身体各个器官在机器上成像更清晰。尽管她刚工作没多久,可看上去似乎对自己的工作游刃有余。随后,我给她看了我手臂上的淤青,那是尚未退尽的上次注射的痕迹。见状,她立刻收起了微笑,尽管她极力表现出一副对此习以为常的样子,却再也没有绽放出亲切友善的微笑,而是满脸担忧,生怕被人说自己"动作粗鲁"。扎针那一刻她面露局促,或许是突然意识到自己可能会酿成某种原本无意犯下的错误吧。当时,我看着她,以为她注射的方式会有所不同,比如注射完之后在我的手臂上贴一块药棉。她的神情严肃又紧张,看着我的眼神似乎在说,如果针孔没有止住血,我应该怪我自己。我想,她肯定挨过了不少患者的责骂,都开始防患于未然先发制人了。我觉得一旦发生意外,她首先会做的是澄清自己没有犯错,而不是抢救我。

她扶我上轮床时我们俩都有些尴尬,我穿着又肥又短的病号服,两人的肢体接触已经达到只有出于医疗需求才会被允许的那种程度。因为我身体状况不佳,加之肚子右侧硬化,上轮床的过程很艰难。当时,她的香水味肆意萦绕在我周围,那副姣好的长相也足以让我甘愿作好更加充分的准备,尽管如此,我却对她什么想法都没有,我知道我们的可能性近乎为零。从自己的外貌就能判断出这具身体的状况有多糟了。非得有如此不堪的转变才能让我意识到,从某个角度看,我过去的模样其实不错,或许还不失斯文。

去检查室的路上,我躺在轮床上不时地偷瞄她。近距离观察后,我发现她皮肤的棕色也非常不自然。根据她在这里的生活环境，我凭直觉猜测她并不是在沙滩上晒黑的，说不定是躺在一个人工日光胶囊舱里，关闭头顶的舱门，由舱内的水银灯帮她的皮肤着色。当我发现一个外形与我要进的核磁共振仪差不多的机器时，对这种猜测更加笃信不疑了。或许正因为她以前接触过类似的日光仪，所以才选择了这份职业。

狭长的密封舱只在放置双脚的地方开口，我被置入其中，这已经是今天第三次舒展身体了，前两次是在自己的病床和轮床上，这次是躺在一个新的平面上。她则在一扇玻璃窗后发号施令，提醒我不要动，似乎看穿了我的心思，因为那时我正想抬抬头，动动手，丈量一下这个逼仄的圆柱形空间的边界。机器已经发出轰鸣的噪音，我竟还从舱内的麦克风里听到了她的声音。她下完指令后就决定在剩余一小时的检查时间内一句话都不说，我也应该在这段时间内保持安静，像十九世纪老相机拍下的肖像一样纹丝不动。

独自待在这一片死寂之中，我开始在五花八门的念头间辗转，恐慌随之袭来。我仿佛看到了坟墓，其中的景象与现在一模一样，可在这种臆想中骇人的不是死亡，而是我意识到这一点的时候意识是清醒的。如果真有人在一息尚存时阴差阳错地被埋了，或是铺天盖地将土洒到身上之后心脏又突然恢复跳动，那么未来的几个小时内他就要在恐慌中再死一次，这种恐惧感大概无以复加。最近我是在哪里读过类似这样的东西？如果这种事发生的可能性为百分之八十——不过我们知道的案例绝对没有这么多，因为谁也不会想到要挖开坟墓去做这样的统计。接下来我们假设这种事鲜少发生，但仅仅是这样的假设也已经令人不安。哪怕发生的概率为百分之一，只有那些倒霉蛋才会遇上，在这方面我也无法相信自己的身体是否足够聪明，实际上在任何方面我都不怎么信它。我的身体太过孟浪，乃至其中的细胞都不老实，这才得了白血病，得白血病的概率应该比在坟墓里醒来的概率小一些，不过这也不至于落到这种地步吧。

待在逼仄的舱内，忧虑有增无减。我开始认真地思考避免这种危险的可行办法。距离我上次参加葬礼已经很长时间了，我都不记得在这个国家人们如何下葬亡者，甚至连父亲的葬礼我都是在祷告结束后才到。当时，人群已经把墓坑围得密不透风，我什么也看不到。我怀疑这种错埋活人的事情在这里是有可能发生的，不过要是他们同意把我的笔记本电脑充满电同我一起埋进坟墓，倒也能令我安心些，至少我可以写写东西打发时间，人生的终结也可以没那么令人心怵。可想想自己最近写的东西……我最好还是看部电影或喜剧或任何不需要 WiFi 的无聊内容吧。

突然，这种想法的源头在我的记忆中闪现。对，我没在任何地方读到过这样的内容，那是《Stand Up!》里的一幕。那个男人拒绝在自己死后捐献器官，告诉观众唯一可能让他妥协的条件，就是不将那死后尚且有可能改变主意的身躯埋进土里。这个段子不怎么搞笑，但于我而言却极具典型意义，在这个圆柱舱里，每当这个想法掠过脑海我心里都感到一丝安适。渐渐地，我感觉自己又找回了那种阔别已久的轻松，但同时，这又是一种对死后之事有了计划而产生的崭新快感。只要我死的时候能一直保持死状，活着的时候会发生什么都随它去吧，至于死后的事，那就是杞人之忧了。

核磁共振进行得很顺利，我对自己控制住了脾气感到十分自豪。有了确保器官可以捐献的计划之后，控制情绪也变得相对容易了些。那个棕色女孩推我回病房时注意到我心情愉悦，便也再次假笑起来。检查顺利完成，没出什么乱子，她因此感到很开心，甚至还要将自己的满意表达出来："你不害怕吗？很多病人在那个仪器里都吓坏了。"

我回答道："我没事，这是很好的入棺前演练。"这样的回答她自然不喜欢，因为我将她的专业和死亡联系在一起了，于是那副易怒的样子又回到了她脸上。

"但它怎么看也不像坟墓啊，至少它是在一个亮堂的房间里，而且脚那一侧还敞开着。"

当时我心情大好，很想与她调侃一番，随即说道：

"是，它确实不像坟墓，可能更像一个尸体冷藏柜。"

我微笑着，强调自己这是在开玩笑。可她却没有用微笑回应我。当你诟病某台医疗器械或某项检查时，她们就会开启防御模式，认为你这样讲是在攻击医学本身，而他们从事医学，代表医学，甚至觉得医学就是他们的全部。

"你当时可能是幽闭恐惧症发作了。"她说道，试图再次归罪于我，之后就再没同我讲过一个字。护士一将我送回病房就立刻走人了，而我则在床上舒展身体，享受这轻松一刻，好像之前从来就没有这样躺过似的。享受一个憎恶你的人为你服务的感觉不很美妙吗？如此想来，所有那些领导、婊子养的整日心潮澎湃也就不足为怪了。

很久以来，我第一次感觉到了这种脑中了无烦忧的享受。三个月的病假已经过完，之后我就要在回去上班和强制退休之间作出选择了。其实身体已经替我作了决定，说不定我最后那次与电脑病毒沆瀣一气的轻妄举动也已经让公司能够更容易地作决定了。退休不一定是坏事，现在我已明白，退休后唯一的缺憾便是不再有为我支付治疗费用的医保，余下的医院账单要都得由社会福利和自己的存款支付。尽管自打我得病以来谁也没有谈过房子的问题，但哥哥结婚后房子还是会被卖掉。最要紧的是我有足够的钱付清在这里最后一轮治疗的费用，至于之后会发生什么，就不用多考虑了。

两个消息，一个不好，一个更糟。坏消息是我不能签署器官捐献申请书，因为我的器官浸润了太多药物，死后已经没有太大的用处了。医生用比这些语句稍婉转一点的话向我解释了原委。可他不知道我此举的目的只是为避免躯体在坟墓里重新活过来。得知我想用自己的器官造福其他患者时，医生眼前一亮，我感到他向我投来的目光饱含赞许，大概是觉得自己终于看到了隐藏在我那满不在乎的外表背后的人性。

医生沉默了片刻，不同往常的凝重神情使我对第二个消息有了些心理准备。不过很快他就换回了那副万年不变的正经脸开始向我解释，口角生风，不容置喙："血液在身体内流动，肝脏是过滤器，在所有器官中最容易被恶性细胞侵入，但是症状不会很快显现，继发性肝癌的症状和原发性白血病的症状容易混淆。身体衰弱，食欲不振，体重下降，恶心，总有饱腹感，发热，肝脏肥大等，还有化疗的种种副作用，肝癌并没有什么特殊症状能引起注意。"他这是在强调先前没查出肝癌不是他们的错。

医生对我肝脏状况进行一泻千里的描述时，我回想起了八年前父亲的离世。当年父亲在医院做检查的漫长岁月在我脑中飞速闪过，到最后哪家医院也没查出他肝酶升高的原因。忽然间，父亲的病情就恶化了，正如他生前的种种神秘，他死得同样不明不白。不知为何，我总感觉父亲的死亡过程尚未完结，尽管当时我就在那里目睹了一切。父亲的灵魂已经离开身体，之后他的胸膛在呼吸机的作用下仍旧一起一伏，那个场景让我的这种感觉更加强烈。最近，或许因为大脑受药物影响，我总是梦到父亲旅行归来又回到了我们中间，这大概就是"父亲死亡过程未完成"之感的延续吧。其中一个梦太过真实，真实得让我无力承受。

突然间，我们看到父亲进门了，胸前还插着针，像在心脏上种着什么似的，肚子因肝脏肥大而挺起。在微弱的光线里，父亲全身赤裸，步履蹒跚地走进来，皮肤上附着泥土，身上好几处地方都留有干涸的血迹，毋庸置疑，他从死亡中醒过来了。只见父亲干裂的嘴唇微微张开着，似乎口渴难耐又不想要水喝，大概因为他的口干是另一种不属于这个世界的渴吧。父亲的记忆尚未全部恢复，或许连回家的路也辨识不了，跌跌撞撞才找到，可他看上去想同我们一起过完一生，从生活停摆的地方重新开始。尽管如此，他竟因害怕被拒绝而浑身战栗，仿佛是一只跑进别人家里寻求温暖的动物，心知肚明自己十有八九会被再次赶回寒风瑟瑟的野外。这是我此生见过的最悲惨一幕。我们牵着父亲的手引他坐下，大家坐在一起宽慰他，抚平他的不安，然后我们开始劝父亲从他刚才来的地方再次出发去旅行，在那儿只需做一个简单的小手术就可以恢复健康，之后我们会像什么都没发生一样地接纳他。父亲用临终前那双受疾病影响而泛黄的眼睛瞪着我们，一想到要回去，他的呼吸就变得愈发急促。最终，父亲被我们的谎言说服了，然而当他起身出去的时候，这样的希望并没能使他颤巍巍的步子有些许改变。他那趔趄的走姿再清楚不过地表明，我们这儿已经没有他的位置了。不过我们希望父亲

179

回到他现在的归属之地,这个想法绝无半点杂念。

医生提高了嗓门,想引回我的注意力,顺便强调他要讲的话很重要。"现在这种情况,唯一可行的方法就是放疗,"他说道,"传统的体外放射不可取,因为那样会很快伤及健康的肝脏组织,但是可以进行体内放疗,在肝脏附近植入一种放射性同位素,它的放射性可以持续两个月,之后会逐渐自动减弱,直到疗程末期自行消失。"这意味着这个放射性同位素在被植入身体的第一周内作用会很强,我将被迫住进隔离病房,尽量减少与外界接触,包括护士在内。我的身体会变成一团放射性物质,别人只要一出现在我周围就面临患癌威胁。

这项治疗的花费使钱日渐成为问题的关键,不仅如此,随着免疫力的衰退,几轮化疗后的症状开始加剧,从现在开始还要再加上放疗症状。随后,为缓解种种症状,等待我的是更多的安眠药,更多的止呕药,更多的免疫针,身体、大脑与外界一切愈发隔绝。面对这种情况,一种犹如黑色尘埃般的东西在我体内蠕动,将我的一切求生意志驱逐出去。绝望如此厚重,我还不曾倾听自己对生的诉求便已然深陷其中。

第三十四周

一个世纪没写过东西了。以前我总试图把清醒的时间留给写作,如今这样的时刻少之又少。最后一轮化疗加放疗之后,注意力涣散差不多成了我的常态,即便是关联事物、分析事物的那种最自然不过的能力我也常常不具备。而找到合适的词则要花费更多的力气,甚至连想起电脑、电子邮箱的密码都不再是下意识的行为过程。我经常重置密码，将它们写在便利贴上，然后贴在抽屉上或电脑侧面，便于之后记起。想写东西该打开这个还是那个文件夹呢？还是说我想在网上查些什么？经过几分钟的茫然无措，我还是记不起自己原本想做什么，也无法决定如何进行下一项。

我的大脑并非是唯一的障碍。最近一段时间我一写东西关节就会浮肿，那些紧紧拧住的圆柱形药瓶也帮不上多少忙。我的四肢失去了所有力气，不过是伸展在那里枯瘦疲软的肢体罢了，连一根羽毛都拿不起来。刚回家时，不拄拐杖我就动不了。双脚几乎不能支撑身体，刚一站起来便立刻意识到想靠自己走路是件不可能的事。很快，腋下就因拄拐而生出片片淤青。我尝试松开拐杖，可刚走几步便觉得天旋地转，最后还得靠扶着墙或门把手才能保持平衡。每次摔倒或撞到什么地方都会在新的部位产生新的淤青，我的皮肤成了一张布满暗黑色花斑的地图，那是对身体每一次孟浪冲撞的记录，是肉眼可见的历史。

第一个星期，整整一周我都拒绝别人的帮助。为了不让他人帮忙我逼着自己做了多少事，想想都令人生畏。我告诉他们自己体内植入了放射性同位素，即使过了隔离期待在我周围的人还是有危险。以此为借口，我将他们提供的帮助全然拒绝。第二周，为了解到目前为止化疗效果如何，杀死了多少癌细胞，我又做了一次骨髓活检，和确诊患癌时那次做的一样，但这次不用再冒险去首都了。十五厘米的针扎进后背最后一节脊柱里，做完这项检查之后，连坐下都变得十分艰难。渐渐地，唯一让我舒服一些的姿势就是躺着。我穿着宽松的棉质薄衫，待在空气流通的地方，稍微动一下后背都会不满地叫嚣。随之而来的还有干燥、皮肤灼痛、生疮化脓、持续不断的充血感，疼痛无处不在，穿透各级组织，传遍皮肤、骨骼、五脏六腑、肌肉，此间还不乏游走于关节和骨骼缝隙的刺痛。"疼痛是唯一的真相"，许多人都用这句话表达某种情感，可只有当经受了持续的疼痛，且达到凶残可怖的程度时，你对这句话的认知才会臻至完整。

我几乎记不起在这几周内是否有过某一瞬间，我没有在被疼痛吞噬，没有让疼痛摧毁我的意志，疼痛就是一条在我体内日夜狂吠的狗。我尽量让自己睡着，可是这狗吠声却鲜少允许。我若不是被狗吠声吵醒，那醒来之后首先等来的也一定是它。那些我睡醒之后以为自己病情好转的日子已经一去不复返了，当你与疾病共生共处了足够长的一段时间后，那种生理衡量机制的程序也会逐渐改变，每天早上睁开眼睛还没有什么意识，你便不由自主地以为今天身体状况会更糟，这可以解释为惯性，因为你永远都不会习惯于生病，只是忘记了尚未生病时的光景罢了。

到了这个阶段，我已将"痊愈"这个词从我的字典里彻底删除。即使癌症好了，但是这场病以及治疗留下的那些长期存在的后遗症也会抹去我想过上正常健康生活的一切希望。对这一事实愈发清晰的认识实在是一件无法忍受的事，有时我甚至觉得仿佛又一次发现自己得了癌症。

在这种感觉的陪伴下，抑郁症恶化了，随之而来的还有更严重的麻木，行动也愈发困难。到了第三周，身体恢复了些活力，免疫力也有所提升，但一天中的大部分时间我还是更愿意待在床上，好像胸口有一块石头硬将我压在了床上。我掀开被子将它推到一边，翻个身，再翻回去，这便是我全部的活动了，但并不是说我这样安静地待着就很舒服，只是有种预感，只要我站起来心脏便会往下坠。手触摸心脏的位置时，窒息感随之袭来，我感到它紧紧贴着皮肤，感受到它在跳动，跳动，每跳一下，喉咙就紧缩一下。

我不再能说清从何时开始身体上的疼痛变成了心理问题，也不明白又是从何时开始心理的苦痛变成了身体的疼痛，它俩到底是谁在磨砺谁？一切身体上的感觉都同时以同样的程度传至精神层面，反之亦然。有时我会盯着床头柜上的一排排药瓶发愣，那些透明的圆柱形小瓶子，有的装满一半，有的装了四分之一，我觉得这事也太简单了，伸手便可以完成。要做的只是一片接着一片地把它们吞下去，我漫不经心地这样想着，一如我想出国旅行，仅仅是一种遥远的可能，令我心驰神往却永远不会气冲志坚地拿定主意。终于，我理解了齐奥朗[1]的那句话："倘若自杀不是一种选择，我会杀死自己。"

一个月里的大多数时间我都是这样度过的，但最近，也就是第四周，原有的自我意识开始有了些许恢复。上轮治疗之后的状态渐行渐远，下一轮日渐逼近。过不了几天，所有的问题又要重新开始。

刚可以出门，我首先想到的就是去看爷爷，他们说他卧床不起了。走进爷爷的卧室，不出所料，我看到他躺在床上。爷爷一认出我便打着手势示意我扶他坐起来，我托着爷爷的双臂将他扶起，又在他背后垫了个枕头，然后在他身边坐下，因为刚刚费了点力气开始大口喘气。爷爷没有抬头看我，也没有哭，我们俩自始至终都没讲过话，只是一直保持着那个状态，两个人低着头，安静地、庄严地比肩而坐，如同两个松弛

---

[1] 埃米尔·米歇尔·齐奥朗（Emile Michel Cioran,1911—1995），罗马尼亚思想家、哲学家。

下垂的睾丸。任谁看到这一幕都会觉得我们是在比赛,看谁显得更加惨不忍睹,可实际上我们却在谱写着某种精神共鸣,只需这样坐着便足以达成共识,无须言语,不要暗示,也用不着轻拍抚触,两个行将就木的老人以他俩特有的方式互相抚慰。我们坐在一起,各自均已接近死亡边缘。

那正是爷爷去世的前几天。现在我时常琢磨,爷爷过去那几个月频繁地哭是否因为他已经预见到了自己大限将至。尽管没有任何铁证,但爷爷可能已经猜到了结局,或许安拉降示于他,提示他的人世份额即将耗尽。是啊,爷爷一直就有点像先知。

哥哥打电话告诉我爷爷去世的消息时,我正在读那本托马斯·曼的长篇小说,终于就快读完了。当时哥哥正因公出差,是伯父告诉了他这个消息,因为哥哥无法赶回来,让我务必代他出席葬礼。挂断电话之后我开始思考,现在继续将手中这本书读完是否合乎情理?得知这样的消息后最多还能看几页呢?还是说,无论如何都应就此打住,将书扔到一边?或许只为提醒自己看到哪一页而夹一个书签这样的动作,都会被看成是可耻行径。

家人决定当天做完宵礼之后就将爷爷下葬,毕竟也没什么理由拖延。一切都谨慎而急促地完成了,仿佛爷爷在亲自发号施令。祷告过后念了一遍清真言,然后就将爷爷抬入墓穴了。爷爷是从救护车里扶着出来的,轻巧而乖顺地被好几双手举着,待在他们的头顶和肩膀之上,动作利索,一点都不乱。那是市里唯一的墓地,爷爷的墓被探照灯照亮,是左邻右墓里唯一一个亮着的。最前面的三个男人先进入墓穴,他们仨把爷爷抬进去之后其中一个人退出来指挥:"头放这里,脚放那里。"然后第二个人也出来了,开始垒起土坯,等到第三个人出来的时候,尸体几乎已经看不到了。许多双手一同往上面撒沙土,无尽的沙土,接着人们拿来水桶、水、石子,然后众人祷告,随后大家便离去了。泥沙石土上的水很快就干了,爷爷的立刻变得同旁边的一模一样。这就是打发一具尸体需要做的所有事,活了九十年之后,从地上搬到地下必须花的时间总共也就这么多。

渐渐地,人去园空,一到晚上,整个墓地根本分不清上下左右,就像一个巨大的墓穴敞开着,谁都可以从上面迈过去。最后一个来访者离开后,一切都像没有发生过一样,曾经有过的只是某个人的臆想罢了。

我独自站在明亮的坟墓旁,车停在稍远处。所有的墓顶都很平整,上面没有任何杂物。我徘徊在这里,坐了片刻而后萌生了躺下的念头,想最大限度地与这个场景融为一体。那种"事情不该就这样悄然结束"的感觉仍然挥之不去。后来保安过来关了探照灯,我靠手机的亮光摸索着回到车上。然后,慢慢地小心驾驶,车的大灯一直开着,照亮了狭窄的土路,也让周围的墓全部暴露在灯光之下,我甚至觉得某个墓的主人会突然醒过来要求把灯调暗些。除了车轮压在沙土上发出的声响以外,这里听不到一点动静,我在出口处停下车,思考片刻,仿佛我是要从地下停车场出去似的,然后深深看了墓地最后一眼。当时我琢磨着能不能在那些墓中认出父亲的位置。若我真能准确指出他的位置,说不定我真能超越感官极限看到幕帘背后的东西了。

有时,有人在我旁边絮叨时,电视里放广告时,抑或听歌时,一切都在我眼前铮铮可鉴。我看到自己像这样躺着,孤零零的,没有邻里喧闹,被一丝不挂地埋于土里。有些事情是我坚信不疑的,比如我知道自己不会被淹死或烧死,也不会被雷劈死,更不会死于车祸,因为在某些事发生前人总会有某种含混不清的感知。所以,心跳每每减弱时我都会冒出一种亲切感,可此刻,在这一片死寂中当我凝视着这些没有墓碑的坟墓,为何就不能肯定有一天这些事也会以同样的方式发生在我身上,而这一天说不定很快就会到来?总有一天会轮到你的,可是在人和他对死亡的完整认知之间永远隔着一道屏障,越是逼近既定命运,这种认知就越模糊不清。

医生已经告诉我最近一次来医院做的活检结果了。化疗杀死了百分之四十的癌细胞,但正常人到这个阶段的情况是应该百分之九十才对。换言之,之前总认为化疗可以延缓癌症恶化,现在看来这只是一种预判而已,尽管如此,医生还是建议我继续接受第二轮化疗,因为这是目前最好的选择。仅仅因为"希望总是有的"就该继续苟活于世,每一个医生都会这样言之凿凿。医生对这样的希望侃侃而谈时,那个脑瘤女孩的模样在我脑中挥之不去。

现在唯一可行的备选方案是干细胞移植。这样的话,哥哥和妹妹应该来做检查,因为干细胞组织能与除兄弟姐妹之外的人匹配的可能性极小。但到了这个阶段,即使他们两人中有一个可以捐献,手术成功的几率也微乎其微。这种做法堪比自杀,其危险性并不比进行新一轮化疗小。我请求医生容我考虑一下,等下周第五次治疗结束后再告诉他我的决定,无论如何,目前这轮治疗还是要继续完成。

到这一刻,我才开始在网上查资料,仿佛之前从没查过一样。这大概是我患癌以来第一次对希望如饥似渴。我读了无数名医、学者的著作、论文,还有一些患者的故事,却并未得到任何慰藉,甚至那些所谓的医学专著也都是谈疾病多，讲治疗少。科学与现代疾病历经漫长斗争之后，结果竟如此不堪：拯救癌症患者的最佳办法就是不要患癌。可是如何确保预防有效呢？我们连这个问题都答不上来。到目前为止，我们最多不过是推翻了从前的那种认知，即癌症不是某种病毒或外部辐射或异质物的产物，它们仅仅是使患癌的可能性加倍的危险因子而已，即使消灭了它们也无法阻挡癌症的出现。实际上癌症是由内因引起的，即源自生物体本源——基因组成。

每个人体内都有肿瘤基因，癌症始于此，然后利用一切有助于将细胞癌化的因素，直到携带癌细胞的变异基因开始扩散。一切都没有违背生物规律，也没有外部入侵。直到那钉子插入对应尸床的关键一刻，癌细胞在毛细血管那里得到援助，后者为它提供营养，助它成长并实现快速分裂，还为它在不同于肿瘤母体器官的其他器官中营造适宜环境助它存活；同样，这一刻也是见证细胞能否免受癌症基因袭击、健康如常的荣光一刻。癌症只是细胞生长趋势中一种自然发展现象，这个突然驾到的杀手说到底也只不过是你身体里的一个独立生命体而已。

第三十五周

这一轮治疗结束后，我告诉医生想停止化疗。放疗还可以再持续一段时间，直到我体内的放射性同位素失效为止，这个时间刚好与第六次也就是最后一次治疗的时间吻合。医生没怎么反对，还告诉我世界上有些专业治疗中心正在尝试一些对身体伤害更小的替代疗法，即使不能消灭癌症但也可以提高患者的生活质量。世界上有如此多的治疗中心，就算我因经济能力有限不太可能去接受这种治疗，但对我家人而言，这还是可以减弱一点我的这个决定给他们带来的冲击，或者说，这至少是我的希望吧。

我告诉了母亲，这个打击给她招致的恐慌无以复加，一如每次意外情况发生时那样，她立刻冲到了座机旁。当时哥哥仍在外出差，尽管即使他在家也不会干涉我的事，可事情看上去却还是像我趁他不在恣意妄为。哥哥已经有段日子对我的处事方法不怎么太在意了，自从我去医院和回家都打出租车之后，我也不再欠他什么，我们以兄弟间无言的方式定下了秘密协议：与我的病有关的一切我都不要他负责，相应的，与他婚礼有关的一切也与我无关。看上去哥哥对协议履行无懈可击，因为很快母亲惊恐的神情比之前更甚一筹，哥哥冷漠的反应显然让她备受打击。她立刻挂断电话，又拨出另一串号码，神情虽越发沮丧却坚信这通电话一定不会白打。从母亲的表情就可以清楚地知道她是打给妹妹。

几个星期过去了，我们没有说过一句话。长期存在的那种紧张气氛丝毫未变，我病情的加重只是让一切更加剑拔弩张。在这几个月里，我的病就像一颗定时炸弹，随时都可能在母亲面前爆炸，特别是关乎哥哥订婚的时候。一开始我告诉她自己得病后，她就以拒绝给我任何安慰亮明了态度，似乎得病是种错误，应当尽量避着那些家里有女儿的人，仿佛他们接受一个兄弟得癌症，尤其是得了白血病的人，不仅仅是一个凶兆，也不仅仅是一个会搅黄女儿兴致的污点，还是一个涉及与精英家族的基因般配与否的问题，他们处处追求卓越，尤其注重基因遗传。若我在他订婚之后生病，他们则会保持那种高尚的行事风格，这种风格倒是与他们的家族名誉、豪侠做派、说服别人接受帮助的一贯倾向并行不悖，他们说不定会感到应该中止与我，或者与像我一样门不当户不对的弱者之间的关系，因为关系一旦确立，就会涉及两个家庭。

我最近的一系列决定彻底与这一切反向而行。比如说我不见他们中的任何人，失去医保之后，我还拒不接受他们为我治疗筹的钱。至于我拒绝另一轮化疗，无疑将他们的态度推向了更加危险的地带。距离婚礼只剩一个月了，这可不是一个作出如此决定的合适时机。妹妹作为实现两个家庭完美结合的负责人，也就自然而然担下了在时机尽失之前帮我恢复理智的任务。

我正待在屋里，听到了她高跟鞋朝房门这儿逼近的声音，这是她宣布自己到来的惯用方式。尽管从叫她过来到她出现在这里，只过了走一小段路的工夫，但她依然光彩照人，仿佛是在母亲打电话之前就已作好了准备。头发精心梳过，面纱拿在手里，身着一身长袍，说明要不了多久她就会离开，来这里只为做一场"即兴"演讲。我说了"请进"之后，她放慢脚步，一边往里走，一边用目光扫视这个她第一次看到其内部的房间，仿佛要将屋内的杂乱无章悉数踢开，又或是仅为避免让目光落在我身上。我则躺在床上，到现在为止，我俩之间的"距离准则"我们都遵守得很好，而此情此景乍一看和这一原则大相径庭。

"我看你很自在嘛。"片刻之后她说道。我分不出这是鼓励还是讽刺，她在暗示我应该为自己的决定感到难堪。很快她便双手叉腰，脸上露出了戏谑而责难的微笑。

"你要这样待到什么时候？"她说道，似乎极其友善地在敦促我，叫我不要太放纵自己。她想以这种方式把这件事化小：我只是在耍小孩脾气，而她会以自己那种对付小孩顽劣的柔情举止抚平我的脾气，那种充满母性的举动则表明她只把我的叛逆看成闹着玩，并且只要我不再这样顽固不化，她还准备给我更多包容。妹妹就是这么霸道，一直以来我都觉得在她眼里我的退败和让步都是理所应当。

她没得到回答，便在戏谑的口吻中掺入了一丝严肃，试图用不堪一击的道德学说来接近我的思想，那故作高深的语气像是在说自己的这些话可与书中所言媲美：

"生命难道不值得尝试吗？如果在劫难逃，光荣地死去不是更好吗？"

我不理解"光荣地死去"的含义。为了什么呢？我更愿意死得舒服些。我自然没回答，她便摆出一副受伤的表情，要我相信她是出于好意。当时她那被激发出来的尴尬，还有少见的期待听到我回答的模样，使我更想利用这个机会让她倍加尴尬。但我知道，只要我一开口就一定会犯错，因为我的话里会沾上她那种怨天尤人的语气。随之，鉴于我的弱势和有限的选择，便只能等着她被感动，期待她对我的感觉有所改观。所有这一切都意味着我将球扔到了她的场子里，赋予了她对我的种种借口进行考量与评定的权力。所以我决定保持沉默，对付她就该这样，但愿这件事情结束时我能少一些自我背叛的感受。

"如果我给你捐干细胞呢？"她眼中闪烁着兴奋的火花，想以此感染我。她看上去胸有成竹，认为这次一定能听到回答。到了当时那个阶段，医生已经对干细胞移植不抱予太大希望了，虽然对决心冒险一试的人而言，这仍不失为一种选择。检查结果已经表明，我妹妹的干细胞组织与我的相匹配，哥哥则不然，这就使她成为了唯一合适的捐献者。她的那种兴奋更像是在提出和解倡议,仿佛她同意捐献是在释放一种信号:她已原谅了我对她曾有的某种芥蒂。妹妹一面兴致勃勃地谈论着干细胞捐献,一面继续在房间里踱步,两个白色的袖口从袍子里露出来,黑色的头发在背上一跃一动。她开始一遍又一遍地说着她为了我愿意作出牺牲,尽管这个手术只要在她的静脉扎针,抽取一些干细胞,而且她的身体很快便会在没有造成任何影响的情况下自动将失去的干细胞补足。至于我,则面临着无穷无尽的风险,最复杂的不仅仅是捐献者细胞对受捐者身体的攻击,就我目前的状况而言,这绝非易事,我现在的身体状况根本承受不住细胞移植引发的心肺衰竭。尽管如此,她还是开始曲解医生说过的那些话,好像我在手术中存活下来的几率远高于手术失败的几率。

即使哥哥才是二人中合适的捐献者,我也会拒绝这个令人绝望的选择。但现在这个人是她,我们兄妹没有一天不是在触斗蛮争中度过的,这更加肯定了一件事,如果我接受她的捐献,她的细胞会在我体内发动攻击。我心里这样盘算着,拒绝她的干细胞也就相当于斩断了我们之间虚伪的血缘关系,也就阻绝了她想装作什么都没发生,并以此冰释前嫌的一切尝试。我将双手交叉抱在胸前,故意愈发沉默,像是一个不肯原谅父母的小孩似的,以自我封闭的方式掩藏内心的愤恨,因为担心一开口父母便会看穿这么做的根本目的,愤恨也就立即显得荒谬无聊。妹妹突然停下了脚步,不再走来走去,难以置信地盯着我,仿佛她从未做过什么能让我待她这般冷漠的事。

当她发现她的友善让步并没能让我的态度改变一丝一毫之后,很快她内心的怒火浮上了面庞,正是这种愤怒强逼着她与我这样的疯子共处

一室。霎时间,她便重新操起了一贯的语气——从她的大房子里汲取来的语气,冲我大喊道:

"你知道人家在说什么吗?"

她口中的"人家"无非是指她老公的富人朋友罢了。可能是因为父亲已经离世,哥哥最近也不再介入我的事,她突然喋喋不休地跟我讲那些他们根据我对待癌症的态度得出的判断,她用更严酷、决绝的说辞狠狠逼出我脑袋里尚存的理智,或许还会在他们的判断中加入一些她个人的判断来警告我,让我知道我给别人留下的是怎样一种窝囊的印象,在我死后人们回想起我的时候又是何等失望,甚至在提到我的家人时,人们的感受亦是如此,仿佛我的这种不能自控就等同于对家族名誉的玷污。如此,我如何评价他们对于哥哥的看法已经形成了某种间接威胁,因为他们对我的判断一定会殃及哥哥,说不定还会影响到她。于是,她的高跟鞋又开始神经质地来回地敲击房间地板,同时双手还激动地在空中乱舞,试图以此强调我的所作所为和疯子别无二致。

面对这一切,我随时都可以让步,屈服于他们所谓的理智,这是因为我一向是个极为知礼且乖顺的人,尽量避免给任何人制造麻烦,总是希望自己能成为受大家欢迎的人,即使我臣服于一时的诱惑冲撞了谁,也会很快察觉这是在以身犯险,之后会悔不当初。一直以来,在我眼前的是这样一种景象,我现在的叛逆、空虚、孤僻属于另一个世界,一个与我们的世界相距甚远的地方,而我在那里不会获得任何幸福。按照母亲的说法,这大概就是外国小说及其他作品里的世界,在哥哥亲家眼中可能是一个破除常规、斩断亲缘的个人主义世界,在妹妹看来就是一个诡异复杂、各种冲动纠缠在一起的世界。无论如何,我都亟须对自己的路径作出修正,融入那个自己注定生长于其中的环境,在它的运行法则中求得一席之地,我必须回归到那种法则中,毕竟,在如此违背自然的异质环境里是不会有什么好事发生的。

相应的,我从未觉得自己现在的荒诞不经有多么正确,也不认为我投身的这场战斗会以获胜告终,甚至都没想过是否可以在失利中求得一丝荣耀。不要被自己的抵抗蒙蔽双眼,不要去抵抗把原本不该抵抗的东西,我该借助从父亲那里学来的识破一切夸张事物的能力,这才会于我有利。我已经明白了,确切说来,现在重要的不是我的态度而是我对这种态度的执拗死守。我想试练一下自己这种坚守的能力,想得到面对外界一切的免疫能力。我与疾病的私人恩怨从一开始就隐藏在此,藏在对层出不穷的判断、眼神、外部干涉的抵抗中。疾病会使人丧失自我,我在这场疾病中对自我的维护似乎在持续抵抗外界的过程中不断萎缩。

妹妹仍在房间里走来走去,冲我大喊大叫,要我解释自己的立场,她再次提醒我,我是个懦夫,办法那么多我却一个都不愿去尝试。然后她停下来瞅我一眼,看我是不是快要开口讲话了,之后继续难以置信地踱步。最后,她看上去是累了,精力也即将耗尽,便用无力而苍白的声音念叨了一句,说我想死的话就随便吧,她不管了。最后她再次强调:我的立场有多么怯懦。见我没答话,她将手搭在门上打算离开了,出去之前,她声音颤抖地祈祷,希望我可以尽早死掉,好将他们从我施加的苦难中解脱出来。她狠狠地把门朝墙的方向一甩,离开了,门并没有关上,反被弹了回来。她怒气冲天,步履急促地走远了,高跟鞋一下下敲击地面的声音顺着半开的门缝传进来,似乎她已下定决心,此后再也不踏入这里。

妹妹骂骂咧咧地出去了，母亲呼喊她却没有任何回应，便慌慌张张地到我这里来，想知道发生了什么。她打开门，只看了我一眼就知道事情已经结束了，再无谈话余地。母亲用蒙眬的泪眼凝视我，神情悲痛欲绝，而后她轻轻地关上门出去了。

"到这时，K. 突然觉得似乎人家斩断了一切同他的联系，似乎他现在比过去任何时候都自由。"我想起了卡夫卡最后一本小说中的一个片段，"而且他是经过奋斗争得的这个自由，这点很少有谁能做到。现在谁也伤不了他一根毫毛或是把他赶走，甚至谁都难得跟他说上一句话；虽然如此，但同时他又觉得——这个想法至少同上面的感觉一样强烈——世界上再没有比这种自由、这种等待、这种刀枪不入的状态更荒谬、更让人绝望的事了。"[①]

第三十七周

事情是从病毒入侵肺部开始的，就在两周前。我一度以为自己终于掌握了主动权，便在脑海中勾勒出可用以抵御四肢无力、全身酸软的所有武器。当一个人决定以"彻底封闭"应对一切之后，还有什么能击垮他呢？我以为只要这样，自己就可以坚不可摧，不会受到各种影响而掉入陷阱，可看上去那所谓的"封闭"是另一种模式的骗局，也是需要抵抗的。如果微小如沙尘的东西都可以颠覆一个人的命运，折磨他的意

[①] 本段译文引自弗兰兹·卡夫卡，《城堡》，赵荣恒译，115—116页，河北教育出版社，1995。——译者注

志，扰乱他体内器官的运作，那他怎么还能去高谈什么毫不介意或自由呢？

病毒发动新一轮攻击的时候我正独自在家。上一秒我的双肺还在正常运转着，下一秒它俩就觉得如此费力工作实在是多余。随之我感到自己的肠子彻底散架，体内的一切似乎都已缴械投降，只剩怠惰。我不愿等着这一切发生，也从未想过还会有比这更糟糕的事情。我一直拖着不肯走这一步，想等到情况更危急的时候再说，但最终还是叫了救护车。尽管当时确实是被迫的，我却还是因为叫了救护车而觉得自己像个被宠坏的孩子。我更愿意碰巧有一辆开往医院的救护车路过我家门口，我像叫出租车那样直接从房间窗户那里喊它，然后救护车停下带我一起走。如此，一切都像平常那样，而且还很简单。可事情非但不这样，烦琐又讨厌。我希望见到这些人只有这一次，尽管别人对这种事情早已习以为常。

尴尬，尴尬，永远都是这该死的尴尬。我以为我的不介意已经发挥到了极致，在周身也已筑起了固若金汤的防御，而这尴尬只需发动一次攻击便足以将这一切推进深渊。

我在重症监护室里醒过来，嗡嗡作响的各种仪器从四面八方包围着我。我发现自己戴着氧气面罩，水汽随着每一次呼吸在面罩里泛泡，胸口在呼吸机的作用下一起一伏，已经失去了自我意志。帘子将我与其他病床隔开，只有朝向走廊那一面的帘子是掀起的，我看到那里站着几个护士，其中一个在同另外几个说着些什么。我想叫她们，喉咙里却只发出了轻微的咯咯声，根本无法开口讲话，也没有力气按床铃，感觉自己同外界失联了，甚至连身体与四肢之间的关联都已不复存在。

查房医生突然来了,身后跟着一个护士。只见他飞快地扫视了一下各个仪器和上面的读数,从他的动作我看出他很急,因为还有其他病号等着他去检查。我直直地盯着他的眼睛,试图以此掠取他的注意。哪怕他仅仅同我进行眼神交流,或许我都可以知道到底是怎么回事。如果他举起疼痛指数表,我会直接看向数字10。如果他再问些什么,我大概就会哭出来了。可惜他只是匆忙地扫了我一眼,甚至都不知道我是否醒着。医生的表情似乎在说现在的情况很稳定,不过他希望看到的情况比现在更好,这话是护士说的,而不是我。在这里,我不是人,只是"医疗状况"。医生走远时我的目光依旧紧跟着他,盼着他回头。

护士走过来,在我床边走动,她这是觉得医生突然到访之后自己得做些什么。她掀起氧气面罩,擦去我嘴角流下的口水,她的一个乳房压在我的手臂上,圆乎乎的,在上面蹭来蹭去,而她对此竟毫不在意。当时的身体状况不容许我有任何欲念或幻想,即使有想法也不可能对她有什么动作。对她来说,乳房放在我身上和放在自己养的猫或狗身上没什么区别,根本无须难为情,装都不用装。一个十足的阉人,我觉得这就是她眼里的我了。

她又出去了,回到走廊里同负责检查旁边床的护士聊天,我听到她咕哝着说自己很累,语气就像在说她饿了。然后谈起了她儿子,说想让他参加什么俱乐部。我听着她讲话的同时不禁疑惑,他们是怎么办到的?怎么就能让事情看上去都那么轻而易举,怎么能那样确信下一秒自己走路、讲话、干活时不会有任何呼吸困难。我真希望自己也能如此,找回那种状态:每次都能一边讲自己累了一边双脚挺立着,用双肺深吸一口气,然后继续和人聊天。就现在的状况而言,我已经不再相信几秒之前做出的那些无意识动作在几秒之后是否还能做到。

另一个护士来到了隔壁床前，我和隔壁床之间原本隔着一张帘子，护士为方便自己围着病床走动将它拉开了。我的脑袋在枕头上朝隔壁床转了一下，随即感到心脏因这个动作而跳得愈发沉重。我发现隔壁床的病人也正盯着我看，他是个小男孩，头发乱蓬蓬的，像是刚在外面玩好回来，鼻子里插着呼吸机的管子，干裂的嘴里长着与年龄不相符的牙齿，双眼中却满是平静。我俩谁也没把目光从对方身上移开。只有病人才会以这种方式互相凝视，因为其他人绝不会这样直视他们的眼睛。我想问他疼不疼，可他的眼神已经给出了回答：现在问这种问题太晚了。他看上去病得更重，整个人却也更威严，对生死之事他比我更在行。有那么一瞬间我觉得他在用目光读我的心，但说不定这只是他觉得疼的时候会出现的表情，可我却在他看我的眼神中觉察到了一丝同情。他刚一合上双眼，护士便重新拉好了床帘。

我将脸转向天花板，琢磨着病患这个群体。他们被扔在这种床上，眼神颓败地盯着这样的天花板，总是战战兢兢，因为害怕自己的外表无法衬出内在，表情无法言明痛苦，口舌无法将心中的忧惧道出，以致他人无法在第一时间赶来营救自己。想到这些，我终于理解了为什么有的患者会像受伤的动物一样呻吟。

我想到了父亲。不知他戴着氧气面罩待在这样的房间里时，发出过怎样的叫喊。不，他不想被救，只是因为可能的抢救而心生绝望。我又记起了心脏监视器和上面几秒之内就下降为零的读数，当时它费了多大的力气才让父亲的胸口在灵魂已经离开肉体之后仍然有起有伏。此时此刻，我的心脏已然开始变得肥大，让我的胸口起伏又将花费它多大的劲呢？

我又想到了卡夫卡，他瘫在疗养院的床上，肺结核使喉咙痛得讲不出话来，甚至连小声咕哝也做不到。好惨的卡夫卡，他居然是饿死的，就因为疗养院的营养液存量不足。那种痛苦，那些漫长无声的日子是何等残酷。他躺在那里，意识清醒却万般无奈，很清楚地知道一切都将如此结束。

我呜咽了好久，片刻的平静只为迎来更猛烈的爆发。对我而言，至少是在童年之后，这是我第一次这样做，我居然能保持这样的节奏，这让我自己十分讶异。终于，在找回理智后，我心中五味杂陈，有羞愧，有放松，更多的则是木然，不知是护士为了让我安静下来而给我注射了更多麻药，还是说这只是大哭一场之后的正常感受罢了。

在麻药的作用下，几个小时就这样悄声溜走。我半昏半醒，发现身侧的床帘拉开了，床边的仪器已经被撤走，悬在床上方的灯闪着暗淡的光，床单和被子也另换了新的白色套装。我以为这里发生的一切，孩子的目光，自己诡异的抽噎，只是一场远去的噩梦。这个想法让我感到一丝放松，随即再次沉沉睡去。

睁开双眼时，又一股汹涌的抑郁将我淹没。我四肢仍然处于半瘫痪状态，同时感到身体发冷。我打量着周身的一切，喊来护士，手指费力地指着旁边床的方向，口齿含糊地问她那小孩哪去了。护士说在我服用了镇静剂睡着的时候，我的这个小邻居去世了。我沉默了片刻，回想着他最后的那道目光。护士站在那里，我发现她不是早上的那个护士。我问她时间，她回答说现在是半夜。见我久久不出声，她便调暗了灯光，然后拉上了床帘。后半夜我独自在这令人作呕的漆黑中清醒难眠，冷峻地思考着发生的一切。我心中有一片地方仍然敞开着，想要同外界建立更多联系，仿佛一次痛哭就足以将自己变成一个如此软弱的存在。

可我一直缺乏这种与外界联系的能力，哪怕同安拉都不行。我的自闭并非全是天性使然，而是自己刻意维持所致。我生来内向，而后用尽全部的自卫天性来抵抗外界，年复一年，只为把自己锁得更紧。我锻炼自己独来独往的能力，甚至还为此筑起一道冷漠的围墙将他人统统阻挡在外，似乎要以此保护我的天性不受任何外界因素影响。这么多年过去了，我曾以为自己所具备的那种能力究竟是怎么回事，到现在也说不清楚。生活不会永远轻松愉悦，也不会没有脆弱的低谷，各种各样的事，尤其是那些最不起眼的琐事，会像铁锈一般在心头层层堆叠。

突然，脑海中闪过了一系列场景，正是那些场景使如此脆弱的本性在我体内落地生根，注定我只能在病态之下终结生命。刹那间，我再次泣不成声。

当我哭到不能自已时，一个新来的护士站在床边与其他护士商量要不要再次给我注射镇静剂。就这样，镇静剂达到了我身体可以承受的最大剂量。打完针后我躺了好几个小时，悄无声息，麻木无感，像一根熄灭的火柴棍，一切最不起眼之物的存在似乎都不会被感知。床单下仿佛是一具静默的尸体。我向脚趾发出了一个强烈的信号，然后凭仅存的一点力气抬起头望向床尾。我看到脚趾微微动了一下，便立刻松了口气。脚趾头这个细微而令人惊喜的动作重现了一个温馨的场景，只是我无法回想起其中的细节。但多么可悲啊，人的感觉一定要到这一步才能有所改变。发现心灵竟如此不堪一击，人还怎能相信自己的毅力，又如何能面对失败？

第二周，我从重症监护室出来，搬到了中级监护病房。氧气面罩换成了氧气管，细细的管子不断地往我的两个鼻孔里输送氧气，管子的另一端连通圆柱体氧气罐，我如果能走动的话可以随身携带它。我整日睡觉，整夜清醒地躺在床上。我的身体状况基本稳定下来了，但正如现在住的这间病房的性质，随时都可能陷入危急情况。

晚上，夜班护士负责照顾我。护士们更愿意上夜班，因为夜晚更清静些，大部分病人都睡着了，也没有访客。这个护士很安静，动作缓慢，不会有声响，说不定她自己也睡着了。她眼色暗淡，睫毛极短，眼眶深陷，嘴唇干燥，甚至看不出是否还在呼吸。她的脸颊凹陷，无论脸上的表情如何变化，额头上的皱纹都深深地刻在那里，不管怎么说，她都不是个表情丰富的人。她的脸很容易让人联想到死人，而不像另一种脸，你怎么看也不会把它们同凋零的死亡联系在一起。

她温柔地让我抬起胳膊，好给我量血压。尽管声音冷冰冰的，我还是感觉到她明白我的病到了哪一阶段。对病人而言，有时候哪怕只是完成护士那些像抬起胳膊这样简单的要求可能也有困难，她不是那种对此一无所知的护士，当你没力气开口答话时她也不会为了知道你之前服过什么药而没完没了地问你。我幻想她可能也是这里的一个病人，医院的来宾之一，因此她可以细腻地感我所感。也许她有大把闲暇时光，想做些有用的事，于是扮演了护士的角色。在这里待久了，她对护士的工作已然得心应手。下班后就回到写有她名字的病床上，她的各项分析结果都挂在那张床的床尾，然后用各种管子和针头将自己缠起来，一天中余下的时间都同我们一样地想着"我什么时候才能从这里出去呢"。

她握着我纤弱的手臂，冷冷看了我一眼，说我的血压过低，她的眼神告诉我，应该将那些乱七八糟的想法从脑中清除出去，她就是一名护士。尽管如此，她还是弯着腰慢慢退了出去，没有弄出一丝响动，像一个穿门而出的幽灵，如果我没有看到她开关门的动作，真会以为她是穿过去的。她走后，我想他们真应该多聘用些这样的护士，她们看上去就像有病一样。你的躯体被扔在床上，对自己再次被丢到这里已经十分绝望，而有些护士，面对你这般状态下的躯体时，竟还那样体态轻盈，动作轻快，她们最好还是不要进来。

　　一转入普通病房，我立刻要求回家，可是医生拒绝了，借口说我应该住院到下周好做完最后一轮化疗。发觉自己惯用的施压伎俩未能奏效，我便想找主任医师，他以自己工作繁忙为借口没让我见他，我就强烈要求母亲和哥哥叫他来。终于，他露面了，这可真是让我没想到。他长了一副宽容慈祥的面孔，和颜悦色，白胡子后面是灿烂的笑容。倘若他不是步履匆匆地走进来，身后长长的白大褂因灌满了风而鼓起，那谦逊的模样甚至都会被错认为一名清洁工。看上去他很不愿意和患者交谈，尽管此前他从未见过我。

　　他是那种一见到你就立刻表现出惊奇的医生，然后马上就会说你看上去好极了，接着把检查结果读一遍，再次惊叹道："神啊，神啊，多么健康，多么有活力，脉搏这么规律，体温也棒极了。"把着你的手腕，按按你的肚子，进行其他常规检查时也不忘和你互动："你的体温挺好，一切都好极了，你甚至比我还健康呢。待在这儿干什么？你现在应该在外面，好好享受你的健康和青春才对。但我完全理解你，你这个机灵鬼，你只是被宠坏了，想多得到一些关注，对不对？"然后一边继续检查一边冲你使眼色："坏小子，我们是不是该让那些年轻护士小心一点?哈哈。"最后,一切都恢复了原貌,与此同时他眨眨眼睛,语气肯定地让你无须担心,然后走出去告诉你的家人,如果他们不让你在医院多待些时日你就会死。

母亲进来把主任医师的话告诉了我,还给我带来了笔记本电脑,似乎继续住院已经确定了,我应该接受并且适应。他们和医生在所有的事上都达成了一致,关于出院的问题我已经没有发言权了。他们还探讨了下一轮治疗,少说也要六个月,出于说服我接受的可能性,他们把所有的问题都考虑到了。当患者病到一定程度时,医院是允许都试一下的,看上去我的病已然达到了这样的程度。现在,我就要进行第六次治疗了,我更消瘦,意志比以往任何时候都更薄弱。没能取得任何进展,也没有收获自由,只有更多公开的欺骗。

第三十九周

我躺在白色的光晕下,感到身上的皮肤冰冰冷冷,仿佛它已经不属于我。灵魂行将出窍的那一刻,人或许很难辨出生与死的真正界限。我周身的一切都很整洁也很白净,只是有些褪色,因为这些使用已久的外壳经过无数次的触摸、擦拭,已经变得泛白透亮。墙壁、房顶、地板、床腿、扶手、显示屏都因用了太久而染上了一层阴翳。现在是第六次治疗的第二周,大约是我转到这个病房之后的第三周。整整三个星期我都置身于这样的光晕下,被这样的墙壁,这样的味道层层包围。

我的双手分别置于身体两侧,摊开在床上,严严实实地埋在被子下面。我将它们伸展在眼前，发现它们看上去像是某种瘦弱动物的爪子，颜色苍白，指甲断裂，这些原因足够让它们被藏起来。床边桌上的饭食没有动过，似乎食物不通过管子就送入身体中已经是个怪异的想法。现在，将食物吐出来似乎比咽下去更自然些。单单是从那盖着的餐盘传来的味道就足以让人生病，可医院里的空气不应该是洁净的吗？谁都不愿意将它拿到外面去。就这样，到下一顿的餐盘端上来之前这个盘子一直都被扔在那里，然后会有另一个餐盘取而代之，似乎也没什么证据能说明我任它放在那里，从没动过。

我一手扶着输液架，一手拄着立在床头柜旁的拐杖，费劲地站起身。用脚把扔在床尾的病号鞋归到一起。刚站定我就感到一阵眩晕，慢慢走了几步才逐渐找回平衡。我站在门边，从这个陌生的角度打量着病房。从外面看，笼罩着病床的光晕显得更加暗淡。我看到了刚刚盖过的被子隆起的轮廓，好像我依旧躺在那里。这真的是我占用的全部空间吗？通过轮廓的大小就能推测出我的体重掉了多少，一如高桥未衣一发觉和服的腰带已绕身两周，便推断出自己已经等候消失的情人很长时间了。[①]但是有什么用呢？在这些真正的关键时刻，它们全都隐匿了。那些对文学作品场景的不断复刻，仿佛所谓的"生活对文学的复刻是从安逸时分汲取力量"只是种臆想。

我脑中又浮现了自己过去自觉或不自觉祈求安拉的场景。当时我祈祷他一定要施加给我这样的命运，用艰辛的人生惩罚我，作为报偿，赐予我丰饶真切的人生经历。那曾经是建立在我与安拉之间的唯一联系，

---

① 高桥未衣为日本当代女诗人，作者在此借用其诗句，原意为：因为思恋而人瘦，原来缠身的腰带也变长了。——译者注

想来也真是滑稽，阻止我像拉斯柯尔尼科夫一样犯下某种罪行的唯一原因，竟是坚守这个誓愿。不过每当我看了一部电影或是读到某个人被判死刑时都会想象自己处在他的位置，对他脑中崩裂出的一切羡慕不已。我以为那些囚徒、对未来绝望的人都有一条通向另一个世界的甬道，在那里他们可以实现自我，饱尝启示，正是在那片丰饶的低地，作家们获得了可以讲述的东西。

现在，我以为最恐怖的不是行刑之夜，而是之前漫长而压抑却又怀揣一丝希望的等待。一个人被判死到执行至少有六个月时间，足以用来等待可能的释放或减刑，可这是最糟糕的希望，因为连他自己都相信那是不可能实现的希望，甚至连投降的权利都已经被剥夺。就这样，死刑犯无所顾忌，举止失仪，行事孟浪，拼尽全力想拉远自己与前方的命运之间的距离。在这样的等待中，不会有不朽的文字涌流，不会有锐利的见解迸发，更不存在什么濒死之际的豁然开朗，有的只是直刺灵魂、充满焦虑的无望等待。

这就是我了，最近六个月我便如此消磨时光。这段时间，我从未觉得自己配得这种病，也不认为自己可以用这么长的时间为死亡作准备。思想家、诗人、先知、哲学家才配得上这样的死亡，他们的临终之言可谓言简意赅，遗嘱撼动人心，可以改变后人的生命轨迹。至于我，则从来没有什么重要的话可讲，总结自己这一生时，想来想去嘴里冒出的也尽是无稽之谈。对我而言最好是在卫生间滑倒，扭断脖子，或天然气灶在我面前爆炸，又或者在我犯傻似的看着街道另一边时一辆车将我撞倒，然后我当场死亡，绝不拖泥带水。

就在写下这些话时，我感觉到体内不断升腾的自我厌恶仿佛是一具燃烧着的尸体。这就是我写下的这些东西结出的唯一果实,这份憎恶感提醒着你,在唯一一件自以为可以做得很好的事情上,你失败了。对你来说,最好不要再有什么侥幸的想法去逃避面对这一严酷的事实:你不配拥有比现在更好的状态。我不禁疑惑,卡夫卡让好友马克斯烧毁他写的东西时,是否也是同样的感觉?但这在当今这个时代比卡夫卡时期容易多了,我是说毁掉手稿。现在你只需按下"删除全部文档"键,或是将它存在只有你知道密码的电脑里,它们便可永世不见天日。

我启动电脑,打开一些文件,将它们存在同一个文件夹里,然后漫不经心地在网页、社交软件、游戏之间辗转,想自娱自乐却是徒劳。从门户网站进入了新闻页面后我看到一则一个被拘留的人绝食的报道,说他至少瘦了三分之一的体重,还形容他的状态为"眩晕,剧烈呕吐,感官混乱,全身多处出血,体内部分器官衰竭"。在每则新闻里我都发现了悲剧的信号,每出惨剧里都映着我的影子。我退出了这个网页,然后关掉 WiFi。

我打开"最喜欢的歌曲"列表,已经很久没听它们了。《波西米亚狂想曲》响起时我感觉稍微好了些,两分钟之后唱道:"太迟了,我的大限到了,我后背颤抖,全身疼痛。"泪水模糊了我的双眼,摩克瑞嗓门开到最大:"妈妈我不想死,但有时我希望自己从来没有出生过。"我爆发出一阵痛哭。哭啊,哭啊,哭到不知为何而哭,然后哭得更厉害,可即使这样持久不断的哭泣也没能催生任何麻木感,只会给两个肺叶造成额外的损伤。

我坐在那里,什么都做不了,将身体和脑袋捂得严严实实,想再次入睡。母亲尖锐的声音从外面传了进来打断了我,她又在同医生争执了。母亲走进来，飞快扫了我一眼，问道："你吃东西了吗？"她打开餐盘上的盖子，食物的味道立刻传到我体内深处，我转过头将身体里的东西一股脑吐在了床单上。母亲从床下拿起盛呕吐物的容器递给我，然后凝视着我，等我吐完。而我不吐到血管干涸、体力全数耗尽是停不下来的。我感到一阵缺氧。母亲喊来了护士，将她带到这令人作呕的场景前，好像她才是呕吐的那个人。母亲怒气冲天地指着餐盘责备护士，仿佛若是她们护理得更到位一些，或强迫我吃点东西就可以避免今天的事。

母亲让护士出去了，而后开始清理我周围的脏东西，换上了干净的床单，其间一直没有回头看我。她已然面露怒色，却仍一言不发，把盛呕吐物的容器倒空洗净之后放到了我的枕头旁，又重重拍了它几下好让我下次吐的时候不要忘记它放在哪里。我垂着头，暗淡的余光注视着母亲的一举一动，脸上挂着一副刚呕吐完后那种精疲力竭的神情。母亲神经质地将我周围的东西移来移去，接着我便听到她咕哝："你为什么非要这样呢？"失衡感向我袭来，我似乎要从床上摔下去了。胸腔一阵接一阵的揪心和憋闷。

这是母亲准备发动攻击时的惯用路数。隐忍，隐忍，一再隐忍，忍到让人觉得她已经放手不管，听之任之了。可实际上她只是在等你进一步的反抗，一旦算账的时刻到了，攻击就会突然不合时宜地降临，而且还是在别人最松懈、最易于攻破的时刻。母亲手握确凿证据，可以证明你落得这个下场完全是自作自受，不仅如此，她过去对你纵容姑息，已经仁至义尽。或许是受我乏力的表情和呕吐物味道的刺激，她已经抵达了这个发起攻击的临界点，愤慨的话语也肯定了这一点：

"你哥哥的婚礼就在周末,准备得都差不多了,你这样待在这儿让所有人都很为难。你拒绝治疗,拒绝进食,拒绝沟通,只知道反对所有人,你到底想干吗?谁知道呀?大概你自己也不知道吧。你只是想毁掉所有人的努力,根本不顾及我们是如何走到这一步的,也不管我为了你都承受了些什么,你的兄妹、外人、医院的压力,还有你那马上就要花光的存款,还有……"

母亲沉默的大门突然间打开了,她开始哭天抢地,大吐苦水,把想到的一股脑全倒了出来,声音中还带着一丝颤抖:

"我尽力了,安拉知道我费了多少心血,整夜陪在你身边,为了你我自己的生活都被打乱了。我做了能做的一切,甚至更多,现在身体也变得不如从前了。你以为就你一个人在受罪?我把一切都默默扛下来,一忍再忍,而你呢,你做了什么?偃头偃脑把我做的一切都毁了,而且毫无道理,直到现在你还不愿说你到底要干吗,一直都不说,要是继续这样下去……"

母亲不停地讲着,而我晕得越来越厉害,病房里的氧气也渐渐离我远去。那种心脏底端下坠的感觉愈发强烈,然而不知为何我对此竟生出某种亲切感,仿佛是我自己在一点一点诱它下沉。我发觉自己不愿再当别人的负累,这个愿望看上去如此真实,而且近在眼前。我需要死去,这不仅是对自己也是对母亲的仁慈。我觉得倘若自己在这种虚弱面前彻底缴械投降,是可以死得快些的。母亲一边更急促地抽噎一边继续讲话,似乎在催促我,她说了"我不想给你压力",还说了"你的拒绝不会带来任何改变""这些都是你自己造成的"。我的胸口似乎有什么东西几欲炸裂,心脏渐渐膨胀,跳得愈发迟缓,我甚至已经分辨不出母亲在说些什么。我觉得自己仿佛只是活在胸口的某一个点内，自己在这个点里萎缩，点本身也在不断收紧，直到我只能透过一个针孔呼吸，最后一切都成为了无。

我醒来时，房间里的一切还是老样子。在同一个地方待了这么久，你可以轻易地察觉哪怕是很细微的变化。只有急救设备的位置被稍微挪了一点，这说明它最近被使用过，之后又匆匆归位。它仍然挂在墙上的那个位置，只是看上去有些别扭，似乎还在等着我向它道谢。值班医生面带微笑地走进来，那笑容似乎在说是他救了我的命，或是我很幸运，其实两者也没太大区别。从断断续续的话里我大概明白了刚刚发生了什么：脉搏急剧下降，导致心脏供血不足，一两轮心肺复苏之后它才恢复跳动。"你得保持平静，"医生说道，"我们会给你用一些药，使你的血压恢复到正常水平，但是控制好情绪也很重要。"他一定也给了我家人同样的告诫，因为他们再也没有踏入过病房。大多数情况下，我都没感觉到他们的存在。在大量镇静剂的作用下，多数时间我都处于半昏迷状态。

我睡着又醒来。这是那个来自东亚的棕色皮肤男护士，我认出他了，我觉得他并不记得我。他在检查仪器和上面的读数时注意到我正看着他，他便笑了一下。我告诉他自己胸口痛，气有点短。他说我的血压还有些低，高一些就好了。"长时间卧床之后，还有白血病引发的贫血，再加上一些药物的副作用，低血压是正常现象。"他详细地解释道，而我也一直在好好听。他的眼神坦率而直接，对我可能给他造成额外麻烦也毫不避讳。他是学自然疗法的，他用力搓着我的手说这样做有利于体内血液流通，我配合着他做了几遍简单的练习，其间我们低声交谈着。

他五十岁了，高个子，运动员体魄。一般来说，他微笑时从不会露出牙齿，男护士们都是如此，可能年纪有点大了，再加上抽烟，所以嘴唇的颜色显得有些深。我问他是否吸烟时他说了一句"吸"，同时不好意思地笑了笑，微微露出一排泛黄却仍干净整齐的牙齿，这与护士的身份很般配。我问他有没有感到吸烟对心或肺造成的影响。他说有时会咳嗽，若是咳得厉害就去跑步，清洁一下两个肺叶。至于心脏，这块肌肉从五十年前开始就是这样，每分钟跳六十下，这方面的担忧他从未有过。我又问他下班后做些什么？锻炼、做饭、购物。他又补充说自己的老婆和两个孩子都在家乡，现在孩子和我的年龄差不多。有时他也和朋友一起去捕鱼，这就可以解释为何他原本的黄皮肤会偏棕色。突然间，我想到了原单位的那个"老人"，心里暖洋洋的，也有点想念他，便让护士再多给我讲一些。每逢周假，他和五个朋友一大早就出门，开一艘小船出海，大海愿意让他们捕到什么他们就捕什么，到中午高温袭来时返航，将他们捕到的海鲜烤熟，然后大伙一起吃午饭。天色渐晚，大家都累了，肚子里也装满亲手劳作所获，各回各家。这是何等的快乐，我问他日后某天自己能不能同他一起去，他同意了。我俩都知道这是一个遥远的设想，可他很善良，为我留下了一扇敞开的窗。

日子一成不变，静静流逝。女护士经常来给我量血压，男护士来帮我做些锻炼，医生查房时对我稳定的病情十分满意，母亲进来的时候总是小心翼翼，当她看到我醒着的时候会显得更加战战兢兢，与先前在家时进门的样子截然相反，那时，她最怕我紧闭双眼。现在她会慢慢走进来，以确认我不反对，然后一言不发地坐下。快要流泪时她就赶紧出去，似乎害怕在我面前哭会引得我再次发病。医生进来时她也会匆匆出去，像是她会妨碍医生工作。护士告诉她探视时间结束了，她就乖顺地离开，默不作声，像个教养良好的孩子。后来母亲不再来医院看我了，哥哥告诉我她因为发烧卧床不起，似乎在发生了什么之后，母亲也受到了影响，于是变成哥哥每天替母亲来看我。由于我还在医院，他将自己的婚礼推迟了一个星期。尽管如此，哥哥看上去却轻松愉快，毫无嫌恨。哥哥说他有一个好到我不敢相信的消息，等我一出院就告诉我是什么。可我觉得他只是在执行医生的指令，以此提起我的精气神。

自我进医院，整整一个月过去了，这一个月后，我觉得自己永远都不会出院了。然后主任医生兴高采烈地告知了我这个消息，说中午过后我就可以出院，而且说不定再也不用回来了，这也太容易了吧，如同离开高速公路旁的某家旅馆。

第四十周

我同哥哥一起回家，路上他告诉了我一些我错过的事情。说什么爷爷那个铁皮柜里藏的东西比大家想象的多，他在遗嘱里将一部分财产划分给我，让我付医疗费。这可不是一笔小数目，根据遗嘱他是要将三分之一的遗产都留给非法定继承人。尽管我的伯父们已经得到了其余的好几百万，但这三分之一在他们眼里也不是小数额。他们中还有人说是我在耍奸计，靠患同奶奶一样的病来投资爷爷的同情。还有人就更加直截了当了，向哥哥提出让他们帮我们管钱，由他们负责我的医疗，当然他们指的是在国内的治疗,以防我私吞。

"他们现在想起我们了,这些浑蛋们。"哥哥一边停车一边愤愤不平地说道,他这是又想起了他们以前的态度。可我并没有和他一起生气,于我而言,他们的反对是可以理解的。因为这样的决定至少和他们熟悉的爷爷的做派完全不符。说不定爷爷作出这个决定时脑子并不清醒。我甚至有种感觉,好像自己真是为了得到继承机会才故意生这个病。无论如何,我最好赶紧想好如何行事才能不受阻挠地用这笔钱,进家门时哥哥这样对我说,有关细节他之后会再告诉我,至于现在,我应该放松心情,到母亲那儿去待一会儿,她从几天前就一直发烧,卧床不起。

上楼后我径直朝母亲的房间走去。她还在睡觉。我搬了一把椅子坐在她身旁,片刻之后,我准备走了。母亲躺在床上,我坐在她身边的椅子上,谁看到这一幕都会以为画面一直如此。我伸出手试探母亲的体温,一如过去几个月我生病期间和我小时候她对我做的那样。那时我很反感母亲这样做,我总觉得自己的额头在她红润而干净的掌心下变得又热又黏。我的手在母亲额头上停留了片刻,她的额头没有皱纹,很光滑,我不禁自问以前怎么没这样想过。母亲睁开了双眼,凝视着我。

"你感觉怎么样?"

"不要紧。"她回答道,同时费力地坐起来,然后又加了一句,"我不想抱怨。"

我笑了。

"你呢?"

"不要紧,我不想抱怨。"

她笑了。这场病驯服了母亲的某种内在，为她平添了些许温柔。

"你知道的，你一直都可以向我抱怨，我是你妈妈。"

"我知道。"

这种场合我讲话总是很简练，好像每多讲一个词都暗藏着落入媚俗的危险。

我们聊了聊治疗的新进展，我告诉她放疗已经将肝脏里的癌细胞全部杀死了。母亲听后喜上眉梢，两颊的皱纹也舒展了。她又问我知不知道爷爷的遗嘱，我说哥哥已经将大致内容告诉我了。我俩沉默了片刻。听了我说的这些后，母亲看上去放松了不少，说不定她的病情立刻就开始好转了。我不假思索地告诉她自己想去日本继续治疗。过去几个星期，闲暇时我根据医生的建议搜索了不少海外治疗中心的信息，我还和医生联了，医生认为免疫治疗最适合我，通过这样的治疗有一些病例完全康复了，但还是不能保证能彻底摆脱癌症，不过终归可以争取几年基本健康、可以自理的生活，即便是最糟的情况，也可以让他同白血病和谐共生，尽量少一些发病症状。

其实这个去日本治疗的决定的丝丝缕缕直到我开口那一刻才在脑中交织成图，但我还是尽可能地装出一副许久以前就下定决心的样子。尽管最后并没能让母亲完全安心，但至少我有了一个明确的计划，而且我也开始像自己所说的那样依照她的要求行事了，这多少可以让母亲满意些。我又义正词严地告诉她，我只能一个人或在一个专业男护工的陪同下去日本，以此斩断母亲对我产生愧疚的可能。我生病前母亲曾催我出去找新住处，无论是哪种说不清道不明的感受由此萦绕在她心头，我这样说都是为了不让她觉得自己抛弃了我。按照约定，我们家的房子到月底就会交至新主人的手里,等哥哥蜜月旅行回来后母亲便搬过去同他们一起住。到那时,我需要的一切手续都办妥了,爷爷遗嘱里留给我的钱也可到账,可以支付在东京的治疗和生活费用,说不定还够我在周边旅游。

终于回到了自己的房间。打开窗户我看到外面的塔楼与我住院之前相比又建好了不少。这个住宅项目之前不过只有几层混凝土板、几根铁棍,此刻看到它已经形成了现在的模样,我这才意识到时间已经过去了很久。又是一年冬天,太阳洒下最后的光,将物体的上端染成温暖的橙色,温润的风从窗口吹进来。站在窗前,似乎有种比这样的空气更温存、比这样的光线更柔和、比我指尖能碰触到的所有景色更广阔的东西扑面而来。我感到自己与超越当下有限存在的某种东西相连,然而这种感觉很难持久,只有短短一瞬。

自我开始记日记,整整九个月过去了。翻到那本在火车上开始看的《魔山》最后几页时,我意识到了这个事实。

将书放回到床头柜上,我从盈满的玻璃水壶里倒了一杯水,含了几片镇静剂,缓缓咽下。心脏规律地跳动着,似乎先前它也缺水了。床刚刚整理过,我躺在上面,凉气钻进毛孔让我不由地起了冷战。我动动手脚,好让自己暖和起来,饶有兴致地听着它们与床单摩擦产生的声音,与此同时,一阵洗衣液的香味传来。我盖上被子静静地躺了一会儿,环视着房间里的陈设,扔在那里的几个箱子还是老样子,从两年前我们搬到这里之后它们就没再动过,似乎已经作好了再次搬家的准备。再也没有那么多工作要忙了,接着我小睡了一会儿。

醒来的时候我感到仿佛有一把尖刀插向身体的各个器官,左邻右舍悉悉索索的声音穿过窗户传至耳畔,如同燃起旧时回忆的火种。我又躺了一会儿,沉浸在温暖之中,享受着心脏规律跳动的喜悦,体验着可以毫不费力地朝两边自由翻身的感觉。我抬起头,目光追随着在地板上寻觅食物的蚂蚁,母亲打扫完房间之后,这些食物就不见影踪了。看着它们的时候,我和这种生物之间似乎建立了一种隐秘的联系,因为我们都一样脆弱。少年时,我经常用手指碾死蚂蚁,现在竟发现自己如此同情它们,再也不忍心那么做了。也许是害怕对蚂蚁的恶行在来世会给我带来报应,或担心倘若再不对此行为赎罪,今世会像蚂蚁一样被碾压致死吧。谁说得准呢?说不定某天早晨醒来时,我也会像《变形记》里那样在自己的床上变成一只大虫。

记得小时候,我仅仅是为了干点新鲜事而吃过蚂蚁,或是出于其他自己也说不清的原因,不管怎么说,一般都不会有什么恰当理由。后来我发现这是个好办法,可以吸引邻家姑娘和那些第一次与她们母亲一起到我家做客的女孩的注意力。那时候,她们穿着蓬蓬裙相互追逐嬉戏,衣服发出轻微的沙沙声,而我则坐在台阶上的老地方,默不作声地看着她们,因为害怕被拒绝而不敢提出同她们一起玩,也找不到能让自己融入其中的简便方法。当她们中有人注意到我,随之朝我跑过来,站在离我最近的下一级台阶上,好奇而在意地问这问那时,我仍然低着头坐在她面前,对她的每一个问题都置之不理。突然,我用手指捏起一只爬过她脚边的蚂蚁,放在舌头上然后咽了下去。她惊叫一声,双眼放光,连忙呼唤其他女孩子:

"快来呀,快来呀,快来看他在干吗呢!"

她们停止了奔跑,充满好奇地围在我身旁,灼热的气息吐在我的头顶上，而我不抬头看她们也不讲话，只是又捏起一只蚂蚁吞下去，然后伸出舌头证明我确实咽了。她们不约而同地尖叫出声，又惊又喜，有的发出一阵唏嘘，另一些则问我味道怎么样，我摆出一副毫不在意的样子耸了耸肩，仿佛只是尝试了一件世界上最无聊的事情罢了，之后她们又开始追逐玩闹，跑得更欢脱，叫得也更兴奋。

  我很喜欢这次经历和自己从中取得的成功，觉得在她们心中已经留下了一个永世难忘的印象。即使后来她们把这件事情告诉了她们的妈妈，母亲知道后也因为我的所作所为打了我，但我还是经常玩蚂蚁，仿佛它们生来就是用来让我施展力量的。坐在马桶上的时候，我拿着花洒，发现任何一只漫无目的在卫生间游走的蚂蚁便立即对它左右开弓，蚂蚁随即滑倒在地板上，痛苦地踢腾，想要抵抗喷射而下的水柱，直到被冲到一个角落里，和余下那些在我大便时大胆出现在我面前的女同伴们一起命丧黄泉。若发现一只蚂蚁在墙上爬或是在桌上漫步，我要么冲它吹气，要么用指甲弹它，蚂蚁立即飞得老远，再也没有回来的希望。当看到一群蚂蚁聚在一块食物的周围时，我就对准它们喷杀虫剂，它们随即抱成一团，它们立刻变成一个个没有生命的小点儿，散落一地。

  在往地板上撒新的食物碎屑时我回想起了这些事，而后看着几只蚂蚁聚集在一起享用美食，还有的将食物运回洞里给小蚂蚁吃。突然间，欺负最不起眼的生命，哪怕仅仅一只虫子，都成了一件令人筋疲力尽、悲从中来的事。但这悲伤中不含悔恨，那是因为抗抑郁药物起作用之后，所有的压抑感都不存在了。此刻我感受到的是另一种悲伤，近乎读过一首俳句之后的心境，日语中有一个很特别的词，我知道的其他任何语言都无法与之相对照，音节大致是 Mono no aware[①]，意为"面对万物消亡时甜蜜的忧伤"，或"顿悟万物终将消逝后产生的情感"，这是我学会的第一个日语词。

[①] 即"物哀"，是日本古已有之的美学思潮和文学理念，可简单理解为睹物伤怀，物我同悲，由江户时代国学大家本居宣长提出。——译者注

图书在版编目（CIP）数据

K.的绝命之旅 /(沙特阿拉伯)阿齐兹·穆罕默德著;蔡伟良,王安琪译.
-- 上海：上海文艺出版社, 2022
 ISBN 978-7-5321-8117-9

Ⅰ.①K… Ⅱ.①阿… ②蔡… ③王… Ⅲ.①长篇小说－沙特阿拉伯－现代
Ⅳ.①I384.45

中国版本图书馆CIP数据核字(2021)第203217号

Aziz Mohammed, Al hala al harija li al mad'u K.
Copyright © 2017, Dar al Tanweer, Beirut, Cairo, Tunis.
Published by arrangement with RAYA The agency of Arabic literature
著作权合同登记图字：09-2020-219号

发 行 人：毕　胜
责任编辑：曹　晴
封面设计：周伟伟

书　　名：K.的绝命之旅
作　　者：[沙特阿拉伯]阿齐兹·穆罕默德
译　　者：蔡伟良　王安琪
出　　版：上海世纪出版集团　上海文艺出版社
地　　址：上海市闵行区号景路159弄A座2楼 201101
发　　行：上海文艺出版社发行中心
　　　　　上海市闵行区号景路159弄A座2楼206室　201101　www.ewen.co
印　　刷：浙江中恒世纪印务有限公司
开　　本：890×1240　1/32
印　　张：7
插　　页：2
字　　数：144,000
印　　次：2022年6月第1版　2022年6月第1次印刷
I S B N：978-7-5321-8117-9/I · 6427
定　　价：66.00元
告 读 者：如发现本书有质量问题请与印刷厂质量科联系　T:0571—88855633